चंद्रावती

चंद्रावती

शैलेश यादव

Pustak Bharati
Toronto Canada

Book Title : चंद्रावती

Author : शैलेश यादव

Published by :
Pustak Bharati (Books-India)
180 Torresdale Ave, Toronto Canada M2R 3E4
email : pustak.bharati.canada@gmail.com

ISBN : 978-1-998027-23-1

आभार

सबसे पहले, मैं अपने माता-पिता को धन्यवाद देना चाहता हूं। उन्होंने मेरी शिक्षा और मेरे सपनों को पूरा करने के लिए असीम त्याग और समर्पण किया है। उनके निरंतर प्रोत्साहन और मार्गदर्शन ने मुझे हमेशा आगे बढ़ने की प्रेरणा दी है। मेरी मां ने हमेशा मुझे आत्मविश्वास से भरपूर रखा और उनका समर्थन मेरे लिए संबल बना रहा। मेरे पिताजी की निस्वार्थ आर्थिक सहायता और बिना शर्त प्रेम ने मुझे इस मुकाम तक पहुंचाने में महत्वपूर्ण भूमिका निभाई है। उनके बलिदान और समर्थन के बिना यह यात्रा संभव नहीं होती।

मैं अपने शिक्षक, डॉ. राज नारायण पांडेय, को विशेष धन्यवाद देना चाहता हूं। वे विश्वविद्यालय के शुरुआती दिनों से ही मेरे मार्गदर्शक रहे हैं। उन्होंने न केवल मुझे शैक्षणिक रूप से मजबूत बनाया बल्कि जीवन के महत्वपूर्ण सबक भी सिखाए। उनके मार्गदर्शन ने मुझे चुनौतियों का सामना करने और हर परिस्थिति में आगे बढ़ने का साहस दिया है। मैं हमेशा उनका ऋणी रहूंगा।

जगन्नाथ मिश्रा, आदर्श, सिद्धार्थ, दीपक और सूरज, जो मेरे सबसे करीबी मित्र हैं, उनका भी दिल से आभार व्यक्त करता हूं। उन्होंने हर कदम पर मेरा साथ दिया और मुझे कठिनाइयों का सामना करना सिखाया। मैं अपने अन्य मित्रों का भी धन्यवाद करना चाहता हूं। जिन्होंने इस यात्रा में मेरा साथ दिया और मुझे प्रोत्साहित किया।

इस किताब का प्रकाशन मेरे लिए एक सपना था और इस सपने को साकार करने में आप सभी का महत्वपूर्ण योगदान रहा है। अंत में, मैं भगवान का भी धन्यवाद करना चाहता हूं। जिन्होंने मुझे इतनी अद्भुत जिंदगी और नेक विचार दिए।

सारांश

पुस्तक में उल्लेखित घटनाएं और पात्र काल्पनिक हैं। यह उपन्यास काशी के राजा दिग्विजय सिंह के जीवन पर आधारित है। महाराज दिग्विजय सिंह और उनकी पत्नी सावित्री के कोई संतान नहीं थी, जिससे वे चिंतित रहते थे। एक दिन बाबा विश्वनाथ के दर्शन के दौरान, सावित्री को गंगा में एक टोकरी में एक बच्चा मिला, जिसे उन्होंने कार्तिकेय नाम दिया। एक साल बाद सावित्री ने एक पुत्र वीर को जन्म दिया।

चुनारगढ़ के राजा जयचंद्र के बेटे यशवंत ने काशी पर हमला किया और अपमानित होने के बाद अपने पिता को बंदी बना लिया। यशवंत ने चुनारगढ़ की सत्ता हथिया ली और छत्तीसगढ़ के सेनापति भानुप्रताप के पुत्र तेजप्रताप के साथ मिलकर काशी पर आक्रमण की योजना बनाई। इस बीच, महाराज दिग्विजय सिंह की आकस्मिक मृत्यु हो गई और सूर्यदेव सिंह ने कार्तिकेय और वीर को सुरक्षित स्थान पर ले जाकर शरण दी।

यशवंत और उसके साथी जयंत और भवानीशंकर को मारने में सफल हो गए। युद्ध के दौरान कार्तिकेय घायल हो गया और रुद्र ने उसे बचाकर एक वैद्य धन्वंतरि के घर पहुंचता है, जहां सावित्री (धन्वंतरि की बेटी) ने उसकी देखभाल की।

कार्तिकेय की मुलाकात सावित्री (धन्वंतरि की बेटी) की सहेली चंद्रावती से हुई और उसे बचाने के लिए कार्तिकेय ने नदी में कूदकर उसकी जान बचाई। इस बीच, महारानी सावित्री ने चुनारगढ़ पर आक्रमण का आदेश दिया और सूर्यदेव, वीर और रुद्र ने चुनारगढ़ की तरफ कूच किया। कार्तिकेय को महल की रक्षा के लिए पीछे छोड़ दिया गया, लेकिन वह बिना बताए चंद्रावती से मिलने के लिए निकल गया।

उपन्यास में विभिन्न पात्रों और घटनाओं का जाल बुना गया है जिसमें राजनैतिक षडयंत्र, युद्ध और व्यक्तिगत संघर्ष शामिल है। आपकी विवरणित कहानी इस उपन्यास के कथानक को अच्छी तरह से संक्षेपित करती है। जिसमें नायक के साहस और वीरता की महत्वपूर्ण भूमिका है।

पहला अध्याय

1

रात दो प्रहर से अधिक बीत चुकी थी। पूरे राजमहल में सन्नाटा छाया हुआ था। चंद्रमा अपनी पूर्ण कला में आसमान के मध्य में चमक रहा था। उसकी शीतल किरणें चारों तरफ फैल चुकी थीं। महल में पहरा देने वाले सैनिक भी धीरे-धीरे नींद के वशीभूत होते जा रहे थे। महाराज दिग्विजय सिंह और उनकी पत्नी सावित्री दोनों अपने कक्ष में सोए हुए थे। महाराज की उम्र लगभग पैंतीस वर्ष थी, जबकि महारानी सावित्री की उम्र तीस वर्ष की थी।

दिग्विजय- (सपने में) नहीं, ऐसा नहीं हो सकता...

इतना कहकर घबराहट में महाराज जाग उठे। उनकी आवाज सुनकर बाहर पहरा देने वाले सैनिक भी चौकन्ने हो गए, और उनके साथ ही महारानी भी जाग गई। कुछ ही क्षणों में, एक सैनिक अंदर आया और आदरपूर्वक झुककर महाराज से पूछा, "महाराज, अंदर से चिल्लाने की आवाज आई है। कुछ हो गया क्या ?"

दिग्विजय- कुछ नहीं हुआ सैनिक, अब तुम जा सकते हो।

सैनिक को वापस भेजने के बाद, महाराज और महारानी के बीच बातें होने लगीं।

सावित्री- क्या हुआ महाराज ? मैं कई दिनों से देख रही हूं कि आप बहुत चिंतित रहते हैं। जिसके कारण न आप ठीक से भोजन कर पा रहे हैं, न ही सो पा रहे हैं। ऐसी कौन-सी बात है जो आपको इतनी व्याकुल किए हुए है ? कृपया मुझे भी बताइए।

दिग्विजय- (कुछ देर सोचने के बाद) कोई विशेष बात नहीं है, महारानी। बस, एक बहुत ही भयावह स्वप्न था।

महारानी ने अपने बाएं हाथ को महाराज के दाहिने हाथ पर रखकर नम्र भाव से पूछा, "कैसा भयावह स्वप्न था ?"

दिग्विजय- (ऊंची सांस लेकर) महारानी, मैंने स्वप्न में देखा कि हमें एक पुत्र हुआ है, पर वह मरा हुआ था। यह देखकर मेरी आंख खुल गई, और कोई विशेष बात नहीं है।

सावित्री- (धीमे स्वर में) इस बात की चिंता मुझे भी रहती है कि इतने बड़े राज्य को चलाने के लिए मैं एक वारिस नहीं दे पाई हूं।

दिग्विजय- इसमें आपकी कोई गलती नहीं है। आप व्यर्थ ही इस बात को लेकर चिंता कर रही हैं। बाबा विश्वनाथ पर भरोसा रखिए, वे अवश्य ही कोई मार्ग दिखाएंगे।

सावित्री- (कुछ देर शांत रहने के बाद) महाराज, एक बात पूछूं ?

दिग्विजय- हां, पूछिए।

सावित्री- आज दरबार में आने वाला व्यक्ति कौन था ?

दिग्विजय- (बात को बदलते हुए) इस बात को यहीं छोड़ दीजिए। उचित समय आने पर मैं आपको सब कुछ बता दूंगा।

सावित्री- ठीक है, मैं फिर कभी नहीं पूछूंगी। जब आपकी इच्छा होगी, तब आप मुझे बता दीजिएगा। (कुछ देर बाद) अब आप सो जाइए। हमें सुबह बाबा विश्वनाथ के दर्शन करने जाना है।

दिग्विजय- हां, अब आप भी सो जाइए।

इसके बाद दोनों सो गए। जब महारानी की आंख खुली तो देखा कि रात बीत चुकी थी। सुबह की सफेदी चारों तरफ फैल चुकी थी। वह घबराकर उठीं और महाराज को जगाने लगीं, "महाराज, सुबह हो गई है। अब उठिए, हमें बाबा विश्वनाथ के दर्शन करने जाना है।"

महाराज जाग गए और बोले, "बहुत देर हो गई उठने में।"

सावित्री- हां, जाइए अब स्नान कर आइए।

दिग्विजय- ठीक है।

सावित्री- (चौंकते हुए) रुकिए महाराज, आपके पैर में मिट्टी लगी है। (मिट्टी को ध्यान से देखकर) यह तो गंगा जी की रेत है। आपके धोती में भी लगी है। सच-सच बताइए, क्या आप रात में कहीं गए थे ?

दिग्विजय- (संकोचते हुए) नहीं, मैं कहीं नहीं गया था। (बातों को घुमाकर) जाइए, आप भी स्नान कर आइए, कहीं जाने में देर न हो जाए।

सावित्री- हां।

सावित्री के मन में सवाल उठने लगे। वे सोचने लगीं कि अगर महाराज कहीं नहीं गए थे, तो यह गंगा जी की रेत उनके पैर में कैसे लगी ? लेकिन उन्होंने इस बात को ज्यादा तूल नहीं दिया और स्नान की तैयारी करने लगीं। महाराज दिग्विजय सिंह के मन में स्वप्न और सावित्री के सवालों का मिश्रण घुमड़ रहा था। उन्हें यह समझ नहीं आ रहा था कि अपने सपने का संबंध रात्रि में हुए इस रहस्यमय अनुभव से कैसे जोड़ें। क्या यह सब महज एक संयोग था, या इसके पीछे कोई गहरा रहस्य छिपा था ?

2

सुबह का सुहावना समय था। ठंडी हवा मंद-मंद गति से बह रही थी। हालांकि सुबह हुए काफी वक्त बीत चुका था, लेकिन आसमान में घने काले बादलों ने सूर्य को पूरी तरह से ढक रखा था। ऐसा प्रतीत हो रहा था मानो दिन

में भी रात का आभास हो रहा हो। महाराज दिग्विजय और उनकी पत्नी महारानी सावित्री एक भव्य रथ पर सवार होकर बाबा विश्वनाथ के दर्शन के लिए निकले थे। उनके पीछे-पीछे सेनापति सूर्यदेव सिंह अपने घोड़े पर सवार थे और कुछ सैनिक पैदल चल रहे थे। रास्ते भर वातावरण में एक अनोखी शांति और गंभीरता व्याप्त थी, मानो प्रकृति भी इस दैवीय यात्रा की साक्षी बन रही हो। करीब आधे घंटे के बाद सभी लोग बाबा विश्वनाथ मंदिर के मुख्य द्वार पर पहुंचे। महाराज दिग्विजय और महारानी सावित्री ने श्रद्धा से सिर झुकाया और मंदिर के भीतर प्रवेश किया। गर्भगृह में पहुंचते ही उन दोनों ने भगवान शिव के सामने अपनी मन्नतें पूरी होने की प्रार्थना की। महाराज दिग्विजय के मन में गहरा विश्वास था कि बाबा विश्वनाथ उनकी वर्षों की प्रार्थनाओं का उत्तर अवश्य देंगे।

दिग्विजय ने महारानी की ओर देखते हुए कहा, "महारानी, चलिए अब गंगा जी की भी पूजा कर लेते हैं।"

महारानी सावित्री ने अपने पति के प्रस्ताव को सहर्ष स्वीकार किया। इसके बाद महाराज दिग्विजय, महारानी सावित्री, सेनापति सूर्यदेव सिंह और सैनिक गंगा नदी की ओर बढ़ चले। जैसे ही वे मणिकर्णिका घाट के पास पहुंचे, वहां पहले से ही ठंडी-ठंडी हवा बह रही थी, जो बेहद सुखदायक और मनमोहक लग रही थी। गंगा के किनारे की शीतल हवा में एक अजीब-सी शांति थी, जो हर किसी के मन को भा रही थी। घाट पर पहुंचते ही महाराज और महारानी ने गंगा में प्रवेश किया और भगवान सूर्य को अर्ध्य देने लगे। पूजा करते समय अचानक महारानी सावित्री के पैर से एक बांस की बनी टोकरी टकरा गई। उन्हें तुरंत कुछ अजीब-सा महसूस हुआ और उनकी ध्यान उस टोकरी पर गया। जब उन्होंने टोकरी को उठाया, तो देखा कि उसमें एक छोटा-सा बच्चा सो रहा था। बच्चे का चेहरा मासूमियत से भरा था और वह गहरी नींद में था। महारानी का हृदय ममता से भर गया और उन्होंने बच्चे को तुरंत अपने सीने से लगा लिया। उनकी आंखों में आंसू छलक आए, जो कि खुशी के आंसू थे।

महारानी ने भावुक होकर महाराज से कहा, "महाराज, देखिए ! बाबा विश्वनाथ ने हमारी प्रार्थना सुन ली है।"

जो (दिग्विजय) अभी भी आंख बंद करके अर्ध्य दे रहे थे, उन्होंने जैसे ही आंखें खोलीं, तो देखा कि महारानी सावित्री ने अपने गोद में एक छोटा-सा बच्चा उठा रखा है। महाराज की आंखों में भी खुशी के आंसू छलक आए। वह उस बच्चे को देखकर इतने प्रसन्न हुए, मानो कोई बहुत बड़ा वरदान प्राप्त हो गया हो।

दिग्विजय ने चेहरे पर मुस्कान लाकर कहा, "हां, आप उचित कह रही हैं। बाबा विश्वनाथ ने हमारी प्रार्थना सुन ली है। यह बच्चा हमारे लिए साक्षात् प्रसाद के रूप में आया है।"

तब तक घाट के ऊपर खड़े सेनापति सूर्यदेव सिंह और सैनिक भी वहां आ पहुंचे।

सूर्यदेव ने चौंक कर पूछा, "क्या हुआ महाराज ? (सावित्री की तरफ देखकर) यह बच्चा कौन है ?"

दिग्विजय ने गदगद स्वर में उत्तर दिया, "बाबा विश्वनाथ ने आज हमारी मनोकामना पूर्ण कर दी है।"

सावित्री ने खुशी से बच्चे को देखते हुए कहा, "महाराज, यह बच्चा कितना सुंदर है, यह किसका होगा ? यह गंगा में कैसे आया ? इसके माता-पिता ने इसे इस प्रकार त्याग क्यों कर दिया ? अगर कोई विवाद या समस्या भी थी, तो इस मासूम की क्या गलती थी ?"

महारानी के अंतर्मन में इन प्रश्नों का तूफान उठ रहा था, लेकिन उनकी ममता ने उन्हें बच्चे के भविष्य की चिंता करने पर विवश कर दिया।

महाराज दिग्विजय ने कुछ घबराकर, लड़खड़ाते स्वर में कहा, "महारानी, अब छोड़िए, इन सब बातों को। जो भी हुआ है, वह नियति का खेल है।"

सूर्यदेव ने स्थिति को भांपते हुए कहा, "अब आप लोग चलिए, बहुत देर हो चुकी है। अवश्य ही इसके माता-पिता का पता लगाया जाएगा।"

महारानी ने सहमति में सिर हिलाते हुए कहा, "हां, यह भी हो सकता है कि किसी अकल्पनीय समस्या के कारण इसके माता-पिता ने इसे त्याग दिया हो।"

सूर्यदेव ने महाराज दिग्विजय की ओर देखते हुए कहा, "महाराज, हम जल्द से जल्द इसके माता-पिता का पता लगाएंगे। अगर उनका कहीं पता नहीं चलता है, तो यह बच्चा हमारे साथ ही रहेगा और इसका पालन-पोषण राजकुमार की तरह किया जाएगा।"

दिग्विजय ने गंभीरता से सिर हिलाते हुए कहा, "ठीक है, अब चलिए।"

सावित्री ने भी सहमति में सिर हिलाते हुए कहा, "हां, इस बच्चे का भविष्य अब हमारे हाथों में है। हम इसे एक अच्छे जीवन का उपहार देंगे।"

इसके बाद सभी लोग पुनः अपने रथ पर सवार हो गए और महल की ओर रवाना हो गए। रास्ते भर महारानी सावित्री का ध्यान उस बच्चे पर ही लगा रहा। उनके मन में कई सवाल उठ रहे थे, लेकिन एक बात साफ थी कि अब वह बच्चा उनके जीवन का अभिन्न हिस्सा बन चुका था। महाराज दिग्विजय

ने भी मन ही मन निर्णय ले लिया था कि वह इस बच्चे को अपना उत्तराधिकारी बनाएंगे। सूर्यदेव सिंह, जो कि महाराज के निकटतम विश्वासपात्र थे, उन्होंने भी महाराज के इस निर्णय का पूर्ण समर्थन किया। वह जानते थे कि यह बच्चा अब केवल एक शाही वारिस नहीं, बल्कि पूरे राज्य का भविष्य है। महारानी सावित्री ने बच्चे के माथे पर प्यार से हाथ फेरते हुए मन ही मन सोचा, "भगवान ने हमारी सूनी गोद को इस बच्चे से भर दिया है। हम इसे जीवन का हर सुख देंगे और यह बच्चा हमारे राज्य का नायक बनेगा।"

3

सूर्य अस्त हो चुका था, परंतु पश्चिम की दिशा में आसमान में हल्की लालिमा अभी भी दिख रही थी। उस समय महाराज दिग्विजय और सूर्यदेव सिंह बाग में एक किनारे से दूसरे किनारे तक टहल रहे थे। ऐसा प्रतीत हो रहा था कि वे किसी के आने की प्रतीक्षा कर रहे थे। बाग में फैले खुशबुदार फूलों की महक वातावरण को और भी सुगंधित कर रही थी। दोनों के बीच गहन वार्तालाप चल रही थी।

सूर्यदेव- महाराज, अब व्यर्थ की चिंता छोड़ दीजिए। जो होना था, वह हो चुका। अधिक सोचने से कुछ बदलने वाला नहीं है। इन सभी बातों को छोड़ देना ही बेहतर है।

दिग्विजय- (चिंतित मुद्रा में) कैसे इन सब बातों को छोड़ दूं, मित्र ? मैंने अपने पूर्वजों के सिंहासन को कलंकित कर दिया है। स्वर्ग में बैठे मेरे पूर्वज भी मेरे ऊपर घृणा से देख रहे होंगे। इस कलंक से कैसे मुक्त हो सकूंगा ? हर बार की तरह इस बार भी तुम्हीं कोई मार्ग दिखा सकते हो। मुझे समझ नहीं आ रहा है कि अब मैं क्या करूं ?

सूर्यदेव- (कुछ देर सोचकर) महाराज, ऐसा कौन-सा कुल या वंश है जिसमें कोई दोष या अवगुण न हो ? प्रत्येक व्यक्ति के जीवन में संकट आते हैं, और उस समय धैर्यपूर्वक रहना ही व्यक्ति का कर्तव्य होता है। मर्यादा पुरुषोत्तम राम और भगवान श्रीकृष्ण के जीवन में भी संकट आए थे, आप तो एक साधारण मनुष्य हैं।

दिग्विजय- (संकोच करते हुए) यह बताओ, जयंत कहां है ? आज सुबह उसने बहुत बड़ा कार्य किया है। महारानी को तनिक भी आभास नहीं हुआ कि उनके पास कोई टोकरी रखकर चला गया। इसके बाद वह कहीं दिखाई नहीं दिया। क्या तुमने उसे कहीं भेजा है ?

सूर्यदेव- हां, मैं जयंत को आश्रम भेजा था, परंतु अब तक तो उसे आ जाना चाहिए था। कहां रह गया, मैं यही सोच रहा हूं।

दिग्विजय- कोई विशेष काम था क्या, जो उसे वहां भेजा गया ?

सूर्यदेव- हां, आज रात मुझे सूचना मिली थी कि रंभा (सूर्यदेव की पत्नी) मां बन गई है। इसलिए उसकी तबीयत के बारे में जानने के लिए जयंत को आश्रम भेजा था।

दिग्विजय- (खुश होकर) इतनी बड़ी खुशी की बात तुमने मुझसे अब तक छुपा कर रखी। इसके पीछे की वजह जान सकता हूं ?

सूर्यदेव- महाराज, आप जानते ही हैं कि आज रात हम लोग कितनी बड़ी परेशानी में थे। जब आप सोने के लिए महारानी के कक्ष में चले गए, उसके पश्चात एक सैनिक ने आकर मुझे इस बात की जानकारी दी कि रंभा ने पुत्र को जन्म दिया है। उसी समय मैं वहां चला गया होता, परंतु तारा और उसके पिता को मथुरा छोड़ने के लिए भी जाना था।

दिग्विजय- हां, समझ गया।

सूर्यदेव- मैं उन दोनों को काशी की सीमा पार कराकर लौट आया, परंतु कुछ सैनिकों को उनके साथ भेज दिया हूं। अब तक वे लोग मथुरा के आसपास पहुंच चुके होंगे। मैंने मथुरा के राजा को भी पत्र भेज दिया है, ताकि उनके रहने की व्यवस्था हो जाए और उन्हें किसी प्रकार की कोई तकलीफ न हो।

दिग्विजय- तुम्हें भी उनके साथ चले जाना चाहिए था।

सूर्यदेव- महाराज, मैं आपके बारे में सोचकर वापस आया, नहीं तो मैं भी उनके साथ चला गया होता। (कुछ देर बाद) इस रहस्य को यहीं पर छोड़ देना उचित होगा। आपने सुबह देखा ही है कि महारानी उसे लेकर कितनी प्रसन्न थीं।

दिग्विजय- हां, पर मुझे ये बातें सावित्री को बता देनी चाहिए थीं।

सूर्यदेव- नहीं महाराज, क्या आप तारा को दिए हुए वचन को तोड़ देंगे ? आपको तारा से प्रेम करने से पहले ही इन सब बातों पर विचार करना चाहिए था। वैसे भी अगर किसी तरह तारा और आपके संबंधों के बारे में प्रजा को ज्ञात हो गया तो आपके प्रति विद्रोह उत्पन्न हो सकता है।

दिग्विजय- हां, तुम ठीक कह रहे हो। (बाएं हाथ से इशारा करके) वह देखो, जयंत भी आ रहा है।

सूर्यदेव- हां।

जयंत दोनों के पास आकर अदब से झुककर बोला, "महाराज, कहीं आने में मुझे देर तो नहीं हुई ?

दिग्विजय- हां, आने में देर कर दी। अब हम लोग महल की ओर ही जा रहे थे।

सूर्यदेव- जिस काम के लिए गए थे, उसके बारे में बताओ।

जयंत- वहां सब कुशल-मंगल है गुरुदेव, शीघ्र ही आपको आश्रम जाना होगा क्योंकि गुरुमाता (रत्नावली, सूर्यदेव की मां) ने मुझसे संदेश के रूप में कहा है।

सूर्यदेव- ठीक है।

जयंत- यहां आने से पहले मैं महल से होकर आ रहा हूं। महारानी ने आप दोनों को बुलाया है।

दिग्विजय- अच्छा। (सूर्यदेव से) इस बार तुम आश्रम जाना तो गुरुमाता और रंभा को भी अपने साथ लेते आना। ताकि अब वे लोग भी हमारे साथ ही रहें।

सूर्यदेव- महाराज, कदाचित यह संभव न हो। मां को तो आप जानते ही हैं कि वह आश्रम को छोड़कर कभी नहीं आ सकतीं। कहती हैं कि बेटा, अब मेरी उम्र ही कितनी बची है। जो बचा-खुचा जीवन है, वह मैं आश्रम में ही बिताना चाहती हूं। यदि रंभा यहां आने के लिए तैयार हो तो मैं उसे ले आऊंगा, परंतु मां के बिना वह भी यहां आने को तैयार नहीं होगी। मां के कारण ही रंभा आश्रम में रहती है, ताकि वह अकेली न हो।

जयंत- अब आप लोग इन सब बातों को यहीं समाप्त करें। अंधेरा भी गहराने लगा है।

सूर्यदेव- हां।

दिग्विजय- अब यहां से चला जाए। (इसके पश्चात तीनों महल की ओर रवाना हो गए।)

महल की ओर जाते समय महाराज दिग्विजय ने जयंत से कहा, "जयंत, अब तुम्हारी भी उम्र विवाह करने की हो गई है। तुम विवाह कब कर रहे हो ? कहो तो तुम्हारे लिए कोई कन्या देखूं।"

जयंत- क्षमा करें महाराज, लेकिन मैं विवाह नहीं करना चाहता।

दिग्विजय- इसके पीछे की वजह जान सकता हूं ?

जयंत- मैं सात्विक जीवन जीना चाहता हूं।

दिग्विजय- (हंसकर, सूर्यदेव से) अपने शिष्य को कौन-सी शिक्षा दे दी है, जो वह पूरा जीवन ब्रह्मचर्य में बिताने की बात कर रहा है ?

सूर्यदेव- इसके पीछे का रहस्य तो वही बता सकता है।

दिग्विजय- (जयंत से) क्या कारण है ?

जयंत- कुछ नहीं महाराज, बस इसी तरह जीवन बिताना चाहता हूं।

महाराज दिग्विजय ने मुस्कुराते हुए कहा, "जयंत, तुम्हारी भलमनसाहत पर मुझे गर्व है। परंतु जीवन में एक साथी की आवश्यकता होती है, जो जीवन के कठिन पलों में साथ दे। इसे अपने विचारों पर पुनर्विचार करो।"

जयंत ने झुककर कहा, "महाराज, मैं आपके उपदेश का सम्मान करता हूं, परंतु यह मेरा संकल्प है और मैं इसे निभाना चाहता हूं।"

इसके बाद सभी लोग महल की ओर बढ़ते गए, जहां नई चुनौतियों और दायित्वों का इंतजार था।

4

रात प्रहर बीत चुका है और चंद्रमा अपनी पूर्णता में आसमान में घूम रहा है। महल दीपों और फूलों से सजाया गया है, और चारों ओर खुशी का माहौल है। राजमहल के मंत्रणा कक्ष में दिग्विजय सिंह, महारानी सावित्री, सूर्यदेव, महामंत्री भवानीशंकर जयंत और राजगुरु जनार्दन बैठे हुए हैं। राजगुरु एक नवजात शिशु की जन्म कुंडली बना रहे हैं।

राजगुरु जनार्दन- महाराज, यह बच्चा बहुत ही दिव्य है। यह आने वाले समय में एक शक्तिशाली योद्धा बनेगा। यह युद्ध में सदा विजयी रहेगा और प्रजा को हमेशा सुख-समृद्धि प्रदान करेगा। इसके जीवन में कुछ समय के लिए कठिनाईयां आ सकती हैं, लेकिन ये कठिनाईयां इसे और भी मजबूत बना देंगी। यह धैर्यवान और दृढ़ संकल्प वाला होगा।

महारानी सावित्री- राजगुरु, इस बच्चे का नाम क्या रखा जाएगा ?

जनार्दन मुस्कराते हुए जवाब देते हैं, "महारानी, इसका नाम कार्तिकेय रहेगा।"

महारानी गोद में लिए उस बच्चे के माथे को चूमते हुए कहती हैं, "बड़ा ही प्यारा नाम है, कार्तिकेय।" फिर महाराज की ओर मुड़कर कहती हैं, "महाराज, आप भी कुछ कहिए।"

दिग्विजय सिंह- वास्तव में बहुत प्यारा नाम है।

इस तरह की बातें करते हुए समय बीत जाता है। कुछ समय बाद, सूर्यदेव वहां से उठकर अपने आश्रम की ओर रवाना हो जाते हैं, जो काशी से लगभग पंद्रह कोस की दूरी पर स्थित है। आश्रम कर्मनाशा नदी के किनारे स्थित है। जब सूर्यदेव आश्रम पहुंचते हैं, तब रात का आधा हिस्सा बीत चुका होता है। वह अपने घोड़े से उतरकर उसे अस्तबल में बांधने का प्रयास करते हैं, तभी उनका सेवक हरिराम आता है, जो अभी तक जाग रहा था।

हरिराम अदब से झुककर कहता है, "स्वामी ! आप इतनी रात में आ रहे हैं, सब कुशल मंगल तो है न ?"

सूर्यदेव मुस्कराते हुए कहते हैं, "हां, हरिराम। यहां का क्या हाल है ?"

हरिराम- यहां भी सब कुछ ठीक है।

सूर्यदेव घोड़े की लगाम हरिराम को सौंपते हुए कहते हैं, "इसे अस्तबल में बांध दो।"

हरिराम आज्ञा पालन करते हुए घोड़े को अस्तबल में बांध देता है। इसके बाद सूर्यदेव रंभा की कुटिया की ओर रवाना हो जाते हैं। जब वह कुटिया के अंदर प्रवेश करते हैं, तो देखते हैं कि वहां पर एक चिराग जल रहा है। रंभा पलंग पर लेटी हुई है, और उसके पास उसकी मां रत्नावली बैठी हुई है। तीन सेविकाएं थालियों में औषधि की सामग्री लेकर खड़ी हैं।

सूर्यदेव को देखकर सेविकाओं ने सिर झुकाकर प्रणाम किया। उन्होंने अपनी मां रत्नावली के पैर छुए। रंभा उठकर बैठने का प्रयास करती है, परंतु अस्वस्थता के कारण वह उठ नहीं पाती। सूर्यदेव जाकर रंभा के दाएं पैर के पास बैठ जाते हैं।

रत्नावली सेविकाओ से कहती हैं कि अब तुम लोग जा सकती हो। जो काम शेष है, उसे सुबह करना।

सेविकाएं सिर झुकाकर आज्ञा का पालन करती हैं और कुटिया से बाहर चली जाती हैं। रत्नावली, जो अपने बेटे की चिंता में डूबी रहती है, उससे कहती है, "बेटा, तुम्हें आने में इतना समय क्यों लगा ? हम लोग कब से तुम्हारे आने का इंतजार कर रहे थे।"

सूर्यदेव हल्की मुस्कान के साथ उत्तर देते हैं, "मां, आपको मालूम ही है कि राज्य का कार्यभार कितना जटिल होता है।"

रत्नावली कहती हैं, "हां, जयंत बता रहा था कि महाराज को सुबह गंगा जी में कोई बच्चा मिला है।"

रंभा बीच में बोलने लगती है, "वह तो ता..." लेकिन सूर्यदेव तुरंत उसके पैर पर हाथ रखकर उसे रोक देते हैं। रंभा समझदार स्त्री थी, वह अपने पति के इशारों को समझ जाती है और अपनी बात घुमाते हुए कहती है, "स्वामी, अपने पुत्र को देखिए।"

सूर्यदेव बच्चे को गोद में लेकर उसका निरीक्षण करते हैं। रत्नावली भावुक होकर कहती हैं, "बेटा, इसकी शक्ल-सूरत बिल्कुल तुम्हारे जैसी है। तुम भी बचपन में ऐसे ही दिखते थे। इसे देखकर तुम्हारे बचपन की सारी बातें याद आ गई।"

सूर्यदेव मुस्कराते हुए कहते हैं, "इसमें अपनी मां का एक भी गुण नजर नहीं आ रहा है।"

रंभा ताना मारते हुए कहती है, "हां, आपने ही इसे नौ महीने तक पेट में रखा है, जो आपके ही नजर आएंगे।"

सूर्यदेव हंसते हुए कहते हैं, "जब यह बड़ा होगा, तो मालूम हो ही जाएगा।"

रत्नावली, जो दोनों की नोंकझोंक से थक चुकी होती है, कहती हैं, "अब तुम दोनों एक-दूसरे पर बातों का वार करना बंद करो। मैं जा रही हूं, अब तुम इसकी देखभाल करो।"

इतना कहकर रत्नावली वहां से चली जाती है।

रंभा फिर से सूर्यदेव से पूछती है, "स्वामी, आप शांत क्यों हो गए ? क्या सोच रहे हैं ?"

सूर्यदेव गहरी सांस लेते हुए कहते हैं, "क्या बताऊं तुम्हें ?"

रंभा- क्या तारा वाली बात को लेकर चिंतित हैं ?

सूर्यदेव सिर हिलाते हुए कहते हैं, "हां।"

रंभा- इसमें चिंता करने की कोई बात नहीं है। तारा का ही तो निर्णय था कि महाराज उसके पैदा होने वाले बच्चे को उसका हक दें। महाराज तो तारा से विवाह करना ही चाहते थे, पर उसी ने विवाह नहीं किया। (लंबी सांस लेकर) वह यहां से कहां गई है ?

सूर्यदेव- उसकी इच्छा थी कि वह अपना शेष जीवन वृंदावन में व्यतीत करेगी। अब तक तो वह लोग मथुरा पहुंच गए होंगे। फिर भी...

रंभा- फिर भी क्या ?

सूर्यदेव- जिस दिन उसको पता चलेगा कि उसकी मां के साथ ऐसा हुआ है, तो वह हमें कभी माफ नहीं करेगा।

रंभा- अभी इन सब बातों को लेकर चिंता करने की कोई आवश्यकता नहीं है।

सूर्यदेव- अच्छा, यह बताओ कि तुमने अपने पिता को इस बात की जानकारी दी ?

रंभा- मैंने उस घर को उसी दिन त्याग दिया था, जिस दिन आपके साथ विवाह मंडप से चली आई थी। फिर भी इस बात का संदेश मां को भेजा है, परंतु अभी तक उधर से कोई जवाब नहीं आया है। पांच वर्ष से अधिक हो गया, परंतु आज तक वह लोग एक बार भी मेरे बारे में जानने की कोशिश नहीं किए।"

फिर थोड़ी देर चुप रहने के बाद रंभा दुखी स्वर में कहती है, "क्या मैंने आपसे विवाह करके बहुत बड़ा पाप कर दिया है ? क्या मुझे अपने भाइयों के कहने पर शराबी और ऐयाश व्यक्ति से विवाह कर लेना चाहिए था ? क्या मुझे अपने मनपसंद वर चुनने का अधिकार नहीं है ?"

सूर्यदेव- क्यों नहीं है ? रुक्मिणी ने भी अपने भगवान श्रीकृष्ण से भागकर विवाह किया था। इतना ही नहीं, भगवान श्रीकृष्ण की छोटी बहन सुभद्रा ने भी अर्जुन से इसी प्रकार विवाह किया था। किसी भी लड़की का हक होता है, अपने मनपसंद वर चुनने का।

सूर्यदेव- (लंबी सांस लेकर) काश तुम्हारे पिता के हाथ उस दिन विजय (दिग्विजय सिंह का छोटा भाई) की मौत न हुई होती।

रंभा- अगर मैं आज भी उन दिनों के बारे में सोचती हूं, तो मेरे रोंगटे खड़े हो जाते हैं। काश आप दोनों के साथ महाराज (दिग्विजय सिंह) भी मेरे विवाह मंडप में गए होते, तो कदाचित ऐसा नहीं होता।

सूर्यदेव सिर हिलाते हुए कहते हैं, "हां, तुम उचित कह रही हो।"

रंभा- खैर, अब इन बातों को छोड़िए। इसका नाम क्या रखा जाए ?

सूर्यदेव थोड़ी देर सोचने के उपरांत कहते हैं, "इसका नाम रुद्र रहेगा।"

रंभा- रुद्र बड़ा ही खूबसूरत नाम है।

सूर्यदेव- महाराज ने कहा है कि तुम और मां दोनों अब राजमहल में रहने के लिए चले आओ।

रंभा- यह तो संभव ही नहीं है। आप तो जानते हैं कि सासु मां आश्रम को छोड़कर नहीं जाएंगी और मैं यहां उन्हें अकेला छोड़कर नहीं जा सकती। वैसे भी, सभी को अपने सास-ससुर की सेवा करने का अवसर नहीं मिलता। मेरा तो परम सौभाग्य है कि मुझे दोनों की सेवा करने का मौका मिला। वैसे भी अब तो केवल सासु मां ही हैं।

सूर्यदेव- हां।

रंभा- मैंने अपनी मां से कई बार सुना है कि सास-ससुर की सेवा करना ईश्वर की पूजा के समान फलदायी होता है।

सूर्यदेव- हां, पर...

रंभा- पर क्या ? यही न कि मैं राजकुमारी होकर इस आश्रम में रहती हूं ?

सूर्यदेव- हां।

रंभा- पर मेरे लिए अब यही स्वर्ग के समान है। जितनी सुख-शांति से मैं यहां पर रहती हूं, कदाचित मैं राजमहल में नहीं रह सकती।

सूर्यदेव- ठीक है, परंतु एक चिंता की बात और है।

रंभा- वह क्या ?

सूर्यदेव- भैरव (भवानीशंकर का पुत्र) जो वेश्या और मदिरा के नशे में हमेशा रहता है, अक्सर महाराज के खिलाफ अफवाहें फैलाता रहता है। अगर उसे रोका न गया, तो आने वाले समय में इसका दुष्परिणाम देखने को मिल सकता है।

रंभा- सब ठीक हो जाएगा। अभी उसकी उम्र ही कितनी है ? जिस दिन जिंदगी का झटका लगेगा, उस दिन भैरव अपने आप सुधर जाएगा। इसको लेकर चिंता मत करिए, वैसे भी जब तक आप हैं, तब तक वह कुछ नहीं कर सकता।

सूर्यदेव- इस बात का डर स्वयं भैरव को भी होगा कि वह कहीं मेरे साथ न उलझ जाए। जिस दिन मुझे उसे गलत करते हुए या उसके बारे में कुछ ऐसा सबूत मिल गया, तो उसे कदाचित भगवान भी मेरे हाथों से बचा नहीं सकते। खैर, जाने दो इन सब बातों को। अब तुम सो जाओ।

रंभा- हां, आप भी सो जाइए।

इसके बाद सूर्यदेव रुद्र को रंभा के पास सुलाकर, अपने लिए जमीन पर चटाई बिछाकर सो गए।

5

सुबह का समय था। ठंडी हवा चल रही थी, और चारों ओर चिड़ियों के चहचहाने की आवाज़ें गूंज रही थीं। पूरब की ओर, आकाश में सूरज की लालिमा हल्की-सी दिखने लगी थी। एक व्यक्ति, सूर्यदेव, कर्मनाशा नदी के तट पर एक छोटी और सुंदर चट्टान पर बैठे, नदी की ओर देख रहे थे। कुछ मछुआरे मछलियां पकड़कर घर लौट रहे थे, जबकि कुछ अभी भी अपनी नावों में बैठे थे। यह दृश्य अत्यंत मनमोहक था। सूर्यदेव इस शांत माहौल में खोए हुए थे, तभी उनके सेवक हरिराम ने आकर उन्हें बुलाया।

हरिराम- स्वामी, आपके सास-ससुर और कुछ सैनिक आए हैं। बड़ी मालकिन (रत्नावली) ने आपको तुरंत बुलाने के लिए कहा है।

सूर्यदेव- (चौंककर) उनके आने को कितना समय हो गया होगा ?

हरिराम- लगभग आधे घंटे हो गए हैं।

सूर्यदेव- (हैरान होते हुए) आश्चर्य है ! आज सूर्य पृथ्वी की परिक्रमा करने लगा। इतने दिनों से उन्हें बेटी की याद नहीं आई, और अब अचानक यहां आ गए।

हरिराम- हो सकता है, उन्हें अपनी गलती का पछतावा हो रहा हो। शायद यही कारण है कि वह लोग पहले नहीं आए, या फिर वे किसी अच्छे मौके का इंतजार कर रहे थे, और अब उन्हें लगा होगा कि इससे अच्छा अवसर नहीं मिलेगा।

सूर्यदेव- हां, तुम सही कह रहे हो। चलो, अब वहां चलते हैं।

दोनों लोग वहां से रवाना हो गए। आश्रम के बीच एक बड़ा-सा बरगद का पेड़ था, और उसके पास ही एक सुंदर-सा चबूतरा बना हुआ था। वहीं पर नौगढ़ के राजा महाराज विक्रम अपने बाईं ओर अपनी पत्नी अमरावती के साथ बैठे हुए थे। महारानी अमरावती की गोद में पांच वर्ष का बच्चा था, जबकि उनकी बेटी रंभा अपने पिता के दाएं पैर के पास बैठी थी।

रंभा- (आंखों से आंसू पोंछते हुए) पिताजी, मैंने इतना बड़ा पाप कर दिया था कि पांच वर्ष से अधिक हो गए, और आज तक आपने मेरी कोई खबर नहीं ली।

मां, आपको भी मेरी कभी याद नहीं आई। मेरी सिर्फ यही भूल थी कि मैंने अपनी पसंद के लड़के से शादी की, और इसका दंड आप लोगों ने मुझे इस तरह दिया।

महाराज विक्रम ने रंभा को उठाकर अपने पास बिठाया और कहा, "बेटी, तुमसे कोई पाप नहीं हुआ है, और न ही तुमसे कोई भूल हुई है। तुमने जो किया, सही किया। गलत तो हम लोग तुम्हारे साथ कर रहे थे। बेटी, हम लोगों को क्षमा कर देना।

रंभा- तो फिर आप लोग मेरे पास अब क्यों आए हैं ? इसका कारण जान सकती हूं ?

अमरावती- महाराज ने कई बार मुझसे कहा कि चलो, रंभा से मिल आते हैं। पर मैंने ही मना कर दिया कि आप कौन-सा मुंह लेकर जाएंगे ? तुम तो जानती ही हो कि विजय की मौत तुम्हारे पिता के ही हाथों हुई थी। आज भी महाराज उस घटना के लिए पछताते हैं।

रंभा- फिर भी मां, आप लोग पत्र तो भेज सकते थे या यह भी नहीं हो सकता था?

विक्रम- बेटी, तुम्हारा क्रोधित होना स्वाभाविक है।

अमरावती- अब इन बातों को छोड़ो। इसे देखो, यह तुम्हारे बड़े भाई का बेटा है। यह भी हमारे साथ ही आया है।

रंभा- मां, इसका नाम क्या है ?

अमरावती- महाराज ने इसका नाम भीम रखा है। यह हमारे साथ ही रहता है, और अपनी मां के पास जाने से भी कतराता है।

रंभा- अच्छा, आप लोगों के साथ और कोई नहीं आया ?

विक्रम- जो भी पाप हुआ, उसमें तुम्हारे भाइयों की सबसे बड़ी भूमिका थी। उन्हीं के कहने पर मैं तुम्हारा विवाह उदय सिंह (छत्तीसगढ़ का राजकुमार) से कराने की कोशिश कर रहा था।

रंभा- मैं उन लोगों को कभी माफ़ नहीं कर सकती, चाहे कुछ भी हो जाए। उनसे कह दीजिएगा कि मेरे मरने के बाद भी वह लोग मुझे देखने के लिए न आएं।

तब तक सूर्यदेव वहां आ गए। उन्हें देखकर रंभा खड़ी हो गई और अपने सास-ससुर दोनों के पैर छुए।

विक्रम- (हाथ जोड़कर) बेटा, मुझे क्षमा कर देना। मुझसे बहुत बड़ी गलती हो गई। उस वक्त मैं तुम्हें समझ न सका, नहीं तो आज स्थिति कुछ और होती।

सूर्यदेव- (महाराज का हाथ पकड़ते हुए) महाराज, आप मुझसे क्षमा मत मांगिए। मुझे इसका पाप लगेगा। जो हुआ उसे भूल जाइए। आप लोगों के साथ सार भाई नहीं आए ?

विक्रम- वे लोग नहीं आए हैं।

अमरावती- सिर्फ मैं और महाराज ही आए हैं। हम दोनों ने यहां आने के लिए कई बार सोचा, परंतु...

सूर्यदेव- परंतु क्या ?

अमरावती- कौन-सा मुंह लेकर आते ? लेकिन जब रंभा का पत्र मिला, तो मैंने महाराज से कहा कि अब इससे अच्छा मौका नहीं मिलेगा। उसी दिन हम दोनों यहां आ गए। परंतु मेरा स्वास्थ्य ठीक नहीं था।

सूर्यदेव- कोई बात नहीं, आप लोगों ने कुछ खाया-पिया है ?

विक्रम- बेटा, हम लोग तुम्हारे यहां का कुछ खा-पी नहीं सकते।

सूर्यदेव- ऐसा क्यों ?

विक्रम- क्योंकि बेटी के ससुराल का पानी भी पीना पाप होता है। इसलिए हम लोग अपने साथ खाने-पीने की सामग्री लेकर आए हैं। इसे लेकर किसी प्रकार की चिंता मत करो।

अमरावती- बेटा, मेरी और महाराज की इच्छा है कि कुछ दिनों के लिए रंभा को हमारे साथ जाने की अनुमति दे दो।

सूर्यदेव- आप उसे अपने साथ ले जा सकती हैं, इसमें मेरी आज्ञा लेने की कोई आवश्यकता नहीं है। वह आपकी बेटी है, लेकिन एक बार रंभा से पूछ लीजिए कि उसका क्या मन है।

रंभा- मैं नहीं जाऊंगी।

विक्रम- (नम्रता से) इसका मतलब तुम हमें अभी तक क्षमा नहीं कर सकी हो।

रंभा- नहीं, ऐसी कोई बात नहीं है। मैं आप लोगों को माफ कर चुकी हूं।

अमरावती- तो फिर हमारे साथ क्यों नहीं चल रही हो ?

रंभा- मैं इसलिए नहीं जा रही हूं, क्योंकि अगर मैं चली गई तो सासू मां का यहां पर ख्याल कौन रखेगा ?

रत्नावली कुछ ही दूरी पर खड़ी होकर इन लोगों की बातें सुन रही थी।

रत्नावली- बेटी, तुम जा सकती हो। मेरी चिंता मत करो। वैसे भी कुछ ही दिनों की बात है।

अमरावती- (रंभा से) आखरी बार अपनी मां की बात मान लो।

रंभा- ठीक है, मैं चलने को तैयार हूं, परंतु एक सप्ताह से अधिक नहीं रहूंगी।

विक्रम- ठीक है, उतने ही दिनों के लिए चलो।

रंभा ने अपने माता-पिता के साथ जाने का निर्णय लिया, लेकिन वह यह भी जानती थी कि उसके दिल में जो दर्द है, वह समय के साथ ही कम हो

पाएगा। वह अपने सास और पति की ओर देखती है, और मन में सोचती है कि उसने अपने माता-पिता को माफ़ कर दिया है, लेकिन यह देखना बाकी है कि क्या वह अपने भाइयों को भी माफ़ कर सकेगी।

6

रात का एक घंटा बीत चुका था। आकाश में बादलों का घना आवरण था, जिससे चारों ओर अंधकार छाया हुआ था। आकाश में एक भी तारा नजर नहीं आ रहा था। अगर कुछ दिख रहा था, तो वह सिर्फ चंद्रमा था, जो अकेला ही किसी चिंता में डूबा हुआ प्रतीत हो रहा था। महाराज दिग्विजय सिंह अपने कक्ष में अकेले बैठे हुए थे, उनका चेहरा गंभीर और विचारों में डूबा हुआ था। कभी वह कुर्सी से उठकर पलंग पर बैठ जाते, तो कभी लेट जाते। कभी-कभी तो वह कक्ष के एक कोने से दूसरे कोने तक टहलने लगते थे। यह सिलसिला घंटों से जारी था। तभी सूर्यदेव और जयंत वहां आए। जयंत ने महाराज को प्रणाम किया, और फिर उनके बीच वार्ता शुरू हुई।

दिग्विजय- तुम दोनों को अब तक खबर मिल गई होगी ?

सूर्यदेव- हां महाराज, इसी वजह से हम यहां आए हैं। बताइए, अब आगे क्या किया जाए ?

दिग्विजय- उसके साथ क्या करना उचित होगा ? मैं नहीं चाहता कि उसके पिता और हमारे बीच कोई तनाव उत्पन्न हो। कहीं ऐसा न हो कि वर्षो पुरानी मित्रता शत्रुता में बदल जाए।

जयंत- महाराज, अगर दुष्ट व्यक्ति को दंड नहीं दिया जाए, तो उसकी दुष्टता दिन-ब-दिन बढ़ती जाती है। जब भी वह मदिरा का सेवन करता है, नशे में धुत होकर वह हमारी सीमाओं में घुसकर कुछ न कुछ उपद्रव करता रहता है। मैंने कई बार महाराज जयचंद्र को इस बात की सूचना दी है कि वह अपने पुत्र पर नियंत्रण रखें, पर आज उसने अपनी सारी सीमाएं लांघ दी हैं। अगर अब उसे दंड नहीं दिया गया, तो यह बहुत गलत होगा।

दिग्विजय- कब तक महाराज जयचंद्र उसे काबू में रख सकते हैं ? इस बार उसे माफ कर देते हैं। (सूर्यदेव की ओर देखते हुए) तुम्हारी क्या राय है ?

सूर्यदेव- महाराज, बार-बार क्षमा करना उचित नहीं है। आज उसने जो किया है, उसका दंड उसे अवश्य मिलना चाहिए। नहीं तो वह कभी नहीं सुधरेगा। भले ही हमारे महाराज जयचंद्र के साथ अच्छे संबंध हों, पर इसका मतलब यह नहीं है कि उनका पुत्र मित्रता की सभी हदें पार कर दे।

जयंत- महाराज, आज उसने सैकड़ों घर जला दिए, जिससे कई लोग बेघर हो गए हैं। अब उसे दंडित करना आवश्यक है।

दिग्विजय- सच में, उसने सारी सीमाएं लांघ दी हैं, लेकिन...

जयंत- लेकिन क्या, महाराज ?

दिग्विजय- लेकिन उसके कारण चुनारगढ़ पर आक्रमण करना उचित नहीं लगता। अगर युद्ध हुआ, तो दोनों तरफ से हजारों सैनिक मारे जाएंगे। मरे हुए सैनिकों की विधवाएं और बच्चे अनाथ हो जाएंगे। फिर उनका पालन-पोषण कौन करेगा ?

जयंत- आप सही कह रहे हैं, महाराज। लेकिन हमें एक और बात का पता चला है।

दिग्विजय- वह क्या ?

जयंत- गुप्तचरों से जानकारी मिली है कि सेनापति शेरअली और महामंत्री अहमद महाराज जयचंद्र की बातें नहीं सुनते, बल्कि यशवंत (जयचंद्र के पुत्र) की ही बातें मानते हैं। क्योंकि उन्हें पता है कि यशवंत ही अगले राजा होंगे, इसलिए वे हमेशा उसकी खुशामद में लगे रहते हैं। इसके अलावा, यशवंत का एक मित्र है, कल्याण सिंह, जो अत्यंत चतुर, बुद्धिमान और शक्तिशाली है। वह निरंतर यशवंत को हमारे खिलाफ उकसाता रहता है।

सूर्यदेव- महाराज, मेरे पास एक उपाय है जिससे उसे दंड भी मिलेगा और युद्ध भी नहीं होगा। यदि इसके बाद महाराज जयचंद्र आक्रमण करते हैं, तो हम उसका सामना कर सकते हैं।

दिग्विजय- क्या उपाय है ?

सूर्यदेव- उसे बंदी बनाकर यहां लाया जाए।

दिग्विजय- लेकिन यह कैसे संभव होगा ?

सूर्यदेव- महाराज, हमें जानकारी मिली है कि आज रात उसका डेरा चुनारगढ़ की पहाड़ी पर रहेगा। इससे उसे आसानी से बंदी बनाकर लाया जा सकता है।

दिग्विजय- ठीक है, ऐसा ही करो। एक और सवाल है।

सूर्यदेव- वह क्या, महाराज ?

दिग्विजय- (कुछ संकोचते हुए) तारा का कुछ पता चला ?

सूर्यदेव- अभी तक कोई सूचना नहीं मिली है। मथुरा के राजा ने कई बार पत्र भेजे हैं, जिसमें कहा गया है कि तारा वहां अब तक नहीं पहुंची है।

दिग्विजय- तुम शीघ्र ही इसका पता लगाओ कि वह कहां है। मुझे डर है कि कहीं उसके साथ कुछ अनहोनी न हो गई हो।

सूर्यदेव- महाराज, मैंने कई सैनिकों को तारा का पता लगाने के लिए भेजा है। शीघ्र ही कुछ जानकारी मिल जाएगी। वह बहुत जिद्दी औरत है, हमेशा अपनी ही चलाती है। हो सकता है, वह मथुरा गई ही न हो।

दिग्विजय- ठीक है, मान लिया कि वह मथुरा नहीं गई, लेकिन उसके साथ गए सैनिकों का तो कुछ पता होना चाहिए कि वे कहां हैं।

उसी समय एक सेविका कक्ष में प्रवेश करती है। वह तीनों को सिर झुकाकर प्रणाम करती है और महाराज की ओर देखकर कहती है, "मुबारक हो, महाराज ! महारानी ने पुत्र को जन्म दिया है।

महाराज प्रसन्न होकर अपने गले से सोने का हार निकालकर उसे दे देते हैं। इसके बाद सेविका वहां से चली जाती है और पुनः बातचीत का सिलसिला शुरू हो जाता है।

सूर्यदेव- महाराज, आप तारा को लेकर चिंतित मत होइए। मैं जल्द ही उन सभी का पता लगाऊंगा।

दिग्विजय- ठीक है।

इसके बाद सूर्यदेव और जयंत महाराज को बधाई देकर वहां से विदा हो जाते हैं। महाराज दिग्विजय सिंह एक बार फिर अकेले रह जाते हैं, लेकिन इस बार उनके मन में खुशी और चिंता दोनों की मिलीजुली भावनाएं हैं।

7

आधी रात का समय था। आसमान में घना अंधेरा छाया हुआ था और बादलों ने चंद्रमा को घेर रखा था। इस भीषण अंधेरे में, सूर्यदेव और जयंत अपने घोड़ों पर सवार होकर अहरौरा के जंगलों के निकट पहुंच चुके थे। वहां पर पहले से पचास से अधिक सैनिक उनकी प्रतीक्षा कर रहे थे। जैसे ही दोनों अपने घोड़ों से उतरे, एक सैनिक तेजी से उनके पास आया और अदब से झुककर बोला, "आपको आने में देर हो गई। दुश्मन अब अपने डेरे में नहीं हैं।

सूर्यदेव ने अपने चेहरे पर हल्की सी मुस्कान लाते हुए कहा, "बकरे की मां कब तक खैर मनाएगी ? वह कहीं भी छिपे, हम उसे ढूंढ़ निकालेंगे। फिलहाल, यहां का हाल बताओ।"

सैनिक ने गंभीरता से कहा, "महाराज, हमने समय रहते आग पर काबू पा लिया, लेकिन घरों में आग लगते ही सभी लोग बाहर निकल आए। इसलिए किसी की मृत्यु नहीं हुई, लेकिन..."

जयंत ने बीच में टोकते हुए पूछा, "लेकिन क्या ?"

सैनिक- इन लोगों की खाने-पीने की सभी वस्तुएं जल गई। मकान बनाने में महीनों लगेंगे, और तब तक इनके रहने और खाने की व्यवस्था करनी होगी। इसके अलावा इनके पास सैकड़ों जानवर हैं, जिन्हें भी ठिकाने लगाना होगा।

सूर्यदेव कुछ सोचते हुए बोले, "कितने लोग होंगे ?"

सैनिक- बच्चे, बूढ़े, स्त्रियां और युवक मिलाकर कुल मिलाकर पांच सौ से अधिक लोग होंगे।

जयंत ने चिंता जाहिर करते हुए कहा, "इसके लिए तो उन दुश्मनों को अवश्य दंड मिलेगा, लेकिन पहले हमें इन लोगों की व्यवस्था करनी होगी। क्या उन्हें कुछ खाने को मिला ?"

सैनिक ने हामी भरते हुए कहा, "हां, पर कुछ लोगों ने नहीं खाया।"

जयंत ने आश्चर्य से पूछा, "ऐसा क्यों ?"

सैनिक- इनके मकान जल जाने का दुख बहुत गहरा है।

जयंत- जो भी बचा है, उन्हें भी भोजन कराओ और जो स्त्रियां रो रही हैं, उन्हें शांत करो।

सैनिक- जी, पर इनके रहने की व्यवस्था कैसे होगी ?

सूर्यदेव ने आदेश दिया, "तुम आधे लोगों और जानवरों को लेकर आश्रम चले जाओ और बाकी को राजमहल में ठहरने की व्यवस्था कर दो। जब तक इनके मकान नहीं बन जाते, ये वहीं रहेंगे।"

सैनिक- जो आज्ञा।

सूर्यदेव ने थोड़ा सोचते हुए कहा, "एक काम और करना।"

सैनिक ने पूछा, "क्या, महाराज ?"

सूर्यदेव ने सख्त आवाज में कहा, "राजमहल से राशन लेकर शीघ्र आश्रम पहुंचा देना।"

सैनिक ने चिंता भरे स्वर में पूछा, " क्या आप दोनों हमारे साथ नहीं चलेंगे ?"

जयंत- नहीं।

सैनिक- तब इतनी रात को कहां जाएंगे।

जयंत ने गंभीरता से कहा, "लंका में।"

सैनिक- मैं आपके कहने का अर्थ समझा नहीं।

सूर्यदेव ने अपनी आंखों में गुस्से की झलक दिखाते हुए कहा, "तेगासिंह, तुम जानते हो कि रावण ने अपने जीवन में कई गलतियां की थीं, लेकिन उनमें से दो गलतियां सबसे बड़ी थी। जानते हो, वो कौन सी हैं ?"

तेगासिंह ने सिर झुकाते हुए कहा, "एक तो उसने माता सीता का हरण किया।"

सूर्यदेव ने सराहते हुए कहा, "हां, और दूसरी ?"

तेगासिंह- उसने साधारण वानर समझकर हनुमान जी की पूंछ में आग लगा दी।

सूर्यदेव ने गहरी सांस लेते हुए कहा, "ठीक वैसे ही, यशवंत ने मेरे दिल में आग लगा दी है। आज चुनारगढ़ भी लंका की तरह जलकर राख हो जाएगा।"

तेगासिंह ने प्रतिरोध करते हुए कहा, "कुछ लोगों की गलती की सजा सभी को देना उचित नहीं है।"

सूर्यदेव ने कड़क आवाज में कहा, "तुम भी महाराज की भाषा बोलने लगे हो। खैर, अब तुम जाओ और अपना काम करो।"

तेगासिंह ने सिर झुकाते हुए कहा, "जो आज्ञा।"

इतना कहकर वह सैनिक वहां से चला गया। उसके बाद सूर्यदेव और जयंत अपने घोड़ों पर सवार होकर चुनारगढ़ की ओर बढ़ गए।

रास्ते में, जयंत ने गहरी सांस लेते हुए कहा, "गुरुदेव, उन्हें इस बार पूरी तरह से यकीन होगा कि हम लोग शांति से बैठने वाले नहीं हैं।"

सूर्यदेव ने सिर हिलाते हुए कहा, "हां।"

जयंत- किसको-किसको बंदी बनाएंगे ?

सूर्यदेव ने गंभीरता से कहा, "सिर्फ यशवंत को।"

जयंत ने एक समस्या बताते हुए कहा, "गुरुदेव, अगर महल में रात के समय पहरा देने वाले सैनिकों ने देख लिया, तो बेकार में ही खून-खराबा होगा।"

सूर्यदेव- देखा जाएगा। लेकिन किसी भी कीमत पर यशवंत को बंदी बनाकर लाना है। अगर कुछ सैनिकों को मारना भी पड़े, तो भी।

जयंत ने सहमति जताते हुए कहा, "हां, गेहूं के साथ घुन भी पिस जाते हैं।"

इसके बाद दोनों अपने घोड़ों को जंगल में बांधकर चोरों की भांति राजमहल के अंदर प्रवेश कर गए।

जयंत ने धीमे स्वर में कहा, "यहां तो सभी सैनिक सो रहे हैं। लगता है कि हमारा काम आसानी से हो जाएगा।"

सूर्यदेव ने सहमति में सिर हिलाते हुए कहा, "हां, अब हमें जल्दी से जल्दी अपना काम पूरा करके लौट जाना चाहिए। क्योंकि रात का प्रहर भी अब अधिक शेष नहीं है।"

जयंत- तब तो हमें जल्दी से पता लगाना होगा कि यशवंत का कक्ष कौन-सा है?

सूर्यदेव ने जयंत का हाथ खींचते हुए उसे एक खंभे के पीछे छिपा दिया।

जयंत ने फुसफुसाते हुए पूछा, "क्या हुआ ?"

सूर्यदेव ने इशारे से दिखाते हुए कहा, "वह देखो, हमारी तरफ दो सैनिक आ रहे हैं।"

जयंत- अब इन दोनों का क्या करें ?

सूर्यदेव- इन्हें शांति से चले जाने दो। फिर बाग की तरफ चलेंगे, वहां से कमंद के सहारे यशवंत के कक्ष तक पहुंच जाएंगे।

जयंत- अगर हम इन दोनों को मारकर उनके वस्त्र पहन लें, तो आसानी से बाग में पहुंच सकते हैं।

सूर्यदेव ने गंभीरता से कहा, "इन्हें मारना व्यर्थ है। बस बेहोश कर दो। जब तक ये होश में आएंगे, हमारा काम हो चुका होगा।"

जयंत ने सहमति जताते हुए कहा, "ठीक है।"

जब सैनिक उनके पास आए, तो दोनों ने उन्हें बेहोश कर दिया और उनके वस्त्र पहनकर बाग की तरफ बढ़ गए। थोड़ी देर बाद, वे वहां पहुंच गए।

सूर्यदेव- मैं कमंद के सहारे ऊपर जा रहा हूं। तुम यहां मेरे आने का इंतजार करो। अगर कोई सैनिक आए, तो उसे यहीं रोक कर रखना।

जयंत- नहीं, आप यही रहें। मैं ऊपर जाऊंगा।

सूर्यदेव ने सहमति जताते हुए कहा, "ठीक है, तुम ही जाओ। और इस पत्र को अपने साथ ले जाओ। यशवंत को लाते वक्त इसे उसके बिस्तर पर रख देना, ताकि महाराज जयचंद्र को पता चल सके कि उसे कौन ले गया है।"

इसके बाद जयंत कमंद के सहारे ऊपर चढ़ गया और सीधे यशवंत के कक्ष में पहुंचा। वहां पर पहले से ही कई चिराग जल रहे थे, जिससे चारों ओर उजाला था। जयंत ने देखा कि यशवंत पलंग पर गहरी नींद में सो रहा है। जयंत ने उसके सिर पर मारकर उसे बेहोश किया, फिर उसके हाथ-पैर बांधकर कंधे पर उठा लिया और कमंद के सहारे नीचे आ गया।

सूर्यदेव- काम हो गया ?

जयंत- हां, गुरुजी।

सूर्यदेव- वह पत्र रख दिया ?

जयंत ने सिर हिलाते हुए कहा, "हां, लेकिन उसमें क्या लिखा था ?"

सूर्यदेव- इस वक्त हमारे पास समय बहुत कम है। चलो, रास्ते में मैं तुम्हें सब कुछ बता दूंगा। हमें फौरन यहां से निकला होगा ताकि कोई हमें यशवंत को ले जाते हुए देख न सके।

जयंत- हां, चलिए।

8

अगले दिन महाराज दिग्विजय सिंह का दरबार लगा। वह अपने रत्नजड़ित सिंहासन पर विराजमान थे। उनके बाईं ओर सूर्यदेव और जयंत, और दाईं ओर भवानीशंकर, भैरव और राजगुरु बैठे थे। इनके साथ ही भूमिपति

और सेठ भी अपने-अपने स्थान पर विराजमान थे। कुछ सैनिक और प्रजा भी वहां उपस्थित थे। दरबार के बीचों-बीच यशवंत खड़ा था, उसके दोनों हाथ रस्सी से बंधे हुए थे।

जयंत- (खड़े होकर) महाराज, इस बार इसको दंडित करना अनिवार्य है।

इतना कहकर वह अपने स्थान पर बैठ गया।

दिग्विजय- (कड़ी आवाज़ में) तुम बार-बार ऐसा काम क्यों करते हो ? तुमने कल सैकड़ों मकान जला डाले। तुम्हारी इस मूर्खता से सैकड़ों लोग बेघर हो गए। तुमने ऐसा क्यों किया ? इसकी वजह बता सकते हो ?

यशवंत- (सिर ऊपर करके, ऊंचे स्वर में) महाराज, आपके राज्य के वनवासी लोग हमारी सीमा के अंदर घुसकर जंगल काट रहे हैं। कई बार समझाने पर भी वे नहीं माने। यही वजह है कि मुझे मजबूरन उनके मकान जलाने पड़े।

सूर्यदेव- (खड़े होकर) महाराज, यह झूठ बोल रहा है। मैंने इस बात का पता लगाया है कि वनवासी लोग हमारे सीमा के अंदर ही पेड़ों को काटते हैं, वह भी उतना ही, जितना उन्हें आवश्यक हो।

दिग्विजय- (यशवंत से) तब तुम क्यों झूठ बोल रहे हो ?

यशवंत- मैं सच कह रहा हूं।

दिग्विजय- ठीक है, मैं एक बार के लिए मान भी लेता हूं कि तुम सही कह रहे हो। परंतु इस बारे में तुमने मुझे एक बार भी सूचित क्यों नहीं किया ?

यशवंत- मैं किसी को सूचित करना उचित नहीं समझता।

दिग्विजय- क्यों?

यशवंत- क्योंकि अब मैं सही-गलत का फैसला कर सकता हूं।

दिग्विजय- क्या तुमने ऐसा करने से पहले अपने पिता से इसके बारे में पूछा था?

यशवंत- नहीं, उन्हें इसकी जानकारी ही नहीं है। वे अब बूढ़े हो चुके हैं। राज्य के लाभ-हानि के बारे में सोचना अब मेरा काम है, न कि उनका। इसलिए मैं कोई भी काम उनसे पूछकर नहीं करता। मुझे जो भी उचित प्रतीत होता है, वही करता हूं।

दिग्विजय- तुम्हें इस बात का ज्ञान होना चाहिए कि तुम्हारे पिता और मेरे बीच मैत्री का संबंध है। सीमा से जुड़ा कोई भी विवाद हम आपस में बातचीत करके सुलझाते आए हैं। अगर तुम महाराज जयचंद्र के पुत्र नहीं होते, तो अब तक तुम्हें इस काम के लिए नगर के बीच चौराहे पर फांसी दे दी गई होती।

यशवंत- महाराज, मैं आपके धमकियों से डरने वाला नहीं हूं। अगर आपके पास इतना ही सामर्थ्य होता, तो आप मुझे इस प्रकार बंदी बनाकर लाने का आदेश नहीं देते।

दिग्विजय- (क्रोध में आकर) तुम्हारा इतना दुस्साहस कि मेरे ही दरबार में मेरा अपमान कर रहे हो ! क्या तुम्हें डर नहीं लगता ?

यशवंत- महाराज, कायरों से कौन डरता है ? आपकी पूरी सभा उसी से भरी हुई है।

इतना सुनते ही सूर्यदेव की गुस्से से आंखें लाल हो गई। वह खड़े होकर ऊंचे स्वर में बोले, "यशवंत, तुम अपनी ज़ुबान संभाल कर बोलो, नहीं तो तुम्हारे लिए अच्छा नहीं होगा।"

यशवंत- क्या अच्छा नहीं होगा ? सबसे बड़ा कायर तो तुम ही हो इस सभा में, जो मुझे रात में सोते वक्त हाथ-पैर बांधकर यहां पर ले आए। तू मुझसे बात ही मत कर, दुष्ट कहीं का।

यह सुनकर सूर्यदेव तिलमिला उठे। वे यशवंत के पास जाकर उसे पेट पर लात मारते हुए बोले, "देखता हूं, अब कैसी बहादुरी दिखाता है !

यशवंत जमीन पर गिर पड़ा। महाराज दिग्विजय ने सूर्यदेव को शांत होने का इशारा करते हुए कहा, "तुम अपने गुस्से को काबू में रखो और पुनः अपने स्थान पर बैठ जाओ। इसने जो किया है, उसका दंड इसे अवश्य मिलेगा।

इसके बाद सूर्यदेव अपने स्थान पर जाकर बैठ गए। यशवंत अपने आप को संभालता हुआ, धीरे-धीरे खड़ा हो गया।

भवानीशंकर- (खड़े होकर) महाराज, जिस प्रकार नीम के वृक्ष को दूध और घी से सींचने पर भी उसमें मिठास नहीं आ सकती, उसी प्रकार दुष्ट व्यक्ति को समझाकर भी कुछ हासिल नहीं हो सकता। इसके लिए आप कोई सजा सुनिश्चित करें।

दिग्विजय- आप उचित कह रहे हैं। परंतु मैं इसे मृत्यु दंड भी नहीं दे सकता।

जयंत- (खड़े होकर) महाराज, इसे अपमानित करके वापस भेज दिया जाए। मौत से कहीं अधिक अपमान की पीड़ा होती है।

दिग्विजय- हां, इसका मुंडन करके गधे पर बैठाकर भेज दो।

जयंत- जो आज्ञा।

दिग्विजय- महाराज जयचंद्र को एक पत्र भेज देना। उसमें लिख देना कि अगर वे युद्ध करना चाहें, तो हम इसके लिए तैयार हैं।

जयंत- ठीक है।

इसके बाद दिग्विजय ने दरबार बर्खास्त कर दिया। जयंत ने अपनी कमर से कटार निकालकर यशवंत का जबरदस्ती मुंडन किया और उसे गधे पर बैठाकर चुनारगढ़ की सीमा पर छोड़ आया।

दिग्विजय सिंह का दरबार उस समय एक कठिनाई भरे मोड़ पर था। यशवंत का विद्रोह न केवल उनके राज्य की शांति को खतरे में डाल रहा था, बल्कि उनके और महाराज जयचंद्र के बीच के संबंधों को भी प्रभावित कर रहा था। यशवंत का विश्वास था कि वह अपने कार्यों में सही है, लेकिन उसका तरीका बेहद अनुचित और अनैतिक था। उसने अपनी शक्ति का दुरुपयोग किया था, जो राज्य के कानून और नियमों के खिलाफ था। यशवंत की मानसिकता एक ऐसे युवक की थी, जिसे अपने पिता की छत्रछाया से बाहर आकर स्वतंत्र निर्णय लेने की आदत नहीं थी। उसे लगता था कि वह अपने राज्य का भला कर रहा है, लेकिन उसकी समझ में यह नहीं आया कि किसी भी राज्य की नीति एक व्यक्ति की निजी इच्छा पर नहीं चल सकती। यह सामूहिक विचार-विमर्श और परामर्श पर आधारित होती है, और यशवंत ने इस मूल सिद्धांत का उल्लंघन किया था। दिग्विजय सिंह, एक कुशल और न्यायप्रिय राजा थे, जो चाहते थे कि उनके राज्य में शांति और सुव्यवस्था बनी रहे। लेकिन वे यह भी समझते थे कि यदि यशवंत को गंभीर सजा नहीं दी गई, तो इससे भविष्य में और भी लोग अनुशासनहीनता करने का साहस करेंगे। इसी कारण उन्होंने उसे अपमानित करने का निर्णय लिया, जो यशवंत के जैसे अहंकारी व्यक्ति के लिए सबसे बड़ी सजा थी। इस तरह, यह घटना दिग्विजय सिंह के शासन की दृढ़ता और उनके न्यायपूर्ण स्वभाव की एक मिसाल बन गई। उनके दरबार में यह संदेश स्पष्ट हो गया कि किसी भी व्यक्ति को राज्य के नियमों के खिलाफ जाने की अनुमति नहीं दी जाएगी, चाहे वह कितना भी शक्तिशाली या प्रभावशाली क्यों न हो।

9

सूर्यदेव और जयंत ने जिन दो सैनिकों को वही पर बेहोश करके छोड़ दिया था, जब वे दोनों होश में आए, तो उन्होंने देखा कि कोई उनके कपड़े निकाल कर ले गया है। उस वक्त सुबह होने में घंटे भर का समय बाकी था। दोनों उसीं अवस्था में यशवंत की कक्ष की ओर रवाना हो गए। कक्ष के अंदर जाकर देखा तो यशवंत वहां नहीं था। इसके बाद उन दोनों पर क्या बीता होगा, आप सोच सकते हैं।

पहला सैनिक- वही दोनों अवश्य ही कुमार को ले गए होंगे।

दूसरा सैनिक- अब क्या करना चाहिए? महाराज को जिस बात का डर था, वही हुआ।

पहला- अगर कुमार का पता नहीं चला तो हमारी जान बचना मुश्किल है।

दूसरा- हां, अगर तुम गाजा पीने के लिए नहीं कहते तो शायद हम यहां से जाते ही नहीं। जब पीने का शौक हो, तो अपने पास रखा करो।

पहला- मुझे क्या पता था कि कुछ ऐसा हो जाएगा ? नहीं तो मैं यहां से जाने के लिए कहता ही नहीं।

तभी दूसरे सैनिक का ध्यान पलंग पर रखे पत्र पर गया। उसने तुरंत उसे उठाकर पढ़ना शुरू किया। पत्र में कुछ इस प्रकार लिखा था :

"महाराज जयचंद्र को मेरा प्रणाम, आपको कई बार सूचना भेजी गई कि आप अपने बेटे को अंकुश में रखें। लेकिन आपने उसे अनुशासित करना उचित नहीं समझा, जिसकी वजह से उसकी उद्दंडता दिन-प्रतिदिन बढ़ती जा रही है। आपको विदित हो गया होगा कि उसने आज हमारी सीमा के अंदर घुसकर कितना उपद्रव मचाया है। यदि आपके साथ हमारी मित्रता न होती, तो अब तक हम आपके राज्य पर आक्रमण कर चुके होते। मैं आपके पुत्र को बंदी बनाकर ले जा रहा हूं। इतना विश्वास रखिए कि आपके पुत्र को मृत्यु दंड नहीं दिया जाएगा। लेकिन उसने जो अवांछनीय कार्य किया है, उसकी सजा उसे अवश्य मिलेगी। शाम तक यशवंत को वापस भेज दिया जाएगा। अगर आपको युद्ध करना हो, तो हम इसके लिए भी तैयार हैं।"

सेनापति

सूर्यदेव सिंह

यह पढ़ते ही उस सैनिक का दिमाग चकरा गया और उसके माथे से पसीना आने लगा। उसने अपने पास खड़े साथी को पत्र दिया और कहा, "लो, तुम भी इसे पढ़ लो।" पत्र पढ़ने के बाद उसका भी वही हाल हो गया। फिर दोनों महाराज जयचंद्र के कक्ष की ओर रवाना हो गए। जब दोनों महाराज के कक्ष के पास पहुंचे, तो वहां पहरा देने वाला सैनिक, कन्हैया, उन दोनों को देखकर चौंक गया और बोला, "बिहारी लाल, यह कैसा हाल बना रखा है ? क्या तुम लोगों का गाजा का नशा अभी तक नहीं उतरा ?"

इससे पता चलता है कि दोनों सैनिकों में से एक का नाम बिहारी लाल है। बिहारी ने उत्तर दिया, "नहीं कन्हैया, हम किसी नशे में नहीं हैं। हमें बेहोश करके, हमारे कपड़े निकाल लिए गए।"

कन्हैया- किसने ऐसा किया ?

बिहारी- हमें तुरंत महाराज के पास ले चलो। जब हम महाराज को पूरा हाल बताएंगे, तो तुम भी जान जाओगे।

कन्हैया- ठीक है, चलो।

इसके बाद तीनों महाराज जयचंद्र और उनकी पत्नी इंदुमती के कक्ष में प्रवेश कर गए। महाराज और महारानी दोनों लोग पलंग पर सोए हुए थे। जयचंद्र सैनिकों की आहट से जाग गए। जब उन्होंने देखा कि दोनों सैनिक

केवल जांघिया पहने हुए थे, तो वह हड़बड़ाकर बोले, "यह क्या हाल बना रखा है तुम दोनों ने ?"

बिहारी- महाराज, हमारा यह हाल काशी के सेनापति सूर्यदेव ने किया है। इसे पढ़िए (पत्र देकर), आपको सब कुछ ज्ञात हो जाएगा।"

इन लोगों की आवाज सुनकर महारानी इंदुमती भी जाग गई। महाराज जयचंद्र ने कहा, "तुम ही इसे पढ़कर सुनाओ।"

तब बिहारी ने पत्र पढ़कर सभी को सुनाया। यह सुनकर महाराज और महारानी दोनों के होश उड़ गए। इंदुमती ने लड़खड़ाते स्वर में पूछा, "महाराज, अब क्या होगा ?"

जयचंद्र ने धीमे स्वर में उत्तर दिया, "जो होना था, वह तो हो चुका। हमारे पास इतना सामर्थ्य नहीं है कि उनका मुकाबला कर सकें। अकेले सूर्यदेव ही हमारे आधे सैनिकों को परास्त कर सकते हैं। मैंने सुना है कि सेनानायक जयंत को भी युद्ध करना उसी ने सिखाया है। वह भी उससे कम ताकतवर नहीं है।"

इंदुमती- तब क्या हम लोग शांति से हाथ पर हाथ रखकर बैठे रहेंगे ?

जयचंद्र- मुझे दिग्विजय पर पूरा विश्वास है। वह बड़ा ही धर्मात्मा है और साथ ही साथ मेरा मित्र भी है। वह कुछ ऐसा नहीं करेगा जिससे हमें अत्यधिक तकलीफ हो। पत्र में लिखा है कि शाम तक यशवंत को वापस भेज दिया जाएगा। अगर वह वापस नहीं आया, तो आगे की कार्रवाई की जाएगी। तब तक हमें इंतजार करना होगा। कन्हैया !

कन्हैया- जी महाराज।

जयचंद्र- फौरन जाकर अहमद और शेरअली को सूचित करो कि मैंने उन लोगों को अपने कक्ष में बुलाया है।

कन्हैया- ठीक है।

इसके बाद तीनों सैनिक वहां से चले गए। इंदुमती ने चिंता जताते हुए कहा, "महाराज, दिन-प्रतिदिन यशवंत की हरकतें बुरी होती जा रही हैं। अगर अब उसे नहीं रोका गया, तो वह पूरे राज्य का नाश कर देगा।

जयचंद्र- इस बात का डर अब मुझे भी होने लगा है।

इंदुमती- अहमद और शेरअली पर यशवंत का बहुत भरोसा है। इसलिए वह किसी से वैर करने से नहीं डरता। उन दोनों से कह दीजिए कि अब उसकी किसी भी अनुचित काम में सहायता न करें, नहीं तो वह बहुत बड़ा अहित कर देगा।

जयचंद्र- ठीक है।

इंदुमती- आपके लाड़-प्यार ने ही उसे बिगाड़ कर रखा है।

जयचंद्र ने सहमति जताते हुए कहा, "आप बिल्कुल सही कह रही हैं। इसमें मेरी ही कमी है। अब आप चिंता मत करिए। देखिए, अब मैं उसे कैसे सुधारता हूं।"

इस प्रकार, जयचंद्र ने मन ही मन एक योजना बनानी शुरू की ताकि यशवंत को उसकी गलतियों का अहसास कराया जा सके और उसे अनुशासित किया जा सके।

10

शाम होने में अभी घंटे भर का समय शेष था। पश्चिम की ओर जाता हुआ सूरज धीरे-धीरे प्रकाशहीन हो रहा था। उस वक्त महाराज जयचंद्र, अहमद, शेरअली, कल्याण सिंह, और यशवंत मंत्रणा कक्ष में बैठे थे। इन लोगों के बीच गंभीर चर्चा हो रही थी।

कल्याण- (नम्र स्वर में) महाराज, आप इतने शांत क्यों हैं ? कुछ बोलते क्यों नहीं ?

जयचंद्र- (गुस्से से) तुम्हें पता है कि तुम्हारे दोस्त ने क्या किया है ?

कल्याण- हां, महाराज, मुझे सब पता चला है।

जयचंद्र- अगर कोई और राजा होता तो अब तक उसे मौत के घाट उतार दिया होता। मैंने उसे कई बार समझाया कि ऐसे काम मत करो, परंतु जब भी वह मदिरा का सेवन करता है, तो कोई न कोई बखेड़ा जरूर खड़ा कर देता है। आज इसके कारण मुझे इतना अपमानित होना पड़ा है कि इससे तो अच्छा होता कि यह जन्म के वक्त ही मर गया होता, कम से कम यह दिन तो न देखना पड़ता।

शेरअली- महाराज, अब आप शांत हो जाइए। जो होना था, वह हो गया। अब हमें आगे की योजना पर विचार करना चाहिए।

जयचंद्र- तुम्हारे कहने का मतलब क्या है ?

शेरअली- महाराज, दिग्विजय सिंह ने जो किया है, वह एकदम अनैतिक है। राज्य के युवराज का मुंडन करके गधे पर बैठाकर भेजना...

अहमद- अगर हमारे युवराज से कोई गलती हुई है, तो उसका दंड आप देंगे। वह कौन होते हैं इस तरह का इंसाफ करने वाले ? उन्हें इसका मूल्य चुकाना होगा।

जयचंद्र- दूसरे राज्य की सीमा में जाकर सैकड़ों लोगों को बेघर कर देना क्या उचित है ?

अहमद- महाराज, इसमें युवराज की कोई गलती नहीं है। उन लोगों को जान से भी मार देना उचित होता, हम लोगों ने तो सिर्फ मकान जला दिए।

जयचंद्र- इसका कारण बता सकते हो ?

अहमद- हां, महाराज। उन लोगों ने हमारी सीमा में घुसकर पेड़ों को काटना शुरू कर दिया था। कई बार समझाने पर भी वे नहीं माने, इसलिए हमें ऐसा कदम उठाना पड़ा।

जयचंद्र- क्या तुम लोगों ने मुझसे कभी इस बारे में बात की ? क्या इतना बड़ा कदम उठाने से पहले मुझसे पूछना उचित नहीं समझा ?

शेरअली- महाराज, इधर कई दिनों से आपकी तबीयत खराब थी, इसलिए युवराज ने कहा था कि आपको कुछ न बताया जाए, ताकि आपके स्वास्थ्य पर अनुकूल प्रभाव न पड़े। जब आप स्वस्थ हो जाते, तब सारी बातें बता दी जातीं। इसी कारण हमने आपको कुछ नहीं बताया।

जयचंद्र- (गुस्से से) यह तो मंदबुद्धि पैदा हुआ है ! क्या तुम लोगों की मति मारी गई थी ? अगर उन लोगों ने ऐसा किया है, तो मैं दिग्विजय से बात करता और उसे दंड दिलवाता।

अहमद- ठीक है, आपको न बताकर हमने गलती की है, पर...

जयचंद्र- पर क्या ?

अहमद- युवराज को इस प्रकार ले जाना... खैर, यह तो सहन किया जा सकता था, परंतु सूर्यदेव ने जो किया, वह पूरी तरह से अनुचित था।

यशवंत- (गर्दन ऊपर उठाते हुए) महाराज, जल्द से जल्द सेना को तैयार करने का आदेश दीजिए। आज रात ही काशी पर आक्रमण किया जाएगा। जब तक सूर्यदेव का कटा मस्तक नहीं देख लूंगा, तब तक चैन नहीं आएगा।

जयचंद्र- तुम तो खामोश ही रहो, नालायक ! अगर तुम अब कुछ और बोले, तो मैं भूल जाऊंगा कि तुम मेरे बेटे हो। मुझे आज तुम्हारे सारे करतूतों की जानकारी मिल चुकी है। मुझे वे सभी पत्र भी मिल गए हैं जो जयंत ने मेरे पास भेजे थे, और जिन्हें तुमने मुझ तक पहुंचने नहीं दिया, कल्याण।

कल्याण- हां, महाराज।

जयचंद्र- तुम कहां थे, जब इसने इतने बड़े कांड किए ?

कल्याण- महाराज, मैं कई दिनों से बाहर था। आज शाम को ही वापस आया हूं। जैसे ही मुझे पता चला कि यशवंत को रात में बंदी बनाकर काशी ले जाया गया है, मैं तुरंत काशी के लिए रवाना हो गया। परंतु, मुझे यशवंत रास्ते में ही मिल गया, तो मैं इसे लेकर सीधे आपके पास आया।

जयचंद्र- अब ध्यान रखना कि ऐसा कुछ न हो, नहीं तो इसके उत्तरदायी तुम ही होंगे।

कल्याण- ठीक है, अगर अब कुछ ऐसा होता है, तो मैं स्वयं जिम्मेदार हूंगा।

जयचंद्र- महामंत्री।

अहमद- हां, महाराज।

जयचंद्र- तुम इतना शांत क्यों हो ? क्या तुम मेरी बातों से सहमत नहीं हो ?

अहमद- हूं, पर...

जयचंद्र- पर क्या ?

अहमद- महाराज, सूर्यदेव ने जो किया, वह बहुत अनुचित था। युवराज को भरी सभा में अपमानित करना...

जयचंद्र- मुझे भी इसका खेद है, परंतु हमारे पास इतनी शक्ति नहीं है कि हम सूर्यदेव का कुछ बिगाड़ सकें। मैं उसके सामर्थ्य को जानता हूं, भले ही वह राजा न हो, पर उसकी शक्ति उससे कम नहीं है। जो वह कहेगा, वही दिग्विजय करेगा। तुम तो रंभा के विवाह में उपस्थित थे, तुमने देखा था कि विजय के इंतकाल के बाद, सूर्यदेव ने अकेले ही नौगढ़ और छत्तीसगढ़ की सेनाओं को परास्त कर दिया।

अहमद- हां, मुझे आज भी वह दिन स्मरण है। दिग्विजय के आने से पहले ही उसने सबको परास्त कर दिया। वह सैनिकों को इस तरह से काटता चला जा रहा था, जैसे किसान फसल काटता है।

जयचंद्र- हां, निसंदेह उसने सभा में अनुचित काम किया होगा, तभी सूर्यदेव ने इसके साथ ऐसा किया होगा। (यशवंत की तरफ देखकर) तुमने वहां पर क्या किया था ?

यशवंत- (धीमे स्वर में) कुछ नहीं।

जयचंद्र- झूठ मत बोलो।

यशवंत- मैं झूठ नहीं बोल रहा हूं।

जयचंद्र- ठीक है, वैसे भी मैं कल सुबह ही दिग्विजय से मिलने जाऊंगा।

तभी, वहां पर एक सैनिक आया और सभी को प्रणाम किया। उसने कहा, "महाराज, महारानी की तबीयत बिगड़ती जा रही है। उन्होंने आपको तत्काल बुलाया है।"

जयचंद्र- ठीक है, तुम जा सकते हो।

इसके बाद, महाराज वहां से महारानी के कक्ष की ओर रवाना हो गए। उनके जाने के बाद, फिर से उनमें बातचीत करने लगी।

शेरअली- हमें किसी भी तरह इस अपमान का प्रतिकार करना होगा।

अहमद- तुम सोच भी कैसे सकते हो कि हम महाराज के खिलाफ जाकर कोई कार्रवाई करें ? वैसे भी महाराज कल दिग्विजय से मिलने जा रहे हैं। अगर वे चले गए, तो सारा विवाद खत्म हो जाएगा। फिर प्रतिशोध लेने का मौका नहीं मिलेगा। इसलिए बेहतर है कि इन सब बातों को भूल जाएं।

यशवंत- अगर महाराज जीवित न रहे, तो क्या होगा ? वैसे भी अब वे वृद्ध हो चुके हैं।

यह सुनते ही सभी घबरा गए।

कल्याण- (लड़खड़ाते स्वर में) तुम क्या कह रहे हो ? तुम्हारा दिमाग तो सही है न ? तुम्हें ऐसा विचार कहां से आया ?

यशवंत- मुझे भली-भांति पता है कि मैं क्या कह रहा हूं। क्या तुम नहीं चाहते कि मैं अपनी बेइज्जती का प्रतिशोध लूं ?

कल्याण- निश्चित रूप से, इसका जवाब दिया जाएगा, लेकिन कुछ ऐसा अनुचित मत करो कि जिसके कारण जीवन भर पछताना पड़े।

यशवंत- मित्र, अगर मुझे किसी पर सबसे ज्यादा विश्वास है, तो वह तुम हो। अगर मैं इसका प्रतिशोध नहीं लिया, तो मैं आत्महत्या कर लूंगा।

कल्याण- (शेरअली और अहमद से) आप दोनों की क्या राय है ?

अहमद- वैसे भी अब महाराज की उम्र कितनी शेष है।

कल्याण- पर...

अहमद- पर क्या ?

कल्याण- महारानी का क्या किया जाएगा ?

शेरअली- (कुछ देर तक सोचकर) मेरे पास एक तरकीब है।

कल्याण- वह क्या ?

शेरअली– दोनों को बंदी बनाकर कारागार में डाल दिया जाए। उसके उपरांत यशवंत को राजा बना दिया जाएगा।

कल्याण– इसको इस प्रकार प्रजा कभी भी स्वीकार नहीं करेगी। इतना ही नहीं, लोग विद्रोह भी करना शुरू कर देंगे। उस स्थिति में अपनी-अपनी जान भी बचाना मुश्किल हो जाएगा।

शेरअली– ऐसा नहीं होगा। मेरे पास उसका भी उपाय है।

अहमद– वह क्या ?

शेरअली– आज रात को ही दोनों को बंदी बनाकर कारागार में डाल दिया जाए और उनके स्थान पर दो लाशें रख दी जाएं। सुबह होते ही ऐलान कर दिया जाएगा कि महाराज और महारानी का रात में ही देहांत हो गया।

अहमद– ठीक है, उसके बाद मैं सब संभाल लूंगा। पर दो लाशें कहां से आएंगी ?

कल्याण– उसकी जिम्मेदारी मेरी है। (शेरअली से) पर इसके लिए आपको मेरे साथ चलना होगा।

शेरअली– ठीक है।

अहमद– पर लाशें महाराज और महारानी की उम्र की होनी चाहिए, ताकि देखने में अधिक फर्क न पड़े।

कल्याण– ऐसा ही होगा।

यशवंत– मित्र, यह बताओ कि तुम इतने दिन बिना बताए कहां गए थे ?

कल्याण– मैं छत्तीसगढ़ गया था।

यशवंत– क्या करने ?

कल्याण– मेरा ननिहाल है। वहां मेरी मुलाकात सेनापति भानुप्रताप के पुत्र तेजप्रताप से हुई।

यशवंत– वहां के राजा उदय सिंह हैं, न ?

कल्याण– हां, पर सारा कार्य भानुप्रताप और तेजप्रताप ही देखते हैं। खैर, इसके बारे में बाद में बात होगी। अभी बहुत काम करना है, परंतु वक्त बहुत कम है।

यशवंत– हां।

शेरअली– अब यहां से चला जाए।

इसके बाद सभी लोग वहां से चले गए।

11

दोपहर का समय था। महाराज दिग्विजय और महारानी सावित्री अपने कक्ष में थे। दोनों कुमारों को पलंग पर सुलाकर वे आपस में चर्चा कर रहे थे।

दिग्विजय- महारानी, लगता है कि दोनों अब सो गए हैं।

सावित्री ने सहमति में सिर हिलाते हुए कहा, "हां, महाराज।"

दिग्विजय- सुनने में आया है कि महाराज जयचंद्र और उनकी पत्नी का अचानक देहांत हो गया।

सावित्री- परंतु महाराज, मेरा हृदय यह मानने को तैयार नहीं है। निश्चित रूप से इसमें कोई गहरी साजिश है।

दिग्विजय ने गंभीर स्वर में कहा, "मुझे भी कुछ ऐसा ही प्रतीत हो रहा है। यदि सूर्यदेव और जयंत में से कोई यहां आए, तो हमें वहां घटित घटनाओं का सही अंदाजा लग सकेगा।"

सावित्री- दोनों कहां गए हैं ?

दिग्विजय- इस खबर के मिलते ही दोनों वेश बदलकर चुनारगढ़ के लिए रवाना हो गए थे। देखना है कि वे कब तक लौटते हैं। उनके लौटने के बाद ही कुछ ठोस कहा जा सकता है।

सावित्री ने सहमति में सिर हिलाया। तभी एक सैनिक ने आकर दोनों को प्रणाम किया और कहा, "महाराज, सेनापति सूर्यदेव और जयंत बाहर खड़े हैं। वे आपसे मिलना चाहते हैं।"

दिग्विजय- उन्हें अंदर भेजो।

कुछ देर बाद, सूर्यदेव और जयंत दोनों कक्ष में आए।

दिग्विजय- आओ, बैठो। मैं और महारानी बहुत समय से तुम्हारी प्रतीक्षा कर रहे थे। आने में इतनी देर क्यों हुई ?

सूर्यदेव- महाराज, वहां एक विचित्र घटना घटित हो गई थी, जिसके कारण हमें लौटने में विलंब हो गया।

दिग्विजय ने चिंतित स्वर में पूछा, "ऐसा क्या हुआ ?"

जयंत- महाराज, ऐसा प्रतीत होता है कि महाराज जयचंद्र और महारानी इंदुमती का देहांत हुआ ही नहीं है।

दिग्विजय ने आश्चर्य से पूछा, "ऐसा किस आधार पर कह रहे हो ? सुबह तो गुप्तचरों ने यही सूचना दी थी।"

जयंत- महाराज, हमें भी पहले यही लगा था कि दोनों का स्वर्गवास हो गया है। परंतु वहां पहुंचने पर ज्ञात हुआ कि उनके साथ कोई छल किया गया है। हालांकि अब तक यह स्पष्ट नहीं हो पाया कि वास्तव में उनके साथ क्या हुआ है, लेकिन इतना विश्वास है कि वे दोनों अभी जीवित हैं।

सावित्री ने उत्सुकता से पूछा, "आप लोगों ने वहां क्या देखा जो इतने विश्वास के साथ यह कह रहे हैं ?"

सूर्यदेव- महारानी, सबसे बड़ी बात यह थी कि महाराज जयचंद्र और महारानी इंदुमती के मृत शरीर को प्रजा में किसी ने नहीं देखा। उनके अग्निसंस्कार के समय भी महाराज जयचंद्र का कोई भी निकट संबंधी मौजूद नहीं था। इतना शीघ्र दाह-संस्कार किए जाने के पीछे कोई न कोई गहरी वजह है। इसके अलावा, वहां और भी कई संदिग्ध बातें देखने को मिलीं, जिससे हमें यकीन है कि वे दोनों जीवित हो सकते हैं।

दिग्विजय ने सहमति जताते हुए कहा, "तुम लोग ठीक कह रहे हो। दोनों का एक साथ देहांत होना वास्तव में संदेहास्पद है।"

जयंत- हां, महाराज।

सावित्री ने चिंता व्यक्त करते हुए कहा, "महाराज, यदि यशवंत राजा बन गया, तो वह प्रजा पर अत्याचार करेगा। और दरबार में हुए अपमान का भी बदला लेने का प्रयास करेगा।"

दिग्विजय ने गहरे विचार में डूबते हुए कहा, "तुम ठीक कह रही हो।"

सूर्यदेव ने संभावना जताई, "महाराज, संभव है कि यशवंत ने ही यह सब किया हो। क्योंकि महाराज जयचंद्र कभी हमारे खिलाफ युद्ध के लिए तैयार नहीं हो सकते थे। शायद यशवंत ने अपने रास्ते में किसी भी बाधा को हटाने के लिए यह षड्यंत्र रचा हो।"

दिग्विजय- वैसे भी उनके साथ हमारा मित्रता का संबंध था।

जयंत- हमें अब सतर्क रहने की आवश्यकता है, क्योंकि यशवंत का अगला कदम हमारे खिलाफ हो सकता है।

सूर्यदेव- महाराज, कहिए तो मैं उसे फिर से बंदी बना ले आऊं।

दिग्विजय ने शांत स्वर में कहा, "नहीं, इसकी कोई आवश्यकता नहीं है। जब तक वह हमारे खिलाफ कोई अनुचित कार्य नहीं करता, तब तक उसे कुछ भी नहीं किया जाएगा।"

सूर्यदेव ने थोड़ा असमंजस में पूछा, "लेकिन..."

दिग्विजय ने उसकी बात काटते हुए कहा, "लेकिन क्या ?"

सूर्यदेव ने कहा, "शांति से बैठे रहना भी ठीक नहीं है।"

दिग्विजय ने मुस्कराते हुए कहा, "मैंने कब कहा कि शांति से बैठे रहो। तुम अपने गुप्तचरों को वहां भेजो और वहां की पल-पल की खबर लेते रहो। अगर वह हमारे खिलाफ कोई षड्यंत्र रचता है, तो उसे तुरंत बंदी बनाकर कारागार में डाल देना।"

सूर्यदेव ने सिर हिलाते हुए कहा, "ठीक है, महाराज। अब हम दोनों चलते हैं।"

दिग्विजय ने उन्हें विदा करते हुए कहा, "हां, जाओ।"

12

काली रात के पर्दे ने चारों तरफ अंधकार कर डाला था। मंत्रणा कक्ष में यशवंत, अहमद, शेरअली और कल्याण कुर्सियों पर बैठकर मदिरा का सेवन कर रहे थे और आपस में गहन वार्तालाप में लगे थे।

कल्याण- मित्र, तुम्हें जल्द से जल्द राजा बनना है ताकि प्रजा में उत्पन्न हुए मतभेदों को समाप्त किया जा सके।

शेरअली- सैन्य बल में भी यह चर्चा जोरों पर है कि महाराज और महारानी के साथ कुछ अनहोनी हुई है। हमें डर है कि सैनिक कहीं विद्रोह न कर दें। इससे पहले कि कोई विद्रोह हो, हमें इस समस्या का समाधान करना होगा।

यशवंत- मुझे सबसे पहले सूर्यदेव से प्रतिशोध लेना है, तभी मैं सिंहासन पर बैठूंगा।

अहमद- आपका गुस्सा अभी शांत रखना ही बेहतर होगा। आपको शायद पता नहीं, दिग्विजय सिंह के गुप्तचर हम पर नज़र गड़ाए हुए हैं। इसलिए हमें हर कदम बहुत सोच-समझ कर उठाना होगा।

कल्याण- मैं सोच रहा हूं, क्यों न दिग्विजय के खिलाफ उनके ही लोगों को खड़ा किया जाए ? इससे हमारा काम और भी आसान हो जाएगा।

अहमद- यह कैसे संभव है ?

कल्याण- संभव है, लेकिन इसके लिए मुझे भेस बदलकर वहां रहना होगा। मुझे जानकारी मिली है कि महामंत्री भवानीशंकर का पुत्र भैरव दिग्विजय के खिलाफ लोगों को भड़काने का काम कर रहा है। किसी तरह हमें उसे अपने पक्ष में करना होगा। इसके लिए मुझे कुछ समय चाहिए।

शेरअली- तब तक हम अपनी सेना को युद्ध के लिए तैयार करेंगे और सैनिकों की संख्या भी बढ़ाएंगे।

कल्याण- लेकिन अभी मैं मोहनी को लेकर चिंतित हूं। समझ नहीं आ रहा कि उसके साथ क्या करना चाहिए।

यशवंत- मोहनी के मामा-मामी को तुमने ही तो मार डाला था ?

कल्याण- हां, लेकिन उनके गायब होते ही मोहनी पर पड़ोसियों को शक होने लगा है कि उसने ही अपने मामा-मामी को गायब कराया होगा।

यशवंत- तो अब क्या सोचा है ?

कल्याण- यही तो समझ में नहीं आ रहा। उसे घर भी नहीं ले जा सकता, और कुसुम को भी मुझ पर शक हो गया है।

शेरअली- अगर कहो तो मोहनी का काम तमाम कर दूं।

कल्याण- नहीं, उसे अभी छोड़ दो। मैं कोई और उपाय सोचूंगा।

उसी समय एक सैनिक आया और अदब से झुककर बोला, "युवराज, बाहर कोई आप सबसे मिलना चाहता है।

कल्याण- कौन है ?

सैनिक- वह अपना नाम तेजप्रताप सिंह बता रहा है और कहता है कि वह छत्तीसगढ़ के सेनापति का पुत्र है।

कल्याण- उसे अंदर लाओ।

सैनिक चला गया और कुछ देर बाद तेजप्रताप अंदर आया।

कल्याण- (खड़े होकर) आओ मित्र, बहुत ही उचित समय पर आए हो। इस समय हमें तुम्हारी ही आवश्यकता है।

यशवंत- यह वही है, जिससे तुम छत्तीसगढ़ में मिले थे ?

कल्याण- हां, (तेजप्रताप से) बैठो, मेरे पास।

तेजप्रताप कल्याण के बाईं ओर बैठ गया।

शेरअली- आपका नाम बहुत सुना था, आज दर्शन भी हो गए।

अहमद- क्या आप वास्तव में हमारी सहायता करेंगे ?

तेजप्रताप- हां, लेकिन उससे पहले आप लोगों को मेरी मदद करनी होगी।

यशवंत- कैसी मदद ?

तेजप्रताप- इनको मैंने पूरी बात बताई है।

यशवंत- (कल्याण से) कौन-सी बात ?

कल्याण- यही कि महाराज उदय सिंह और उनके पूरे परिवार को समाप्त करके यह स्वयं राजा बनना चाहते हैं।

तेजप्रताप- (यशवंत से) आप अपनी सेना के साथ छत्तीसगढ़ पर आक्रमण करें।

अहमद- अगर उदय सिंह को इसकी भनक लग गई, तब क्या होगा ?

तेजप्रताप- इस बात की चिंता मत करिए। जिस दिन मैं कहूंगा, उसी दिन आप सेना लेकर आ जाइए। महाराज उदय सिंह का मैं ख्याल रख लूंगा। यदि मैं राजा बन गया, तो मैं हर प्रकार से आपकी मदद करूंगा।

यशवंत- ठीक है, हम आपकी सहायता करेंगे।

इस प्रकार ये लोग घंटों तक षड्यंत्र रचते रहे। कई योजनाएं बनीं, कई भेद खोले गए, और इस षड्यंत्रकारी समूह ने अपने इरादों को मूर्त रूप देने के लिए विभिन्न तरीकों पर विचार किया। उनकी योजना थी कि किसी भी तरह से अपने रास्ते के हर रोड़े को हटाना है। उनके दिलों में महत्वाकांक्षा और सत्ता की भूख थी, जो उनके अंदर छिपी अराजकता को और भड़काती जा रही थी। उनकी संकल्पना थी कि वे लोग एक ऐसे राज्य का निर्माण करेंगे, जहां उनकी मर्जी के बिना पत्ता भी नहीं हिलेगा।

उनकी बातें किसी बड़े तूफान की आहट दे रही थीं। कुछ समय के लिए सबने मौन साध लिया, फिर यशवंत ने शांत स्वर में कहा, "अब हमें सावधानी से कदम उठाना होगा। कोई भी गलती हमारी योजना को विफल कर सकती है।"

सबने उसकी बात का समर्थन किया, और इस प्रकार, यह षड्यंत्रकारी बैठक अंधकारमय रात के गहराते साए में समाप्त हुई। उनके मन में एक ही उद्देश्य था। सत्ता की प्राप्ति, किसी भी कीमत पर।

13

रात प्रहर भर से अधिक बीत चुकी थी। अंबर में चंद्रमा अपनी पूर्ण कला के साथ पृथ्वी को निहार रहा था। मंद-मंद गति से बहने वाली हवा, जो अब तक की निस्तब्धता को और भी गहरा बना रही थी, हरियाली के पत्तों को छूकर निकल रही थी। उस समय महारानी सावित्री अपने कक्ष में पलंग पर लेटी हुई थीं, जहां उनके दोनों कुमार, कार्तिकेय और वीर, गहरी नींद में सो रहे थे। महाराज दिग्विजय कक्ष के झरोखे के पास खड़े होकर ऊपर टिमटिमाते तारों को देख रहे थे। उनके मन में अतीत की कुछ यादें उभर रही थीं, जिन्हें वह न चाहते हुए भी भुला नहीं पा रहे थे।

सावित्री ने अपने पति को चिंतित देखकर कहा, "महाराज, अब आकर आप भी सो जाइए। रात काफी जा चुकी है । दोनों कुमार भी सो गए हैं।" कुछ देर बाद, उन्होंने फिर पूछा, "कुछ हो गया क्या ?"

दिग्विजय ने एक लंबी सांस ली और जवाब दिया, "नहीं, आप इतना चिंतित क्यों हो जाती हैं ? आज आसमान का नजारा ही अत्यंत खूबसूरत दिखाई दे रहा है। मंद-मंद बहने वाली हवाएं पूरे शरीर की थकान मिटा दे रही हैं। यहां पर बहुत सुकून मिल रहा है, हटने का मन नहीं हो रहा।" यह कहकर वे आकर पलंग पर बैठ गए। "आज मैं बहुत खुश हूं," उन्होंने आगे कहा।

सावित्री ने हंसते हुए कहा, "आप तो अक्सर खुश रहते हैं। आज कुछ विशेष बात है क्या ?"

दिग्विजय ने मुस्कुराते हुए उत्तर दिया, "आपको तो मालूम है कि सूर्यदेव और जयंत ने किस प्रकार यशवंत की सारी साजिशों को जड़ से उखाड़ फेंका। अब वह हमारी ओर आंख उठाकर भी देखने की भूल नहीं करेगा।" लंबी सांस लेकर उन्होंने कहा, "अब तक उसे पता नहीं चला कि कल्याण सिंह कहां विलुप्त हो गया। अगर वह बंदी न बना होता, तो अब तक मुश्किलें खड़ी कर चुका होता। यही सब बातें सोच रहा था। वास्तव में जयंत ने बड़ी प्रवीणता से उसे बंदी बनाया।"

सावित्री ने सहमति में सिर हिलाते हुए कहा, "हां, उन दोनों की जितनी प्रशंसा की जाए, उतनी कम है।"

दिग्विजय ने कार्तिकेय और वीर की ओर देखकर कहा, "इन दोनों की भी उम्र दस वर्ष से अधिक हो गई है। अब इन्हें आश्रम भेज देना चाहिए।"

सावित्री ने धीरे से कहा, "ठीक है, परंतु दोनों को लेकर कभी-कभी मेरे मन में प्रश्न उठता है।"

दिग्विजय ने चिंतित होकर पूछा, "कैसा प्रश्न ?"

सावित्री ने अपनी चिंता प्रकट करते हुए कहा, "जब दोनों बड़े हो जाएंगे, तो इनमें से राजा कौन बनेगा ?"

दिग्विजय- जो इनमें से योग्य होगा।

सावित्री- तब तो महाराज, हमारा पुत्र वीर ही इस सिंहासन के योग्य होगा।

दिग्विजय ने आश्चर्य से पूछा, "वह कैसे ?"

सावित्री ने धीरे-धीरे शब्दों को तोलते हुए कहा, "कहना तो नहीं चाहिए, परंतु अब तक यह ज्ञात नहीं हो पाया कि कार्तिकेय के माता-पिता कौन हैं। मालूम नहीं यह किस जाति या वंश का है। इसलिए मैं चाहती हूं कि आपके बाद राजा वीर बने।"

दिग्विजय की भौंहें तन गई, "तुम्हें आज क्या हो गया है ? जो ऐसी निरर्थक बातें कर रही हो।"

सावित्री ने गंभीर स्वर में कहा, "कौन-सी निरर्थक बातें, महाराज ? क्या आप इसके माता-पिता या इसके जाति को जानते हैं ?"

दिग्विजय ने संकोच भरे स्वर में कहा, "नहीं।"

सावित्री ने अपने शब्दों में थोड़ी सी तल्खी लाते हुए कहा, "उस समय पता नहीं मुझे क्या हो गया था, जो ऐसे नीच को अपने साथ ले आई। मेरी मति ही मारी गई थी। ऐसे नीच व्यक्ति को राजा बनाकर, इस मर्यादित सिंहासन को कलंकित होने नहीं दूंगी।"

दिग्विजय की आंखें गुस्से से लाल हो गई। उन्होंने कड़ी आवाज में कहा, "अपनी ज़ुबान संभाल कर बोलो।"

सावित्री ने बिना विचलित हुए पूछा, "क्यों ?"

दिग्विजय ने क्रोध पर काबू पाते हुए कहा, "क्योंकि इसका पिता स्वयं मैं हूं, यह मेरा बेटा है। जब तक मैं जिंदा हूं, इसे किसी प्रकार की कोई तकलीफ नहीं होने दूंगा।" एकाएक उनके मुंह से निकल गया।

सावित्री ने नम्र स्वर में कहा, "महाराज, मुझे आज सुबह ही पता चला है कि कार्तिकेय आपका और तारा का पुत्र है। परंतु आपने आज तक इस बात को मुझसे गुप्त रखा।" उन्होंने अपने तकिये के नीचे से एक पत्र निकालकर, अपने पति के हाथ में देकर कहा, "यह वही पत्र है, जो उस दिन तारा के पिता दरबार में आपको दिया था।"

दिग्विजय पत्र को देखकर घबरा गए, माथे पर पसीना छलक आया और उन्होंने खुद को संभालते हुए कहा, "यह पत्र आपको कहां से मिला ?"

सावित्री ने संयमित स्वर में कहा, "आज सुबह जब मैं अलमारी से खिलौने निकाल रही थी, तब इन खिलौनों के बीच में यह पत्र मिला। वास्तव में,

महाराज, आपने बहुत बड़ा गुनाह किया है। जिस दिन कार्तिकेय को इस बात का संज्ञान होगा, वह अपनी मां के बारे में प्रश्न करेगा। तब आप कौन सा उत्तर देंगे ? (लंबी सांस लेकर) मेरे पिता जी ने भी दो शादियां की थी, राजाओं की एक से अधिक रानीयां होना कोई बड़ी बात नहीं होती है। अगर आप दूसरा विवाह भी कर लिए होते तो भी इतना दुख नहीं होता, जितना की इस बात को जानकर हुआ है। मैं तारा को अपनी छोटी बहन से भी अधिक स्नेह करती। महाराज, आपने ऐसा क्यों किया। क्या आपको मेरे ऊपर भरोसा नहीं था ? जो आपने मुझे बताना भी मुनासिब नहीं समझे।

दिग्विजय ने सावित्री की ओर देखते हुए गहरी सांस ली और बोले, "महारानी, अब इन सब बातों को भूल जाइए। रात अधिक जा चुकी है। अब आप सो जाइए।"

सावित्री ने नाराजगी से कहा, "अब बातों को घुमाइए मत, आज आप सच्चाई से भाग नहीं सकते। आपको सच-सच बताना होगा। क्या हुआ था ? आपके और तारा के बीच कौन-सी ऐसी विवशता थी जो आपने ऐसा किया।"

दिग्विजय ने गहरी सांस लेकर कहा, "मुझे भी यह बात अंदर ही अंदर बहुत पीड़ा देती है। मैं तो चाहता था कि तारा मुझसे विवाह कर ले, परंतु वह करना ही नहीं चाहती थी।"

सावित्री ने सवाल किया, "क्यों?"

दिग्विजय ने उत्तर दिया, "क्योंकि वह कहती थी कि मैं आपसे प्यार रानी बनने के लिए नहीं कर रही हूं। परंतु मेरे कोख में जो हमारा संतान है, उसके जन्म के बाद आप उसे अपने पास रखिएगा। उसके उपरांत मैं हमेशा के लिए काशी छोड़कर चली जाउंगी। वह ऐसा ही की। वह कहती थी कि उसे राजभवन का सुख नहीं चाहिए।"

सावित्री- (गहरी सांस लेकर) महाराज, इस समय वह कहां है ? इस बात की जानकारी तो आपके पास होगी ही।

दिग्विजय- (दुख भरे स्वर में) नहीं, इसी बात को लेकर मुझे और भी वेदना होती है। मैंने उसे मथुरा के राजा के पास भेजवाया था। उसकी अभिलाषा थी कि वह वृंदावन में भगवान श्रीकृष्ण की आराधना में अपना जीवन व्यतीत करे। परंतु वह कभी मथुरा पहुंची ही नहीं। मैंने बहुत से सैनिकों को उसके खोज में भेजा, पर तारा, उसके पिता और उनके साथ गए सैनिकों में से किसी का आज तक कोई पता नहीं चला। भगवान जाने उन लोगों के साथ क्या घटित हुआ ?"

सावित्री ने कुछ देर तक सोच में डूबी रहने के बाद कहा, "इतना कुछ घटित हो जाने के उपरांत भी आपने मुझे अहसास तक नहीं होने दिया।"

दिग्विजय ने एक गहरी सांस लेकर कहा, "तारा ने मुझसे वादा लिया था कि मैं आपको इसके बारे में कुछ नहीं बताऊंगा। इसलिए मैंने आपको इस बारे में कुछ नहीं बताया।"

सावित्री ने दुख भरे स्वर में कहा, "पर तारा के कहीं पता न चलने के बाद, उसके बारे में आप मुझे बता सकते थे। महाराज, यह बताइए उस दिन आपकी धोती और पैर में गंगा जी की रेत लगी थी। क्या आप उस रात कहीं गए थे ?"

दिग्विजय ने इंकार करते हुए कहा, "नहीं, कक्ष में आने से पहले ही लगा था।"

सावित्री- महाराज, आप तारा से कैसे मिले थे ?

दिग्विजय ने ठंडी सांस भरते हुए कहा, "महारानी, अब इन सब बातों को समाप्त करिए। गड़े मुर्दे उखाड़ने से क्या लाभ ?"

सावित्री- (गंभीरता से) जो भी हो, पर अब मुझे पूरी बात जाननी है।

दिग्विजय ने हार मानते हुए कहा, "ठीक है, मैं आपको सब कुछ बताऊंगा। परंतु उससे पहले आपको मुझसे एक वादा करना होगा।

दिग्विजय - ठीक है, मैं आपको सब कुछ बताऊंगा। परंतु उससे पहले आपको मुझसे एक वादा करना होगा।

सावित्री - कैसा वादा ? आप पहले बताइए।

दिग्विजय - आप कभी भी कार्तिकेय को यह बात नहीं बताएंगी।

सावित्री - मैं आपसे वादा करती हूं, कभी भी कार्तिकेय को इसके बारे में नहीं बताऊंगी।

दिग्विजय - एक बार मैं शिकार खेलने के लिए कई सैनिकों के साथ मिर्जापुर के जंगल में गया था। मैं कई दिनों तक गायब रहा। वह दिन तो आपको याद ही होगा।

सावित्री- हां, कैसे उस दिन को भूल सकती हूं ? आपके ऊपर हमला भी हुआ था, जिससे आपके शरीर पर कई गहरी चोटें आई थीं। उन निशानों की छाप अभी भी आपके शरीर पर है।

दिग्विजय- हां, उसी समय की बात है। हमारे ऊपर हमला करने वाले सैनिकों की संख्या हमसे कहीं अधिक थी। वे मेरे सैनिकों को आसानी से मौत के घाट उतारते गए। मैं अकेला बचा। अकेले ही मैंने उन सभी को मार डाला। पर मेरे शरीर पर कई गहरी चोटें आ गई थीं, जिससे रक्त अधिक बह गया और मैं अंदर से बेहद कमजोर हो गया। चलने तक की भी शक्ति नहीं बची थी। किसी तरह घोड़े पर बैठकर महल की तरफ रवाना हुआ। पर जंगल पार करते ही बेहोश होकर जमीन पर गिर गया। उसके बाद मेरे साथ क्या हुआ, मुझे कुछ भी याद

नहीं है। जब मेरी आंख खुली, तो मैंने अपने आप को एक तख्ते पर पड़ा हुआ पाया। उस समय मेरे शरीर में थोड़ी शक्ति आ गई थी। जैसे ही मैंने उठने की कोशिश की, एक लड़की मेरे पास आ गई और मुझे लेटे रहने का इशारा किया। जब मैंने उसकी ओर ध्यान दिया, तो देखा कि उसका रंग गोरा, बदन हर जगह से सुडौल, आंखें छोटी-छोटी, नाजुक हाथ-पांव... सचमुच उसकी सुंदरता को देख कर लगा, इसे ही तो सुंदरता कहते हैं। उसकी उम्र तेईस वर्ष से अधिक नहीं रही होगी। फिर हम दोनों के बीच बातें होने लगीं।

आपके शरीर में कई गहरी चोटें लगी हैं, जिससे काफी खून बह चुका है।

तुम कौन हो ? और मैं यहां कहां हूं ? यहां कैसे आया ?

मेरा नाम तारा है। आप काशी में हैं। मैं आपको यहां लाई हूं। आपको जंगल के पास बेहोश पाया था। मुझे लगा कि कोई मरा हुआ व्यक्ति पड़ा है। जब आपके पास गई, तो देखा कि आपकी हल्की-हल्की सांस चल रही थी। उसके बाद मैंने आपको यहां ले आई। भगवान से मैं प्रतिदिन प्रार्थना करती थी कि आप जल्द से जल्द स्वस्थ हो जाएं, और आज मेरी प्रार्थना सुन ली गई।

तुम्हारे साथ और कौन रहता है ?

मैं और मेरे पिताजी।

वे कहां हैं ? मैं उनसे मिलना चाहता हूं।

वे सुबह मुझसे कहकर गए थे कि मैं राजभवन जा रहा हूं। तब तक आपका ख्याल अच्छे से रखना। पर दोपहर हो गई है, अभी तक वे नहीं लौटे।

ठीक है, आ जाएंगे। पहले मुझे यहां से बाहर ले चलो।

तब तारा ने मुझे सहारा देकर बाहर ले गई और एक छोटे से चट्टान पर बैठा दिया। उसके बाद वह मेरे पास जमीन पर बैठ गई। उस समय दोपहर थी, मगर सूरज बादलों के पीछे छिपा था। ठंडी-ठंडी हवा बह रही थी, जिससे मुझे बहुत राहत मिली। मैंने उससे पूछा, "तुम नीचे क्यों बैठ गई ?" तब तारा ने कहा, "मैं यहां पर ठीक हूं।" मैं उसके अहसान तले दबता जा रहा था। प्रत्येक क्षण उसके लिए मेरे दिल में जगह बनती जा रही थी। मैं यही सोच रहा था कि अब इसके अहसान को कैसे चुकाऊंगा। इसके बाद हम दोनों के बीच बातें होने लगीं।

आप कौन हैं ? आपके ऊपर किसने हमला किया था ?

मुझे नहीं पता।

तब तक सैनिकों के आने की आहट मिली। तारा सैनिकों की आहट से डर गई और बोली, "कई सैनिक हमारे तरफ ही आ रहे हैं । अब क्या किया जाए?"

मैंने कहा, "डरने की कोई बात नहीं है। यह सब मेरे सैनिक हैं।"

मेरे मुंह से इतना सुनते ही तारा डर गई और बोली, "आप कौन हैं ?"

तब मैंने उसे बताया, "मैं काशी का राजा दिग्विजय सिंह हूं। तुम इतना डर क्यों रही हो ?

तुमने मेरा जीवन बचाकर मुझ पर बहुत बड़ा अहसान किया है। तुम्हारे इस अहसान का मैं हमेशा ऋणी रहूंगा।"

तब तक मेरे पास सूर्यदेव, भवानीशंकर, जयंत, तारा के पिता और कुछ सैनिक आ गए।

सूर्यदेव- महाराज, आपकी तबीयत अब कैसी है ?

दिग्विजय- मैं ठीक हूं, अपना बताओ।

सूर्यदेव- हम लोग भी ठीक हैं।

जयंत- महाराज, हमने आपको कहां-कहां नहीं खोजा, परंतु आपका पता नहीं चला।

दिग्विजय- अब चिंता करने की कोई बात नहीं है।

भवानीशंकर- महाराज, आपके ऊपर मिर्जापुर के राजा कुबेर ने हमला किया था। हमने उन्हें बंदी बनाकर कारागार में डाल दिया है।

दिग्विजय- पर उन्होंने ऐसा क्यों किया, यह मेरी समझ में नहीं आ रहा है।

भवानीशंकर- इसका जवाब तो वे ही देंगे।

सूर्यदेव- महाराज, आपके गायब होने की खबर सुनते ही महारानी भी बीमार हो गई हैं। अब यहां से चलिए।

इसके बाद तारा और उसके पिता को छोड़कर हम सभी महल की तरफ रवाना हो गए।

सावित्री- तब फिर कब तारा से मिले ?

दिग्विजय- जब मैं पूर्ण रूप से स्वस्थ हो गया। तब एक रात जब आप सो रही थीं, मैं तारा से मिलने गया। उस रात उसके पिता रिश्तेदारी में गए थे। वह अकेली थी। उस दिन हमने घंटों बातें कीं।

सावित्री- फिर ?

दिग्विजय- अक्सर मैं आपके सोने के बाद उससे मिलने के लिए चला जाता था। धीरे-धीरे मुझे उससे प्यार हो गया। वह भी मुझसे प्यार करने लगी।

सावित्री- क्या आप हमेशा उसके घर पर ही मिलते थे ?

दिग्विजय- नहीं, हम दोनों गंगा के घाट पर मिलते थे। तारा भी अपने पिता के सोने के बाद वहां आ जाती थी।

सावित्री- तब आगे क्या हुआ ?

दिग्विजय- (लंबी सांस लेते हुए) कई महीनों बाद, एक दिन वह कहने लगी कि वह गर्भवती है। उसने बताया कि उसने अपने पिता को भी यह बात विदित हो चुकी है।

सावित्री- फिर क्या हुआ ?

दिग्विजय- मैंने उससे विवाह करने की बात की, पर वह मना कर दी। अगले दिन मैं उसके पिता के पास गया और तारा से विवाह करने की बात कही। उन्होंने बहुत देर तक सोचने के बाद सहमति दे दी, परंतु...

सावित्री- परंतु क्या ?

दिग्विजय- फिर भी तारा राजी नहीं हुई और मुझसे कहा कि बच्चे के जन्म के बाद, वह उसे मेरे पास पहुंचा देगी। उसने मुझसे वादा लिया कि मैं यह बात महारानी से नहीं कहूंगा।

सावित्री- फिर उसने हमेशा के लिए यहां से जाने का निर्णय क्यों लिया ?

दिग्विजय- जिस दिन तारा के पिता दरबार में पत्र लेकर आए, उस दिन मुझे पता चला कि वह यहां से हमेशा के लिए जाना चाह रही है। तब मैंने इस बारे में सूर्यदेव और जयंत को बताया।

सावित्री- (लंबी सांस लेकर) काश, आप यह बात मुझे उसी वक्त बताते। तो मैं उसे समझाती कि वह अपना विचार त्याग दे और हमारे साथ राजभवन में रहे। वैसे भी आपके ऊपर मुझसे अधिक हक उसी का है।

दिग्विजय- आपके समझाने पर भी वह अपना विचार नहीं त्यागती।

सावित्री- ऐसा क्यों महाराज ?

दिग्विजय- क्योंकि वह दोबारा विवाह नहीं करना चाहती थी।

सावित्री- दोबारा विवाह का क्या अर्थ है ?

दिग्विजय- मेरे से पहले तारा का विवाह किसी और से हो चुका था। परंतु विवाह के कुछ दिनों के बाद उसके पति का देहांत हो गया।

सावित्री- क्या तारा ने इस बारे में बताया था ?

दिग्विजय- नहीं, उसके पिता ने बताया था।

सावित्री- फिर भी, एक बार विश्वास करके इसके बारे में मुझे बताया तो होता।

दिग्विजय- महारानी, इसके लिए मुझे क्षमा कर दीजिए। उस समय मैं प्रेम में एकदम अंधा हो गया था। सही-गलत की पहचान ही नहीं रही थी। मैंने सब कुछ भुला दिया था। (कुछ देर चुप रहने के बाद) महारानी, आपसे एक और वादा मांगूंगा, क्या आप करेंगी ?

सावित्री- पहले आप बताइए, उसके बाद सोचूंगी कि मैं वह वादा कर सकती हूं या नहीं।

दिग्विजय- अगर मैं नहीं रहा तो आप इन दोनों बच्चों के साथ कोई भेदभाव नहीं करेंगी। जो उनमें से योग्य होगा, वही राजा बनेगा।

सावित्री- ऐसा क्यों कह रहे हो ? दोनों मेरे ही पुत्र हैं। भले ही तारा ने कार्तिकेय को जन्म दिया हो, लेकिन उसका पालन-पोषण तो मैंने ही किया है।

दिग्विजय- (सावित्री के दोनों हाथ अपने हाथ में लेते हुए) महारानी, वैसे भी, जन्म देने वाली मां से पालन-पोषण करने वाली मां को बड़ा माना जाता है। आप मेरी बात समझिए। जो योग्य होगा, वही सिंहासन का हक़दार होगा।

सावित्री- महाराज, जो योग्य होगा, आपके उपरांत वही राजा बनेगा। आप चिंता मत कीजिए। सब ठीक हो जाएगा।

दिग्विजय- महारानी, यह सब बातें आपसे कहकर मेरे दिल का बहुत बड़ा बोझ उतर गया है। ऐसा लग रहा है जैसे बरसों से दबा हुआ कोई भार अब हल्का हो गया हो।

सावित्री- अच्छा तो है। (लंबी सांस लेकर) भोर हो गई है महाराज, अब आप सो जाइए।

दिग्विजय- हां, आप भी सो जाइए।

दोनों थोड़ी देर तक चुपचाप सोए रहे, मानो वक़्त की रफ्तार धीमी हो गई हो। दिग्विजय के मन में कई विचार उमड़-घुमड़ रहे थे, और सावित्री भी अपने विचारों में खोई हुई थी।

14

सुबह की सफेदी चारों ओर अपना प्रभुत्व जमा चुकी थी। उस समय आकाश में सूरज की लालिमा भी दिखाई देने लगी थी। जब सावित्री की आंखें खुलीं, तो उन्होंने देखा कि अंधकार पूरी तरह समाप्त हो चुका था। महाराज दिग्विजय और दोनों कुमार अभी भी गहरी नींद में सो रहे थे। सावित्री उठकर झरोखे के पास चली गई। कुछ देर वहां खड़ी रहने के बाद, वह फिर से पलंग के पास आकर महाराज दिग्विजय को जगाने लगीं। लेकिन महाराज की तरफ से कोई प्रतिक्रिया नहीं मिली। महारानी घबरा गई और जोर-जोर से उनके शरीर को हिलाने लगीं। कुछ देर बाद उन्हें ज्ञात हो गया कि महाराज अब जीवित नहीं हैं। तब वह तेज आवाज में चिल्लाई, "महाराज...!" इसके बाद महारानी बेहोश होकर गिर पड़ीं।

आवाज सुनकर दोनों कुमार भी जाग गए। तभी एक सैनिक अंदर आ गया और उसने देखा कि महाराज पलंग पर निःसंज्ञ पड़े हैं, और महारानी

ज़मीन पर बेहोश पड़ी हैं जबकि दोनों कुमार उन्हें उठाने की कोशिश कर रहे थे। सैनिक ने तुरंत सूर्यदेव को इस घटना की सूचना दी। कुछ देर बाद सूर्यदेव वहां पहुंचे। उन्होंने तुरंत वैद्य को बुलाने का आदेश दिया। वैद्य धन्वंतरि वहां पहुंचे, क्योंकि उन्हें पहले ही सूचना मिल चुकी थी। वैद्य ने महाराज की नब्ज़ देखी और उदास स्वर में कहा, "महाराज की मृत्यु हो चुकी है।" फिर महारानी को देखकर बोले, "ये बेहोश हैं।"

महारानी के मुंह पर पानी के छींटे मारकर उन्हें होश में लाया गया। इस दुखद घटना की खबर आग की तरह पूरे राज्य में फैल गई, और काशी में मायूसी के काले बादल छा गए। प्रजा अपने राजा की मृत्यु पर शोक में डूब गई। राजमहल के बाहर, प्रजा समूहों में इकट्ठी हो गई और एक-दूसरे से बातें करने लगी।

पहली महिला बोली, "अब ऐसा धर्मात्मा राजा कभी नहीं मिलेगा, जो हमेशा प्रजा के हित के बारे में सोचता था।"

दूसरी महिला ने सहमति में सिर हिलाते हुए कहा, "हां, तुम सही कह रही हो। हमारे महाराज साक्षात् भगवान के अवतार थे। उनके पास जो भी जाता, उसे हमेशा न्याय मिलता था।"

तीसरी महिला, उदासी से बोली, "महाराज हमेशा प्रजा के सुख-दुख में साथ खड़े रहते थे। अब पता नहीं क्या होगा इस राज्य का ?"

दूसरी महिला ने उसकी बात काटते हुए कहा, "सब ठीक हो जाएगा। भगवान पर भरोसा रखो। अभी सेनापति सूर्यदेव हैं। वे भी महाराज की तरह ही न्यायप्रिय और प्रजा के हितैषी हैं।"

चौथी महिला ने सिर हिलाते हुए कहा, "हां, तुम सही कह रही हो। हमें धैर्य रखना चाहिए।"

इस प्रकार की बातें पूरे राज्य में हो रही थीं। हर कोई इस अकल्पनीय घटना से स्तब्ध था और भविष्य को लेकर चिंतित था।

इस बीच, राजमहल में भी उदासी का माहौल था। महारानी सावित्री को महाराज की अंतिम यात्रा की तैयारियों की जिम्मेदारी सौंपी गई थी। वे स्वयं को संभालते हुए इस कर्तव्य को निभाने लगीं। महाराज के पार्थिव शरीर को पूरे राजकीय सम्मान के साथ अंतिम संस्कार के लिए ले जाया गया। पूरे राज्य में शोक की लहर दौड़ गई। हर व्यक्ति के चेहरे पर दुख की छाया थी।

सेनापति सूर्यदेव ने प्रजा को संबोधित करते हुए कहा, "महाराज दिग्विजय ने अपने जीवनकाल में जो कुछ भी किया, वह प्रजा के कल्याण के लिए था। हमें उनके सिद्धांतों और विचारधारा का पालन करते हुए इस राज्य को आगे बढ़ाना है।"

प्रजा ने सूर्यदेव के शब्दों को सुनकर कुछ सांत्वना पाई। सभी ने मन ही मन यह संकल्प लिया कि वे महाराज दिग्विजय के आदर्शों को कभी नहीं भूलेंगे और उनके सपनों को साकार करने में अपना योगदान देंगे। राज्य के प्रमुख मंत्रियों और अधिकारियों ने भी सेनापति सूर्यदेव का समर्थन किया और राज्य को संकट से निकालने के लिए एकजुट होकर काम करने का निर्णय लिया।

15

दोपहर का समय था। ठंडी हवा चल रही थी और धूप में अभी उतनी तेजी नहीं आई थी। यशवंत अपने कक्ष में कुर्सी पर बैठा हुआ, गहरी चिंता में डूबा हुआ था। तभी वहां अहमद और शेरअली आ गए, लेकिन यशवंत पर इसका कोई असर नहीं हुआ। वह उसी प्रकार चुपचाप बैठा रहा।

शेरअली- आप चिंता करना छोड़ दीजिए, महाराज। हम जल्द ही कल्याण का पता लगा लेंगे।

अहमद ने भी उसे सांत्वना दी, "आज तो आपके लिए खुशी का दिन है।"

यशवंत ने उनकी ओर देखा और बोला, "कैसी खुशी, महामंत्री ? दस दिन से अधिक हो गए, लेकिन तुम लोग अभी तक कल्याण का पता नहीं लगा सके। न जाने इस वक्त वह किस हाल में होगा। वह जीवित होगा भी या नहीं। इसमें निस्संदेह दिग्विजय का हाथ है। हर पल उसके बिना एक युग जैसा प्रतीत हो रहा है।" उसने एक लंबी सांस ली और कहा, "तुम कहां हो, मित्र ? तुम्हारे बिना मैं निस्सहाय अनुभव कर रहा हूं। खैर, यह बताओ कि आज मेरे लिए खुशी का दिन क्यों है ?"

अहमद ने तुरंत जवाब दिया, "महाराज, दिग्विजय का रात में आकस्मिक निधन हो गया।"

यशवंत के चेहरे पर आश्चर्य और खुशी की लहर दौड़ गई। "सच में ?" उसने पूछा।

शेरअली ने सिर हिलाते हुए कहा, "हां, महाराज।"

यशवंत ने प्रसन्नता से कहा, "तुम लोगों ने बहुत ही शुभ समाचार दिया। काश, कल्याण भी साथ होता। यह सुनकर वह बहुत प्रसन्न होता।"

तभी शेरअली ने अपनी जेब से एक पत्र निकाला और यशवंत को सौंपते हुए कहा, "महाराज, आज शाम को तेजप्रताप आ रहे हैं। इस पत्र में कई महत्वपूर्ण बातें लिखी हैं। आप इसे पढ़ लीजिए।"

यशवंत ने पत्र को हाथ में लेते हुए पूछा, "तुम लोग फिर कहीं जा रहे हो ?"

शेरअली- हां महाराज, अभी हमें कुछ काम निपटाने हैं। शाम को हम विस्तार से सारी बातें बताएंगे।

अहमद- हम दोनों अभी जा रहे हैं, लेकिन वादा करते हैं कि शाम तक कल्याण का पता लगा लेंगे।

यशवंत ने उनकी ओर देखते हुए कहा, "ठीक है, जाओ, परंतु कल्याण का किसी भी तरह पता लगाओ।"

इसके बाद, शेरअली और अहमद दोनों वहां से रवाना हो गए, और यशवंत गहरी सोच में पड़ गया। उसने पत्र को ध्यान से पढ़ना शुरू किया, मन ही मन सोचते हुए कि क्या यह खुशी कल्याण की वापसी से पूरी हो पाएगी। उसके दिल में कल्याण के लिए चिंता और दिग्विजय की मृत्यु से मिली राहत के बीच संघर्ष चल रहा था। शाम होते-होते, उसे उम्मीद थी कि उसके मित्र कल्याण की खबर मिल जाएगी। उसने अपनी आंखें बंद कर लीं और दुआ की कि सब कुछ ठीक हो।

16

रात काफी बीत चुकी थी, और आकाश में चंद्रमा नदारद था। हालांकि, तारों की चमक स्पष्ट रूप से देखी जा सकती थी। उस समय मंत्रणा कक्ष में महारानी सावित्री अपने दरबारियों के साथ गंभीर चर्चा में लीन थीं। महारानी के दाई ओर सूर्यदेव और जयंत बैठे थे, जबकि बाई ओर भवानीशंकर, भैरव और राजगुरु उपस्थित थे। सभी के चेहरे पर गंभीरता स्पष्ट थी।

जयंत ने सबसे पहले मौन तोड़ा, "महारानी, आप सभी को इस समय बुलाने के पीछे कोई विशेष कारण है ?"

सावित्री ने एक गहरी सांस ली और बोलीं, "हां, महाराज के देहांत को अब दो माह से अधिक हो गया है। उनके जाने से पहले उन्होंने मुझसे कुछ महत्वपूर्ण बातें कही थीं।"

भवानीशंकर- क्या महारानी ?

सावित्री ने गहरी नजरों से भवानीशंकर की ओर देखा और कहा, "महाराज ने मुझसे कहा था कि दोनों कुमारों में से किसी के साथ भी पक्षपात नहीं करना। उनके देहांत के बाद जो भी योग्य हो, उसे ही सिंहासन का उत्तराधिकारी बनाना।"

सूर्यदेव ने कुछ सोचते हुए कहा, "पर महारानी..."

सावित्री- (बात काटते हुए) पर क्या ?

सूर्यदेव- महारानी, महाराज के बाद इस सिंहासन का असली हकदार तो वीर ही है।

सावित्री ने उसे घूरते हुए पूछा, "आपके कहने का तात्पर्य क्या है ?"

सूर्यदेव- (शांत स्वर) मेरा मतलब है कि सिंहासन को लेकर दोनों कुमारों में कोई विवाद न उत्पन्न हो।

सावित्री- ऐसा कभी नहीं होगा। अभी से इस बारे में चिंतित होने की आवश्यकता नहीं है। वैसे भी महाराज मुझे बहुत सी बातें बताकर गए हैं। फिर उन्होंने सूर्यदेव की ओर देखते हुए कहा, "अभी मुझे आपसे बहुत शिकवा है।"

सूर्यदेव यह सुनकर चौंक गए और उन्होंने पूछा, "महारानी, मैंने ऐसा क्या कर दिया ?"

सावित्री- वक्त आने पर वह भी बता दूंगी। परंतु, मैं जिस उद्देश्य से आप सभी को बुलाई हूं, पहले उसे कह लूं।

सूर्यदेव ने सहमति जताते हुए कहा, "ठीक है, कहिए।"

सावित्री ने गंभीर होकर कहा, "मुझे एक ऐसे गुरु की आवश्यकता है, जो दोनों कुमारों को शिक्षा दे सके। अगर आपके दृष्टिकोण में कोई ऐसा व्यक्ति हो, तो बताइए।"

सूर्यदेव ने विचार करते हुए कहा, "इसके लिए कुछ समय लग सकता है, क्योंकि फिलहाल मेरी नजर में कोई ऐसा व्यक्ति नहीं है, जो कुमारों के गुरु बनने योग्य हो।"

सावित्री ने सिर हिलाते हुए कहा, "ठीक है, लेकिन शीघ्र ही ऐसा गुरु खोज कर लाइए।"

जयंत ने मुस्कुराते हुए कहा, "मेरे नजर में एक ऐसा गुरु है, जो कुमारों को शिक्षा देने योग्य है। अगर वह तैयार हो गए, तो आने वाले वक्त में दोनों महान योद्धा बनेंगे।"

सावित्री ने उत्सुकता से पूछा, "कौन है वह ? उन्हें शीघ्र ही इस बात की सूचना दी जाए।"

जयंत- (हंसते हुए) महारानी, उन्हें सूचना देने की कोई आवश्यकता नहीं है।

सावित्री ने संदेह से पूछा, "क्यों ?"

जयंत ने सूर्यदेव की ओर इशारा करते हुए कहा, "क्योंकि वह हमारे बीच ही मौजूद हैं।"

सूर्यदेव हैरानी से बोले, "क्या मैं ?"

जयंत ने गंभीरता से कहा, "हां, गुरुदेव आप। आपसे अधिक योग्य कौन होगा, जो कुमारों का गुरु बन सके ?"

भवानीशंकर ने सहमति जताते हुए कहा, "महारानी, मुझे जयंत का विचार उचित प्रतीत हो रहा है।"

राजगुरु ने भी सहमति में सिर हिलाया, "मुझे भी।"

सावित्री ने सूर्यदेव की ओर देखा और कहा, "अब आप क्या सोच रहे हैं ?"

सूर्यदेव ने गंभीरता से कहा, "मैं यही सोच रहा हूं कि अगर मैं दोनों कुमारों को लेकर आश्रम चला गया, तो यहां के कार्यों का प्रबंधन कैसे होगा? अगर महाराज जीवित होते, तो यह कोई दिक्कत नहीं होती और मैं इस बात को स्वीकार कर लेता।"

सावित्री ने सुझाव दिया, "क्यों न इन दोनों को यहीं पर शिक्षा दी जाए ?"

सूर्यदेव- यह संभव नहीं है।

सावित्री ने उत्सुकता से पूछा, "ऐसा क्यों ?"

सूर्यदेव ने समझाते हुए कहा, "महारानी, पहले से ही परंपरा रही है कि शिक्षा आश्रम में प्राप्त की जाती है। राजमहल के सुख-सुविधाओं में रहकर शिक्षा प्राप्त नहीं हो सकती। अभी से इन्हें ब्रह्मचर्य का पालन करना होगा।"

सावित्री ने चिंतित होकर कहा, "तो कोई दूसरा रास्ता बताइए, जिससे दोनों कार्य हो सकें।"

जयंत ने दृढ़ता से कहा, "इसकी कोई आवश्यकता नहीं है। गुरुदेव, आप दोनों कुमारों को लेकर आश्रम चले जाइए। रही बात यहां की, तो मैं अकेला ही सब संभाल लूंगा। आश्रम बहुत दूर भी नहीं है।"

भवानीशंकर ने सहमति देते हुए कहा, "सूर्यदेव, यहां की चिंता मत करो। किसी प्रकार की असुविधा नहीं होगी, अभी मैं हूं।"

सावित्री ने राजगुरु की ओर देखा और कहा, "राजगुरु, कोई अच्छा मुहूर्त देखिए और बताइए कि किस दिन कुमारों को आश्रम भेजा जाए।"

राजगुरु ने पत्रा देखकर कहा, "महारानी, आज से दो दिन बाद एक अच्छा मुहूर्त है। उसी दिन भेजना उचित होगा।"

सावित्री- ठीक है, अब मुझे एक और बात कहनी है।

सूर्यदेव- हां, कहिए।

सावित्री- (गंभीरता से) मैंने यह निर्णय लिया है कि महामंत्री भवानीशंकर को उनके पद से अब हटा दिया जाए।

इतना सुनते ही सब लोग चौंक गए।

भैरव ने नम्रता से पूछा, "महारानी, आपने अचानक ऐसा निर्णय क्यों लिया ? क्या पिता जी से कोई गलती हो गई ?"

सावित्री ने शांत स्वर में कहा, "नहीं भैरव, ऐसी कोई बात नहीं है।"

भैरव- तब क्या बात है ?

सावित्री ने भवानीशंकर की ओर देखते हुए कहा, "अब ये बुढ़े हो चुके हैं। इन्हें आराम करने की आवश्यकता है।"

जयंत ने आपत्ति जताते हुए कहा, "महारानी, आप इस तरह अचानक पद से इन्हें कैसे हटा सकती हैं? हमारी मुश्किलें और भी बढ़ जाएंगी।"

सावित्री- ऐसा नहीं होगा। मैंने यह निर्णय सोच-समझ कर लिया है। अब भवानीशंकर की जगह भैरव कार्यभार संभालेगा।

यह सुनकर भैरव के चेहरे पर खुशी की बड़ी-सी मुस्कान आ गई।

भवानीशंकर- भैरव कैसे संभाल पाएगा? इसे तो अनुभव भी नहीं है, मेरे कामों का।

सावित्री- आप हैं न, इसकी सहायता के लिए। वैसे भी भैरव पहले जैसा नहीं रहा। अंबिका (भैरव की पत्नी) के आने से उसमें बदलाव आ गया है। खैर, अब आप तीनों (भवानीशंकर, भैरव, राजगुरु) जाइए। आप दोनों (सूर्यदेव, जयंत) रुके रहिए।

इन तीनों के जाने के बाद फिर से बातें होने लगीं।

सावित्री- क्या आप लोग तारा के बारे में कुछ जानते हैं?

जयंत- (लड़खड़ाते स्वर में) कौन तारा? मैं तो किसी तारा को नहीं जानता।

सूर्यदेव- मैं तो पहली बार नाम ही सुन रहा हूं।

सावित्री- पता नहीं क्यों, मुझे आप दोनों की बातों पर विश्वास नहीं हो रहा है। तब तो यह भी नहीं मालूम होगा कि तारा और कार्तिकेय में क्या संबंध है?

सूर्यदेव- अब मुझे विश्वास हो गया है कि महाराज ने आपको तारा के बारे में सब कुछ बता दिया है।

सावित्री- हां, और आप दोनों की भूमिका इस रहस्य को छुपाने में कितनी रही है!

जयंत- महारानी, हमने सिर्फ महाराज के आदेश का पालन किया।

सावित्री- ठीक है, लेकिन क्या आपको कभी तारा के बारे में कोई जानकारी मिली?

सूर्यदेव- नहीं, महारानी।

सावित्री- हो सके तो उसके बारे में फिर से पता लगाइए।

सूर्यदेव- महारानी, मुझे नहीं लगता कि अब तारा के बारे में कुछ पता चल पाएगा।

सावित्री- फिर भी, एक बार कोशिश करके देखिए। क्या पता कोई जानकारी मिल जाए?

सूर्यदेव- ठीक है।

जयंत- महारानी, आपको भैरव को महामंत्री नहीं बनाना चाहिए था।

सावित्री- ऐसा क्यों कह रहे हो ?

जयंत- क्या आपको लगता है कि वह अपनी जिम्मेदारी निभा पाएगा ? आज भी उसकी हरकतें पहले जैसी ही हैं।

सावित्री- मुझे लगा कि वह शादी के बाद सुधर गया होगा। ठीक है, उस पर नजर रखो। अगर अब भी उसकी हरकतें पहले जैसी रहीं, तो उसे बख्शा नहीं जाएगा। (सूर्यदेव से) आपको क्या लगता है ? मैंने उसे महामंत्री बनाकर गलती कर दी ? मुझे अचानक ऐसा निर्णय नहीं लेना चाहिए था।

सूर्यदेव- अब जो हो गया, सो हो गया। मुझे लगता है कि वह सुधर जाएगा, पर पूरा विश्वास नहीं है।

सावित्री- पर मुझे इस बारे में आप दोनों से चर्चा कर लेनी चाहिए थी।

सूर्यदेव- महारानी, अब व्यर्थ की चिंता मत करिए। जो होता है, अच्छे के लिए होता है।

सावित्री- ठीक है, आप दोनों जा सकते हैं।

इसके बाद दोनों वहां से चले गए।

17

रात अभी बहुत गहरी नहीं हुई थी। आकाश में चंद्रमा अपनी पूरी चमक के साथ निकला हुआ था। इधर-उधर फैले बादलों के टुकड़े लगातार उद्भ्रमण कर रहे थे, कभी चंद्रमा को छुपा लेते और कभी उसे फिर से बाहर आने देते। बादलों के इस फैलाव के कारण तारों की चमक दिखाई नहीं दे रही थी, मानो चंद्रमा आज अकेले ही आकाश में विचरण कर रहा हो। इस माहौल में, आश्रम के एक कुटिया में तीन बालक ज़मीन पर चटाई बिछाकर लेटे हुए थे। ये तीनों क्रमशः कार्तिकेय, वीर और रुद्र थे, जो आपस में बातें कर रहे थे।

वीर ने दुखी मन से कहा, "भैया, आपको मां की याद नहीं आ रही है ? मेरा तो रोने का जी कर रहा है। ऐसा लग रहा है कि आंखों से आंसू बह निकलेंगे। बड़ी मुश्किल से उन्हें रोक कर रखा है।"

कार्तिकेय- (धीरे से) मेरा भी मन नहीं लग रहा है। मुझे भी मां की बहुत याद आ रही है। क्या माताजी भी हमें याद कर रही होंगी ?

वीर ने सहमति में सिर हिलाते हुए कहा, "हां, जरूर कर रही होंगी।"

कार्तिकेय- पता नहीं अब मां के दर्शन होंगे। मुझे सोते वक्त लोरी कौन सुनाएगा ? बिना लोरी के मुझे नींद नहीं आती।

वीर ने दुख भरी आवाज़ में कहा, "मुझे भी, अब यहां पर हमें कौन लोरी सुनाएगा ?"

रुद्र, जो अब तक शांत था, उसने गंभीरता से कहा, "मित्र, आश्रम का नियम है कि जो भी यहां विद्या ग्रहण करने आता है, उसे मोह-माया छोड़नी पड़ती है।"

कार्तिकेय ने एक पल के लिए चुप्पी साधी, फिर पूछा, "क्या तुम कभी अपनी मां के बिना रहे हो ?"

रुद्र ने ठंडी सांस भरते हुए उत्तर दिया, "मेरे जन्म के दो वर्ष बाद ही मेरी मां का देहांत हो गया। मेरा पालन-पोषण मेरी दादी मां ने किया। उन्हीं को मैंने सब कुछ माना। उन्होंने कभी मुझे मां की कमी महसूस नहीं होने दी।"

कार्तिकेय ने पश्चाताप के स्वर में कहा, "माफ करना मित्र, मुझे यह ज्ञात नहीं था कि तुम्हारी मां अब इस दुनिया में नहीं है।"

इसी बीच, कुटिया में एक वृद्ध महिला ने प्रवेश किया। उनके आते ही तीनों बालक आदर से उठकर बैठ गए। यह कोई और नहीं, बल्कि सूर्यदेव की मां रत्नावली थीं।

रुद्र ने तुरंत पूछा, "दादी मां, क्या आप अभी तक जाग रही हैं ?"

रत्नावली ने मुस्कुराते हुए कहा, "हां बेटा, मैं कुछ समय से बाहर खड़ी होकर तुम लोगों की बातें सुन रही थी।"

वीर ने चिंतित स्वर में पूछा, "क्या आपने हमारी सारी बातें सुन लीं ?"

रत्नावली ने स्नेह से कहा, "हां पुत्र, मैंने सारी बातें सुन लीं। अब तुम दोनों को कभी भी मां की कमी महसूस नहीं होने दूंगी।"

कार्तिकेय ने उत्साहित होकर पूछा, "क्या तब आप मां की तरह लोरी भी सुनाएंगी ?"

रत्नावली ने स्नेहपूर्ण हंसी के साथ उत्तर दिया, "हां, बिल्कुल। अब मुझे अपने पास बैठने दो।" चटाई पर बैठकर उन्होंने कहा, "आओ, अब तुम लोग मेरी गोद में सो जाओ। मैं तुम लोगों को लोरी सुनाती हूं। आज से मेरे एक नहीं, बल्कि तीन बेटे हैं।"

18

संध्या होने में अभी दो घंटे का समय शेष था, लेकिन सूर्य के दर्शन नहीं हो रहे थे। आस-पास के वातावरण पर नज़र दौड़ाने से ऐसा प्रतीत होता था कि संध्या हो चुकी है। तीन लोग घोड़ों पर सवार होकर घने जंगल की घुटन को चीरते हुए तेज़ रफ्तार से आगे बढ़ रहे थे। ये तीनों यशवंत, शेरअली और अहमद थे, जो छत्तीसगढ़ की ओर जा रहे थे।

यशवंत ने शेरअली से पूछा, "सेनापति, लाल घाटी तक पहुंचने में अभी कितना समय लगेगा ?"

शेरअली ने घोड़े की लगाम खींचते हुए कहा, "इस घाटी के बाद जो अगली घाटी आएगी, वही लाल घाटी है। पत्र में वहीं पर पहुंचने की बात लिखी थी।"

यशवंत ने सोचते हुए कहा, "सेना को यहां तक पहुंचने में कितना समय लगेगा ?"

अहमद ने कुछ पल विचार कर कहा, "रात के प्रहर भर में हमारी सेना यहां तक पहुंच जाएगी।"

शेरअली ने अपने हाथों से इशारा करते हुए कहा, "वह देखिए, लाल घाटी दिख रही है। वहां पर रोशनी भी दिखाई दे रही है। लगता है, हम लोगों का इंतजार हो रहा है।"

यशवंत ने पुष्टि करते हुए कहा, "हां, शेरअली, अब तुम जाकर जल्द से जल्द सैनिकों को यहां ले आओ। अब हम दोनों आसानी से घाटी तक पहुंच जाएंगे।"

शेरअली- (सिर हिलाया) ठीक है।

इतना कहकर शेरअली ने अपने घोड़े की लगाम मोड़ी और लौट गया। यशवंत और अहमद उसी गति से घाटी की तरफ बढ़ने लगे। कुछ ही देर बाद वे दोनों लाल घाटी में पहुंच गए। वहां पर कई सैनिक चिराग लिए खड़े थे और कुछ ही दूर एक बड़े चट्टान पर कई लोग बैठकर आपस में बातें कर रहे थे। जैसे ही यशवंत और अहमद पहुंचे, उनमें से एक व्यक्ति उठा और दोनों के पास आ गया। वह व्यक्ति और कोई नहीं, बल्कि तेजप्रताप था।

तेजप्रताप ने मुस्कुराते हुए कहा, "आओ मित्र, तुम्हारा ही इंतजार हो रहा था।"

यशवंत- मित्र, प्रहर भर में पूरी सेना यहां पहुंच जाएगी।

तेजप्रताप ने संतोष से सिर हिलाते हुए कहा, "ठीक है, पहले आओ, आराम करो। फिर आगे की योजना पर चर्चा करेंगे।"

इसके बाद, तीनों लोग चट्टान के पास पहुंचे। जैसे ही वे पहुंचे, वहां उपस्थित सभी लोग खड़े हो गए। केवल एक व्यक्ति को छोड़कर, जो पहले से बैठा था। तेजप्रताप चट्टान पर बैठ गया और उसके दाएं ओर यशवंत तथा बाएं ओर अहमद बैठ गए। उनके बैठते ही जितने लोग खड़े थे, वे भी बैठ गए।

यशवंत- कहीं आने में देर तो नहीं हो गई ?

तेजप्रताप ने शांति से कहा, "नहीं, आप लोग सही समय पर आए हो।" फिर दाएं हाथ से उस व्यक्ति की तरफ इशारा करते हुए कहा, "यह मेरे पिता जी हैं।"

यह सुनते ही यशवंत और अहमद अदब से झुक कर प्रणाम किए।

यशवंत ने वहां बैठे लोगों की तरफ इशारा करते हुए पूछा, "यह लोग कौन हैं ?"
तेजप्रताप- इनमें से कई छत्तीसगढ़ के रईस और कई जमींदार हैं। ये सभी लोग हमारे साथ हैं।
भानुप्रताप, जो तेजप्रताप के पिता थे, ने गंभीरता से यशवंत से पूछा, "पुत्र, कल्याण के बारे में कोई जानकारी मिली ?"
यशवंत ने कुछ पल चुप रहकर कहा, "अब तक तो नहीं, खैर, अभी इस बात को छोड़िए। अब बताइए कि आगे क्या करना है ?"
भानुप्रताप ने निर्देश देते हुए कहा, "तुम्हें पूरी सेना के साथ किले पर हमला करना होगा।"
यशवंत- क्या आप लोग हमारे साथ नहीं रहेंगे ?
भानुप्रताप- नहीं, हम अलग रहकर अन्य तैयारियों में लगे रहेंगे।
अहमद ने अपनी चिंता व्यक्त करते हुए कहा, "रात के वक्त इन पहाड़ जैसे दीवारों को तोड़ना बहुत ही मुश्किल काम है।"
भानुप्रताप ने सहमति में सिर हिलाते हुए कहा, "हां, यही कारण है कि आज तक कोई छत्तीसगढ़ पर अधिकार नहीं कर सका। परंतु तुम लोग उसकी चिंता मत करो।"
यशवंत ने संशय में पूछा, "मैं आपकी बात समझा नहीं।"
तेजप्रताप ने समझाते हुए कहा, "आधी रात होते ही तुम सेना को लेकर किले के बाहर मेरे फाटक खोलने का इंतजार करना। जैसे ही फाटक खुलेगा, वैसे ही आक्रमण कर देना।"
यशवंत- (गहरी सांस लेकर) ठीक है।
तेजप्रताप ने उठते हुए कहा, "अब हम लोग जा रहे हैं। तैयारी पूरी होने पर हम भी सेना के साथ मिलेंगे।"

इसके बाद तेजप्रताप और उसके पिता भानुप्रताप अपने अन्य साथियों के साथ वहां से चल दिए। यशवंत और अहमद ने अपने घोड़ों पर वापस चढ़कर सैनिकों के आने का इंतजार करना शुरू किया। दोनों के मन में अगले दिन की योजनाओं और संभावित लड़ाई के विचार उठ रहे थे।

घंटों बीतने के बाद, जैसे ही प्रहर का समय नजदीक आया, शेरअली अपनी पूरी सेना के साथ लाल घाटी में पहुंच गया। यशवंत ने उसे आते ही कहा, "सब लोग तैयार हैं ?"
शेरअली ने सिर हिलाकर कहा, "हां, सभी तैयार हैं। अब हम केवल फाटक खुलने का इंतजार करेंगे।"

रात का अंधकार और भी घना हो गया था। पूरी घाटी में सन्नाटा छाया हुआ था। अचानक, किले के फाटक की दिशा से हल्की सी आहट सुनाई दी। यशवंत और उसके साथियों ने तुरंत सतर्कता से वहां की ओर देखा। कुछ ही पलों में, फाटक के भारी दरवाजे धीरे-धीरे खुलने लगे।

तेजप्रताप ने वादा निभाया था। जैसे ही फाटक पूरी तरह खुला, यशवंत ने अपनी तलवार निकालकर सेना को आक्रमण का आदेश दिया। एक ही क्षण में, पूरी सेना किले की ओर दौड़ पड़ी। किले के अंदर चारों तरफ भगदड़ मच गई। छत्तीसगढ़ के किले को उस रात के बाद अपने इतिहास का सबसे भयंकर युद्ध देखना पड़ा।

किले के अंदर लड़ाई चल रही थी। तेजप्रताप, यशवंत और उनके साथी पूरी ताकत से लड़ाई कर रहे थे। सैनिकों ने अंदर से भी दरवाजे खोल दिए थे ताकि बाहरी सेना आसानी से अंदर प्रवेश कर सके।

इस भीषण युद्ध में तेजप्रताप और उसके साथियों ने अपनी सूझबूझ से किले के भीतर की कई मुश्किलों को पार किया। हर एक मोड़ पर उन्हें कठिनाइयों का सामना करना पड़ा, लेकिन उनकी रणनीति और साहस ने उन्हें विजय दिलाई।

19

रात का समय समाप्त होने को था और ठंडी हवा के झोके सोते हुए लोगों पर स्नेहपूर्वक आघात कर रहे थे। जयंत घोड़े पर सवार होकर तेजी से आश्रम की ओर आ रहा था। कुछ ही समय में वह वहां पहुंच गया। उसने घोड़े को अस्तबल में बांध दिया, पर घोड़े की हिनहिनाहट सुनकर पहरे पर तैनात सैनिक हरिराम जाग गया। दोनों के बीच बातचीत शुरू हो गई।

हरिराम- कुछ घटित हुआ है क्या ? जो आपको इस वक्त यहां आना पड़ा ?

जयंत- हां, हरिराम। मुझे तुरंत गुरुदेव से मिलना होगा। वह कहां हैं ?

हरिराम- वह तो इस समय अपनी कुटिया में होंगे।

जयंत- ठींक है, तुम यहीं रहो। मैं जा रहा हूं।

इतना कहकर जयंत कुटिया की ओर बढ़ गया। कुछ समय बाद वह सूर्यदेव की कुटिया के पास पहुंच गया। अंदर जाकर देखा तो चिराग जल रहा था और सूर्यदेव जमीन पर चादर बिछाकर गहरी नींद में सोए हुए थे। उन्हें जगाना उचित न समझते हुए, जयंत उनके पैर के पास बैठ गया और प्रतीक्षा करने लगा। धीरे-धीरे अंधकार समाप्त हो गया और पूर्व से सूर्य की लालिमा फैलने लगी। जब सूर्यदेव की आंखें खुलीं और उन्होंने देखा कि जयंत उनके पैर के पास बैठा है, तो उन्होंने तुरंत बैठकर जयंत की ओर ध्यान दिया।

सूर्यदेव- जयंत !

जयंत- हां, गुरुदेव।

सूर्यदेव- तुम कब आए हो ?

जयंत- एक घंटे से अधिक हो गया होगा।

सूर्यदेव- तब तुमने मुझे जगाया क्यों नहीं ?

जयंत- आप सो रहे थे, इसलिए मैंने जगाना उचित नहीं समझा।

सूर्यदेव- ठीक है, पर इस वक्त आने की वजह ? राजमहल में सब कुशल-मंगल तो है। महारानी कैसी हैं ?

जयंत- हां, सब कुशल-मंगल है। महारानी भी ठीक हैं, पर उन्हें दोनों कुमारों की बहुत याद आ रही है। वह अक्सर इन्हीं के बारे में सोचती रहती हैं।

सूर्यदेव- मां का दिल ही ऐसा होता है। तुम आने का कारण बताओ।

जयंत- मुझे रात में पता चला कि यशवंत ने अपनी पूरी सेना के साथ छत्तीसगढ़ की ओर कूच कर दिया है।

सूर्यदेव- फिर ?

जयंत- मैं तुरंत वेश बदलकर छत्तीसगढ़ की ओर रवाना हो गया। वहां पहुंचने पर पता चला कि यशवंत, तेजप्रताप की मदद से छत्तीसगढ़ पर कब्जा कर चुका है और उदय सिंह के पूरे परिवार को खत्म कर चुका है। हालांकि, सुना है कि उदय सिंह की एक दस साल की बेटी भी थी, जो शायद किसी तरह बच गई है।

सूर्यदेव- (लंबी सांस लेकर) यह बहुत बुरा हुआ। अब हमें हर कदम सोच-समझकर उठाना होगा।

जयंत- हां।

सूर्यदेव- जितने भी हमारे गुप्तचर हैं, सभी को सतर्क कर दो। यशवंत का अगला कदम काशी हो सकता है।

जयंत- हां, यही डर मुझे भी है। वैसे, मैं एक बात बताना भूल गया।

सूर्यदेव- वह क्या ?

जयंत- महारानी अरुंधति ने अकेले ही यशवंत के आधे से अधिक सैनिकों को मौत के घाट उतार दिया। अगर वह जीवित रहतीं, तो इतनी आसानी से यह लोग छत्तीसगढ़ पर कब्जा नहीं कर पाते। मैंने उन्हें लड़ते हुए नहीं देखा, लेकिन सैनिकों ने बताया कि महारानी तलवार चलाते समय बिजली की तरह थीं। जहां भी उनकी तलवार जाती, वहां रास्ता साफ हो जाता। परंतु तेजप्रताप ने पीछे से महारानी को खंजर मार डाला।

सूर्यदेव- वास्तव में तेजप्रताप के सारे षड्यंत्र को अब तक वही काटती आ रही थी। नहीं तो वह बहुत पहले ही यह काम कर चुका होता। अरुंधति इस बात को भली-भांति जानती थी। लेकिन उदय सिंह ने कभी भी उनका साथ नहीं दिया।

जयंत- ऐसा क्यों ?

सूर्यदेव- क्योंकि वह भानुप्रताप के इशारों पर ही काम करते थे। इसी का फायदा तेजप्रताप उठाता रहा। यही वजह है कि आज उदय के साथ ऐसा हो गया।

जयंत- सुनने में यह भी आया है कि महाराज उदय हमेशा मदिरा के नशे में रहते थे।

सूर्यदेव- हां, खैर, इन सब बातों को जाने दो। अब जो मैं कह रहा हूं, उस पर ध्यान दो।

जयंत- ठीक है।

सूर्यदेव- अब महारानी की जान को खतरा बढ़ गया है। जितने विश्वसनीय सैनिक हैं, उन्हीं को पहरा देने के लिए लगाना। वहां से कोई चूक नहीं होनी चाहिए। मैं यहां यशवंत को अकेला संभाल लूंगा। अब तुम जाओ।

जयंत- हां। (उठकर चल दिया।)

सूर्यदेव- रुको, एक बात और सुन लो।

जयंत- क्या ?

सूर्यदेव- भैरव पर नजर बनाए रखो। कहीं उसका उपद्रव बढ़ न जाए। मुझे लगता है कि महारानी ने उसे महामंत्री बना कर बड़ी गलती की है।

जयंत- हां, हमेशा वह मदिरा के नशे में लुप्त रहता है। रात को बेगम से मिलने भी जाता है। कुछ दिन पहले, भैरव ने बेगम को बड़ा सा मकान दिलाया है और उसकी सेवा के लिए कई सेवक और सेविकाए भी नियुक्त की हैं। इनमें से एक मेरा आदमी भी है, जो समय-समय पर जानकारी देता रहता है। बेगम बहुत ही चतुर महिला है।

सूर्यदेव- वही बेगम है न, जिसके यहां से तुम कल्याण को बंदी बना कर लाए थे?

जयंत- हां, वही बेगम है।

सूर्यदेव- तुमने बहुत ही चतुराई से कल्याण को बंदी बनाया। नहीं तो वह निश्चित ही कुछ न कुछ उत्पात मचाता।

जयंत- हां, क्या मैं बेगम को भी बंदी बना कर कारागार में डाल दूं ?

सूर्यदेव- नहीं, ऐसी गलती मत करना।

जयंत- क्यों ?

सूर्यदेव- क्योंकि वेश्याओं का काम ही होता है लोगों को अपनी मीठी बातों में फंसाकर रखना। अगर बेगम के साथ ऐसा कुछ करते हो, तो भैरव किसी और के पास चला जाएगा। राज्य में वेश्याओं की कमी नहीं है।

जयंत- हां।

सूर्यदेव- इसलिए बेगम पर भी नजर बनाए रखो। अगर बेगम को परेशान करोगे, तो भैरव तुम्हारा दुश्मन हो जाएगा।

जयंत- हां।

सूर्यदेव- अब तुम जाओ।

जयंत- ठीक है।

इसके बाद जयंत वहां से रवाना हो गया।

20

सूर्यास्त हो चुका था। आकाश में पश्चिम दिशा में लालिमा फैली हुई थी, और ठंडी-ठंडी हवाएं चारों ओर बह रही थीं। दिग्विजय और सूर्यदेव बाग में घंटों से एक छोर से दूसरे छोर तक टहल रहे थे, लेकिन संध्या ढलने के कारण वे महल की ओर लौटने लगे। इसी दौरान दोनों के बीच बातचीत हो रही थी।

दिग्विजय ने पूछा, "महाराज जयचंद्र और उनकी पत्नी का कुछ पता चला ?"

सूर्यदेव ने उत्तर दिया, "अभी तक तो नहीं।"

दिग्विजय ने कुछ नाराजगी से कहा, "इतने दिनों से तुम लोग क्या कर रहे हो?"

सूर्यदेव ने अपने स्वर में थोड़ी चिंता व्यक्त करते हुए कहा, "महाराज, मैं क्या कर सकता हूं ? मैं पूरी कोशिश कर रहा हूं। आज सुबह मुझे बस इतना पता चला है कि यशवंत ने दोनों को बंदी बनाकर कहीं छुपा रखा है। इस तरह की अफवाहें वहां के लोगों के बीच चल रही थीं, लेकिन इस बात में कितनी सच्चाई है, यह मैं नहीं कह सकता।"

दिग्विजय ने गंभीरता से कहा, "ठीक है, पर शीघ्र ही इसके बारे में पता करो कि क्या सच्चाई है।"

सूर्यदेव- क्यों न चुनारगढ़ पर आक्रमण कर दिया जाए ?

दिग्विजय ने उसे शांत करते हुए कहा, "नहीं, अभी पहले दोनों का पता लगाओ। अगर यह बात सच निकली, तो हम अवश्य ही आक्रमण करेंगे।"

इसी बीच, महल की ओर से जयंत आता हुआ दिखाई दिया। उसने दोनों को प्रणाम किया और फिर उनके बीच बातचीत होने लगी।

सूर्यदेव ने पूछा, "क्या खबर लाए हो ?"

जयंत ने उत्तर दिया, "मुझे जानकारी मिली है कि कल्याण बेगम से आज रात मिलने के लिए आ रहा है। अगर वह हमारे हाथ लग जाए, तो महाराज जयचंद्र के बारे में कुछ जानकारी मिल सकती है।"

दिग्विजय ने उत्साहित होकर कहा, "हां, उसे किसी तरह बंदी बनाकर मेरे सामने लाओ।"

जयंत ने विश्वासपूर्वक कहा, "ठीक है, वह आज मेरे हाथ से नहीं बच सकता।" फिर सूर्यदेव की ओर मुखातिब होकर बोला, "आपको मेरे साथ चलना होगा।"

सूर्यदेव ने सहमति जताते हुए कहा, "ठीक है, पर मुझे क्या करना होगा ?"

जयंत ने सूर्यदेव को विस्तार से योजना समझाई, जिसमें कई महत्वपूर्ण बातें थीं। इन बातों को यहां विस्तार से लिखना आवश्यक नहीं है, पर योजना बहुत ही सोच-समझकर बनाई गई थी। इसके बाद, दिग्विजय महल की ओर चले गए और जयंत और सूर्यदेव बाजार की ओर बढ़ गए।

बाजार की भीड़-भाड़ में घुलमिल जाने के बाद, जयंत ने सूर्यदेव को संकेत दिया कि वे गुप्त रूप से कल्याण का पीछा करेंगे। जयंत ने यह भी बताया कि कल्याण अपने गुप्तचरों से मिलकर बेगम के पास जाने वाला है। रात का अंधेरा गहराने लगा था और बाज़ार में धीरे-धीरे सन्नाटा पसरने लगा। जयंत और सूर्यदेव ने सावधानीपूर्वक खुद को छुपाया और कल्याण का इंतजार करने लगे।

21

रात का दूसरा प्रहर बीत चुका था। आकाश में हल्की सफेदी की आभा दिखने लगी थी। उस समय एक कमरे में धीमे-धीमे जलता हुआ चिराग, अपने चारों ओर रोशनी बिखेर रहा था। इस रोशनी में कमरे का प्रत्येक कोना प्रकाशित हो रहा था। कमरे के मध्य दो लोग एक-दूसरे के पास बैठकर गहरे संवाद में संलग्न थे। उनमें से एक बेगम थी, और दूसरा कल्याण।

कल्याण ने चिंता भरे स्वर में कहा, "आधी रात गुजर चुकी है। मुझे लगता है, जैसे कल भी मुलाकात नहीं हो पाएगी।"

बेगम ने उसकी ओर देखकर जवाब दिया, "अब तक तो आ जाना चाहिए था।"

कल्याण- मेरे आने की सूचना उनको दी गई थी।

बेगम ने कुछ सोचते हुए कहा, "हां, मैंने पत्र भिजवा दिया था। खैर, कुछ देर और प्रतीक्षा कर लेते हैं। क्या पता, वो आते ही हों ?"

कल्याण ने उदासी से कहा, "अगर मुलाकात हो जाती, तो अवश्य कुछ न कुछ हल निकल आता।"

तभी बेगम ने उसके गले पर दोनों हाथ रखते हुए कहा, "लगता है, अब आप मुझसे पहले जितना प्रेम नहीं करते।"

कल्याण ने उसके गालों को चूमते हुए कहा, "तुम्हें ऐसा क्यों लगता है ?"

बेगम ने शिकायत भरे लहजे में कहा, "पहले आप हफ्ते में दो या तीन बार मुझसे मिलने आते थे। अब तो महीने में एक या दो बार ही आते हैं। इसलिए मुझे ऐसा महसूस होता है कि आपके दिल में पहले जैसा प्यार नहीं रहा।"

कल्याण ने उसे समझाते हुए कहा, "ऐसा बिल्कुल मत सोचा करो। तुम्हें तो पता है कि सूर्यदेव और जयंत ने मिलकर चुनारगढ़ में कितनी तबाही मचा रखी है।"

बेगम ने भी हामी भरी, "हां, लेकिन पहले जब आप आते थे तो पूरी रात रुकते थे। अब तो जैसे जल्दी में होते हो, एक घंटे में ही चले जाते हो।"

कल्याण ने गंभीरता से कहा, "अब मुझे डर लगता है कि कहीं मेरे आने की सूचना उन लोगों को न मिल जाए। अगर ऐसा हुआ तो वो मुझे जिंदा नहीं छोड़ेंगे।"

कुछ देर चुप्पी के बाद, कल्याण ने विषय बदला, "अच्छा यह बताओ, मैं तुम्हें जिस उद्देश्य से लाया था, उसका क्या हुआ ?"

बेगम ने गर्व से बताया, "अब मेरे पास कई जमींदार और रईस व्यक्ति आने लगे हैं। यहां तक कि महामंत्री का पुत्र भैरव भी अक्सर आता है। वह जब भी आता है, अपने साथ बहुत से सोने के सिक्के लाता है।"

कल्याण ने उसे हिदायत दी, "बस इसी तरह लोगों को फंसाकर रखो और महाराज दिग्विजय के खिलाफ भड़काती रहो।"

बेगम ने एक और सवाल किया, "क्या आपने मेरे बारे में अपने मित्र को बताया है ?"

कल्याण ने इंकार में सिर हिलाते हुए कहा, "नहीं।"

बेगम ने आश्चर्य से पूछा, "क्यों नहीं ?"

कल्याण- क्योंकि वो बहुत ऐयाश है। अगर उसे तुम्हारे बारे में पता चल गया तो वो भी मुझसे मिलने की जिद करेगा। इसलिए मैंने उसे तुम्हारे बारे में कुछ नहीं बताया। अगर कभी वह तुम्हारे बारे में कुछ पूछता भी है, तो मैं बात को घुमा देता हूं।"

बेगम ने विरोध करते हुए कहा, "पहले तो आप दोनों मेरे पास आते थे, अब क्या बदल गया ?"

कल्याण ने मुस्कुराते हुए कहा, "पहले तुम चुनारगढ़ में थीं, अब काशी में हो।"

बेगम ने संजीदगी से पूछा, "पर जब काशी आने की बात होती है, तो यशवंत से क्या कहकर आते हो ?"

कल्याण ने हल्की हंसी में कहा, "उसे यही बताता हूं कि मैं एक दोस्त से मिलने काशी जा रहा हूं। पर हमेशा उसे बताकर नहीं आता, आज भी बिना बताए आया हूं।"

बेगम- अच्छा।

फिर कल्याण चिंता भरे स्वर में कहा, "कुसुम को भी मेरे बारे में जानकारी मिल गई है।"

बेगम उत्सुकता से पूछा, "कैसी जानकारी।"

तब कल्याण हल्की सांस लेकर कहा, "यही की मैं तुमसे अक्सर मिलने आता हूं।"

बेगम डरी हूई आवाज में कहा, "यह उसे कैसे मालूम हुआ ?"

कल्याण ने कहा, "मुझे नहीं पता। पर मुझे लगता है कि मेरे साथ आने वाले सैनिकों में से इसके बारे में बताया है।"

तभी, दरवाजे पर खटखटाने की आवाज आई। बेगम ने कहा, "लगता है, वो आ गए।"

कल्याण ने उसे दरवाजा खोलने को कहा। बेगम दरवाजे की ओर गई और दरवाजा खोलते ही कहा, "आइए हरिशंकर जी, हम दोनों कब से आपका इंतजार कर रहे थे।"

हरिशंकर ने मुस्कुराते हुए कहा, "आने में देर हो गई, लेकिन मुझे विश्वास था कि आप लोग मेरा इंतजार करेंगे।"

बेगम ने उन्हें अंदर बुलाया, "आइए, अंदर आइए। बैठकर बातें करते हैं।"

जब तीनों लोग अंदर आकर बैठे, तो कल्याण ने पूछा, "आपको आने में इतना समय क्यों लगा ?"

हरिशंकर ने रहस्यमयी अंदाज में कहा, "मैं ऐसा काम करके आ रहा हूं, जिसे सुनकर आप खुशी से झूम उठेंगे। इसलिए देरी हो गई।"

कल्याण ने उत्सुकता से पूछा, "क्या किया आपने ?"

हरिशंकर ने गर्व से कहा, "आपकी यहां आने की सूचना जयंत को मिल गई थी, लेकिन आप चिंता न करें, अब आपको मेरे रहते कोई खतरा नहीं है।"

यह सुनते ही कल्याण घबरा गया और बोला, "मुझे यहां से तुरंत निकलना होगा।"

हरिशंकर ने उसे रोकते हुए कहा, "आपको कहीं जाने की जरूरत नहीं है।"

कल्याण ने संदेह से पूछा, "क्यों ?"

हरिशंकर ने गर्व से कहा, "क्योंकि मैंने जयंत को बंदी बना लिया है।"

कल्याण ने आश्चर्य से पूछा, "कैसे किया आपने ये ?"

हरिशंकर ने बताया, "जब मुझे पता चला कि जयंत आपको पकड़ने की योजना बना रहा है, तो मैंने उसके पीछे अपने कुछ सैनिक लगा दिए। उन्होंने चोरी से उसके भोजन में बेहोशी की दवा मिला दी, जिससे वह बेहोश हो गया और मेरे सैनिक उसे उठाकर मेरे घर ले आए।"

कल्याण ने राहत की सांस लेते हुए कहा, "आपने बहुत बड़ा काम किया है। मैं हमेशा आपका आभारी रहूंगा।"

हरिशंकर- अगर आप जयंत को देखना चाहते हैं, तो मेरे साथ चलिए।

कल्याण ने थोड़ा सोचकर कहा, "अगली बार आऊंगा, तब आपके घर चलूंगा। तब तक उसे बंदी बनाकर रखिए। ध्यान रहे, वह भाग न जाए।"

हरिशंकर ने उसे और मनाने की कोशिश की, "अरे, आप इतना डर क्यों रहे हैं ? आप मेरे साथ चलिए और खुद उसे मौत के घाट उतारिए। अपने सैनिकों को वापस भेज दीजिए। आप इतना सोच क्यों रहे हैं ? क्या आपको मुझ पर विश्वास नहीं है ?"

कल्याण ने विचार करते हुए कहा, "ऐसी कोई बात नहीं है।"

हरिशंकर ने उसे और दबाव डाला, "तो फिर ?"

कल्याण ने कुछ देर सोचा और फिर कहा, "ठीक है, मैं आपके साथ चलने को तैयार हूं।" उसने बेगम से कहा, "तुम जाकर सैनिकों से कह दो कि वह तुरंत चुनारगढ़ के लिए रवाना हो जाएं। मुझे लेकर चिंता न करें, मैं सुबह तक लौट आऊंगा।"

बेगम ने सिर हिलाते हुए कहा, "ठीक है।"

बेगम वहां से चली गई, लेकिन कल्याण को हरिशंकर के व्यवहार पर संदेह हो गया। उसने हरिशंकर की दाढ़ी खींची और देखा कि यह वास्तव में जयंत था। जयंत तुरंत सतर्क हो गया और बिना देर किए कल्याण पर हमला कर दिया। दोनों के बीच संघर्ष शुरू हो गया। अंततः जयंत ने कल्याण को बेहोश कर दिया और उसे अपनी पीठ पर लादकर दरवाजे से निकल गया। सीढ़ियों से होते हुए वह छत पर चढ़ा, जहां पहले से रस्सी लटकी हुई थी। रस्सी के सहारे नीचे उतरकर वह कल्याण को लेकर महल की ओर रवाना हो गया। जब बेगम वापस आई, तो उसने कमरे में बिखरा सामान और खून के छींटे देखे। उसे तुरंत समझ आ गया कि विश्वासघात हुआ है। बेगम बेहोश होकर जमीन पर गिर पड़ी और उसके मुंह से निकला, "अब मेरा क्या होगा ?"

कल्याण के आदेश पर सैनिक चुनार की ओर रवाना हो गए, लेकिन रास्ते में सूर्यदेव ने उन सभी को बंदी बना लिया और कारागार में डाल दिया।

दूसरा अध्याय

1

रात का दूसरा प्रहर बीत चुका था। चंद्रमा अपनी पूर्ण आभा के साथ आकाश के मध्य में चमक रहा था, जैसे कि पूरी सृष्टि पर उसकी निगाह हो। महारानी सावित्री, भवानीशंकर, भैरव और जयंत मंत्रणा कक्ष में गंभीरता से विचार-विमर्श कर रहे थे।

"आज शाम सूर्यदेव ने मुझे एक पत्र भेजा था," महारानी सावित्री ने गंभीर स्वर में कहा। "उन्होंने लिखा है कि वह दोनों कुमारों को लेकर सोमवार को दरबार में आएंगे।"

भैरव ने तुरंत गणना की, "मतलब आज से चार दिन बाद।"

महारानी सावित्री ने सिर हिलाते हुए उत्तर दिया, "हां, चार दिन बाद। जयंत।"

"जी, महारानी ?" जयंत ने उत्तर दिया, अपनी जगह पर थोड़ा सा आगे झुकते हुए।

"दस वर्षों के पश्चात, दोनों कुमार आश्रम से वापस आ रहे हैं। इस पूरे राज्य में इस सूचना का प्रसार कर दो ताकि प्रजा उनके स्वागत के लिए तैयार हो सके," सावित्री ने आदेश दिया।

जयंत ने सम्मानपूर्वक सिर झुकाया, "मैं कल सुबह ही इस बात की सूचना दे दूंगा, महारानी। परंतु, एक और बात कहनी थी।"

महारानी ने उसकी ओर देखा, "हां, कहो, इतना संकोच क्यों कर रहे हो ?"

जयंत ने अपनी बात स्पष्ट की, "महारानी, क्यों न दोनों कुमारों में से किसी एक को राजा बना दिया जाए ?"

भवानीशंकर ने सहमति जताई, "मैं जयंत के विचार से सहमत हूं। प्रजा कई वर्षों से बिना राजा के रह रही है। अब उसे एक योग्य राजा की आवश्यकता है।"

महारानी ने विचारपूर्ण स्वर में कहा, "मैं भी यही सोच रही थी। लेकिन पहले दोनों कुमारों को आ जाने दो। फिर हम उचित निर्णय लेंगे।"

"जी, महारानी," जयंत ने उत्तर दिया।

"कल सुबह तुम मेरे पास आना, कुछ काम है," सावित्री ने निर्देश दिया। "ठीक है, महारानी," जयंत ने कहा और सभी लोग उठकर अपने-अपने कक्ष की ओर रवाना हो गए।

भवानीशंकर और जयंत अपने-अपने कक्ष की ओर चले गए, लेकिन भैरव अपने कक्ष में न जाकर सीधे महल के बाहर चला गया। महल के बाहर एक सैनिक पहले से ही एक घोड़ा लेकर उसका इंतजार कर रहा था।

सैनिक ने पूछा, "आपको आने में देर हो गई।"

भैरव ने शांत स्वर में कहा, "हां, अब तुम जा सकते हो।"

इसके बाद भैरव घोड़े पर सवार होकर बेगम के घर की ओर रवाना हो गया। बेगम, जो अब पहले से अधिक अमीर हो चुकी थी, केवल भैरव से ही मिलती थी। भैरव उसे हर महीने हजारों सोने के सिक्के देता था, ताकि उसे किसी प्रकार की तकलीफ न हो।

जब भैरव बेगम के घर पहुंचा, तो उसने देखा कि जितने लोग वहां थे, वे सभी जमीन पर पड़े हुए थे। भैरव तेजी से बेगम के कक्ष में गया, लेकिन वहां बेगम नहीं थी। तभी उसकी नजर झरोखे के पास पड़ी, जहां एक सेविका फर्श पर पड़ी हुई थी। उसे धीरे-धीरे होश आ रहा था। भैरव बाहर जाकर पानी लेकर आया और उसके चेहरे पर छींटे मारे, जिससे वह होश में आ गई।

"अब ठीक हो ?" भैरव ने पूछा।

सेविका उठकर बैठ गई और बोली, "हां।"

भैरव ने तेजी से पूछा, "तुम लोगों का यह हाल किसने किया ? बेगम कहां है ?"

सेविका ने असमंजस में उत्तर दिया, "मुझे नहीं पता कि वह बेगम को लेकर कहां गया।"

"कौन था वो ?" भैरव ने गुस्से से पूछा।

"हमारे यहां रामू नाम का एक बावर्ची था," सेविका ने कांपते हुए उत्तर दिया।

"हां, मैं उसे जानता हूं। आगे ?" भैरव ने पूछा, अब उसकी आंखों में चिंता झलकने लगी थी।

"कई दिन हो गए थे, वह छुट्टी लेकर अपने घर गया था," सेविका ने बताया।

"हां, फिर क्या हुआ ?" भैरव ने पूछा।

सेविका ने जारी रखा, "दो दिन पहले एक लड़का पत्र लेकर आया था। उसमें लिखा था कि मेरा तबीयत बहुत खराब है, इसलिए मैं नहीं आ सका, पर अपने स्थान पर अपने बेटे को भेज रहा हूं। यह मेरे से भी अच्छा भोजन बनाता है। इसे पढ़ने के बाद बेगम ने उसे काम पर रख लिया। जब बेगम ने उससे उसका नाम पूछा, तो उसने अपना नाम चेतराम बताया।"

"उसकी उम्र कितनी रही होगी ?" भैरव ने पूछा।

"बीस वर्ष का रहा होगा," सेविका ने उत्तर दिया।

"वह कैसा दिखता था?" भैरव ने अगले सवाल के लिए थोड़ा और करीब आकर पूछा।

"उसका कद लंबा और रंग गोरा था। आंखें बड़ी-बड़ी थीं और उसके हाथ-पैर मजबूत थे," सेविका ने वर्णन किया।

"फिर आगे क्या हुआ ?" भैरव ने अपनी उत्सुकता छिपाते हुए पूछा।

सेविका ने कहा, "पहले दिन उसने बहुत ही स्वादिष्ट भोजन बनाया, जिसे खाकर बेगम बहुत प्रसन्न हुई। लेकिन आज रात के भोजन में उसने बेहोशी की दवा मिला दी थी। जिसे खाने के बाद सभी लोग बेहोश हो गए।"

"तुम कैसे बच गई ?" भैरव ने पूछा।

सेविका ने बताया, "मेरा सुबह से ही पेट खराब था, इसलिए मैंने भोजन नहीं किया। लेकिन जब मैंने देखा कि सब लोग बेहोश होकर जमीन पर गिर रहे हैं, तो मैं तुरंत बेगम के कक्ष में आई। देखा तो वह पलंग पर बेहोश पड़ी थी। यह देखकर मैं बहुत घबरा गई और सोचने लगी कि यह क्या हो गया। तभी चेतराम वहां आ गया। वह मुझे देखकर डर गया। लेकिन उसने तुरंत मेरे ऊपर हमला कर दिया। उसके बाद मेरी आंख खुली तो मैंने आपको सामने देखा।"

भैरव ने कठोर स्वर में कहा, "ठीक है, अब तुम जाकर सभी को होश में लाओ। मैं उसका पता लगाऊंगा। किसकी इतनी हिम्मत हो गई कि उसने मेरे साथ इतना बड़ा दुस्साहस करने की कोशिश की।"

इतना कहकर भैरव तेजी से वहां से चला गया।

भैरव अब तक संकल्पित था कि वह किसी भी कीमत पर बेगम को ढूंढ निकालेगा। उसके दिल में गुस्सा और चिंता की लहरें उठ रही थीं। वह जानता था कि इस दुस्साहस का सामना उसे खुद करना होगा। जैसे ही वह अपने घोड़े पर सवार हुआ, उसके मन में एक ही विचार था। उस व्यक्ति को ढूंढना जिसने यह जघन्य कार्य किया।

भैरव घोड़े को तेजी से दौड़ाता हुआ शहर के बाहरी इलाकों की ओर बढ़ा, जहां चेतराम के बारे में और जानकारी हासिल कर सके। उसे अब यह समझ में आ गया था कि इस षड्यंत्र के पीछे केवल एक सामान्य बावर्ची नहीं, बल्कि कोई बड़ा खेल चल रहा था। रास्ते में भैरव ने सोचा कि शायद यह कोई पुरानी रंजिश का परिणाम हो सकता है। क्या कोई पुराना दुश्मन इस समय का इंतजार कर रहा था ? या फिर यह किसी नए शत्रु की चाल थी ? उसकी

सोच के धागे अब संभावनाओं की ओर घूम रहे थे। जैसे-जैसे वह आगे बढ़ रहा था, उसका दिमाग विभिन्न साजिशों और संभावित खतरों का विश्लेषण कर रहा था। वह जानता था कि उसे जल्द ही कुछ निर्णय लेने होंगे। बेगम की सुरक्षा अब उसकी प्राथमिकता बन चुकी थी। भैरव ने अपने मन को स्थिर किया और खुद से वादा किया कि वह इस रहस्य को सुलझा कर रहेगा। चाहे उसे कितनी भी मुश्किलों का सामना क्यों न करना पड़े। वह तेजी से

अपने गंतव्य की ओर बढ़ता रहा, उसकी आंखों में केवल एक ही लक्ष्य था। बेगम की सलामती।

2

अब हम अपना ध्यान चुनारगढ़ की तरफ करते हैं। उस वक्त रात बहुत नहीं गई थी। पूर्व दिशा में चंद्रमा दिखाई दे रहा था। यशवंत, अहमद, शेरअली, तेजप्रताप, और दो व्यक्ति मंत्रणा कक्ष में बैठे हुए थे। इन दोनों व्यक्तियों की शक्ल-सूरत एक जैसी प्रतीत हो रही थी। ये लोग आपस में बातें कर रहे थे।

यशवंत- महाराज दिग्विजय के देहांत को दस वर्षों से अधिक हो गए हैं। फिर भी मैं अपने अपमान का प्रतिशोध नहीं ले सका, न ही आज तक कल्याण के बारे में कोई ठोस जानकारी मिल सकी। (तेजप्रताप से) तुम्हें भी राजा बने कई वर्ष हो गए। फिर भी तुम मेरी कोई सहायता नहीं कर सके।

तेजप्रताप- मित्र, अब चिंता मत करो। अब हमारे पास उनसे मुकाबला करने का सामर्थ्य हो गया है। जल्द ही मैं तुम्हारे अपमान का बदला लूंगा और साथ ही काशी पर भी अपना अधिकार कर लूंगा। इसलिए मैं अपने साथ कपाला और विराट को लाया हूं। (जो दो व्यक्ति बैठे थे, उनमें से एक का नाम कपाला और दूसरे का नाम विराट था।) आज तक ये दोनों कभी भी युद्ध में पराजित नहीं हुए हैं। इन्हें अपनी सेना में शामिल कर लो।

यशवंत- ठीक है।

तभी एक बीस वर्ष का लड़का, पीठ पर गठरी लादे हुए, वहां आ गया। उसने गठरी को जमीन पर आराम से रखा।

यशवंत- शंभू, इसमें क्या लाए हो ? और कहां से आ रहे हो ? कई दिनों से तुम्हारा कोई पता नहीं चल रहा था।

शंभू- चाचा जी, मैं काशी से आ रहा हूं और बेगम को लेकर आया हूं। इस गठरी में वही है। कई दिनों से इसी के चक्कर में पड़ा था कि किसी तरह यह मेरे हाथ लग जाए, और आज भगवान भरोसे मेरे हाथ लग ही गई।

यशवंत- इसे यहां लाने की कोई खास वजह ?

शंभू- जिस दिन मैं आपसे मिलने के लिए मामा के घर से यहां आया, उसी दिन मां ने बुलाकर मुझसे कहा कि तुम्हारे पिता चोरी-छिपे बेगम से मिलने काशी जाया करते थे।

यशवंत- अच्छा, भाभी ने और क्या कहा तुमसे ?

शंभू- जिस दिन तुम्हारे पिता गायब हुए थे, शायद उस दिन वह काशी गए थे। एक बार तुम चोरी से काशी जाकर बेगम से पूछना, शायद वह उनके बारे में कुछ जानती हो।

यशवंत- तब आगे ?

शंभू- आपसे मिलने के बाद, मैं आपको बिना बताए काशी चला गया। बड़ी मुश्किल से मुझे बेगम का पता चला। तब मैं उसके मकान के बगल में छोटा-सा कमरा लेकर रहने लगा और बेगम पर निगरानी शुरू कर दी। एक दिन मुझे पता चला कि उसके यहां भोजन बनाने वाला रामू घर चला गया है और वह कई दिनों बाद आएगा। उसी मौके का फायदा उठाकर, मैं बेगम के यहां रामू का लड़का बनकर चला गया और अपने साथ एक पत्र भी ले गया। पत्र पढ़ने के उपरांत बेगम को लगा कि मैं वास्तव में रामू का लड़का हूं। आज रात के भोजन में मैंने बेहोशी की दवा मिला दी थी, जिसे खाने के बाद सभी लोग बेहोश हो गए। फिर मैं बेगम के कक्ष में गया। वह भी पलंग पर बेहोश पड़ी हुई थी, पर वहां एक सेविका थी, लगता था कि उसने भोजन नहीं किया था। उसे (सेविका) मारकर बेहोश कर दिया तथा इसे उठाकर ले आया।

यशवंत- ठीक है, अगर भाभी ने यह बात मुझे पहले बताई होती, तो इसे मैं पहले ही ले आता। मुझे तो यह भी नहीं पता था कि भाभी तुमको और तुम्हारे छोटे भाई को लेकर मायके चली गई हैं।

शंभू- चाचा जी, अब इन सब बातों को छोड़िए। यह बताइए कि इसके साथ क्या किया जाए ?

यशवंत- पहले इसे होश में लाओ, देखो क्या बताती है ?

इसके बाद शंभू ने गठरी का मुंह खोलकर बेगम को बाहर निकाला और गिलास में पानी लाकर उसके मुंह पर छींटा मारा। पर उसे होश नहीं आया। घंटे भर तक सभी लोग उसके होश में आने का इंतजार करते रहे। जब उसे होश आया तो वह इन लोगों को देखकर डर के मारे कांपने लगी।

बेगम- (धीमी स्वर में) मैं कहां हूं ? आप लोग कौन हैं ? मैंने क्या किया था, जो मुझे इस प्रकार यहां पर लाया गया ?

यशवंत- तुम इस वक्त चुनारगढ़ में हो, मैं यहां का राजा यशवंत हूं।

जब बेगम का ध्यान अपने पीछे खड़े शंभू पर गया, तो वह और भी डर गई। उसने शंभू की तरफ देखकर कहा, 'यही मुझे यहां लाया होगा।'

यशवंत- हां, तुम सही कह रही हो। जानती हो यह कौन है ?

बेगम- मेरे पास तो यह रामू का लड़का चेतराम बनकर आया था, पर यह वास्तव में रामू का लड़का नहीं है। निश्चित ही यह कोई दूसरा है, जो मेरी आंखों में धूल झोंक कर यहां पर ले आया है।

यशवंत- हां, तुम उचित कह रही हो। यह कल्याण का बेटा शंभू है। (कल्याण का नाम सुनते ही बेगम कांपने लगी।)

शेरअली- कल्याण के नाम से तो तुम भली-भांति परिचित हो।

बेगम- कौन कल्याण ? मैं इस नाम के किसी व्यक्ति को नहीं जानती हूं।

शंभू- वही कल्याण जो तुमसे मिलने के लिए काशी आया करते थे। क्या तुम ये सब बातें भूल गई ?

बेगम- (लड़खड़ाते स्वर में) मैं सच बोल रही हूं। मैं किसी कल्याण को नहीं जानती हूं। आप लोग क्या कहना चाह रहे हैं ? मुझे कुछ भी समझ नहीं आ रहा है। (भारी स्वर में) मुझे सही सलामत वापस छोड़ दो, नहीं तो आप लोगों के लिए अच्छा नहीं होगा।

इतना सुनते ही शंभू की दोनों आंखें गुस्से से लाल हो गई। उसने बेगम के गाल पर एक तमाचा कसकर मारा, जिससे बेगम तिलमिला गई।

तेजप्रताप- तुम सही-सही बता दो कि तुम कल्याण के बारे में क्या जानती हो ? तुम्हारी जान बख्श दी जाएगी और तुम्हें सुरक्षित वापस भेज दिया जाएगा। (गुस्से से) अगर अब तुम कुछ भी झूठ बोली तो मैं तुम्हारे दोनों हाथ काट दूंगा। (कमर में बंधी म्यान से तलवार निकालकर)

बेगम- मैं अब तक झूठ बोल रही थी। मैं कल्याण को जानती हूं। अब मैं सब कुछ सच-सच बता रही हूं।

तेजप्रताप- हां, बताओ।

बेगम- कल्याण मुझे चुनारगढ़ से काशी रहने के लिए भेजे थे।

यशवंत- तुम अपनी पूरी बात बताओ। क्यों कल्याण ने तुम्हें वहां भेजा था ? इसके पीछे क्या वजह थी ?

बेगम- मेरा नाम बेगम नहीं है।

यशवंत- तब क्या है ?

बेगम- मुझे बस काशी के लोग इस नाम से जानते हैं। मेरा वास्तविक नाम मोहनी है। मेरे मामा-मामी को शेरअली ने मारकर महाराज और महारानी की लाश के रूप में दिखाया था। अक्सर आप (यशवंत), शेरअली और अहमद, तीनों लोग कल्याण के साथ आया करते थे।

यशवंत- हां, अब मैं तुम्हें पहचान गया। पर तुम्हारा चेहरा पहले जैसा नहीं रहा।

बेगम- उस वक्त मेरी उम्र बीस के आसपास थी। अब मैं चालीस की हो गई हूं।

यशवंत- पर ऐसा लगता नहीं कि तुम चालीस की हो चुकी हो। अब तो पहले से भी अधिक खूबसूरत और हसीन हो गई हो।

बेगम- हां, मुझे भैरव ने रानी की तरह रखा है।

शेरअली- तो इतने कुछ हो जाने के बाद भी तुमने हमारे पास कोई संदेश क्यों नहीं भेजा ?

बेगम- मैं एकदम डर गई थी। जिस तरह जयंत उन्हें ले गया, मुझे लगा कि अगर मुझ पर शक हो गया, तो मेरा भी वही हाल होगा। वैसे भी मेरा यहां से संबंध खत्म हो चुका था। जाती भी तो कहां जाती ? यही सब सोचकर मैं चुपचाप वहीं रह गई।

शंभू- तुम्हारे पास तब इतनी संपत्ति कहां से आई ?

बेगम- जब भैरव महामंत्री बना, तो उसने मुझे बड़ा-सा मकान बनवाकर दिया और मेरी सेवा के लिए कई सेवक और सेविकाए भी रखे। मुझे पूरा विश्वास हो गया था कि आप लोग मुझे कभी नहीं खोज सकते और मैं मजे से रहने लगी।

यशवंत- अच्छा, ठीक है। यह बताओ, कल्याण उसके हाथ कैसे लगा ?

बेगम- उन दिनों मेरे यहां काशी के कई बड़े रईस और जमींदार लोग आया करते थे। उनमें से एक हरिशंकर नाम का जमींदार भी था। वह जब भी आता, अपने साथ हजारों सोने की मुद्राएं और कीमती वस्तुएं लेकर आता था। उसे यह भी मालूम था कि कल्याण कभी-कभी मुझसे मिलने आता है। वह बातों में ऐसा ज़ाहिर करता जैसे महाराज दिग्विजय का दुश्मन हो। उस वक्त मैं उसके अहसान तले इतनी दब चुकी थी कि उसकी हर बात मुझे सच ही लगती थी। एक दिन मैंने उससे कल्याण के बारे में बात की। तब उसने कहा कि एक बार मेरी मुलाकात कल्याण से करवाओ। इसके बाद मैंने कल्याण को उसके बारे में बताया।

यशवंत- तब आगे क्या हुआ ?

बेगम- कल्याण ने उससे मिलने के लिए सहमति दी और मुझसे कहा कि तीसरे दिन इसी वक्त आऊंगा। उसे भी इसी समय आने को कह देना। फिर हम दोनों घंटों तक ऐसी ही बातें करते रहे। जब भोर हुआ तो वह चुनारगढ़ की तरफ रवाना हो गए। अगले दिन जब वह मेरे पास आया, तो मैंने उसे पूरी बात बता दी कि कल्याण इसी रात को आएगा। पर जमींदार को कभी भी अपने बारे में नहीं बताया था।

इतना कहकर बेगम चुप हो गई।

तेजप्रताप- फिर क्या हुआ ?

बेगम- पता नहीं क्यों, लेकिन वह उस रात आया ही नहीं। अगले दिन मैंने उसके पास पत्र भेजा कि कल्याण फिर आज रात को उसी वक्त आएगा।

यशवंत- तब वह आया ?

बेगम- हां, लेकिन जब भी मैं उस काली रात के बारे में सोचती हूं, मेरे रोंगटे खड़े हो जाते हैं। (आंखों से आंसू बहने लगते हैं।)

यशवंत- रोना बंद करो, आगे बताओ क्या हुआ ?

बेगम ने उस रात की सारी घटनाएं बयां कर दीं।

अहमद- तुम्हें कैसे मालूम हुआ कि उस जमींदार के वेश में जयंत था ?

बेगम- कई महीनों बाद, भैरव से इस बारे में पूछने पर उसने बताया कि जो व्यक्ति तुम्हारे पास से कल्याण को ले गया था, वह वास्तव में जयंत था। जिन सैनिकों को तुमने चुनारगढ़ जाने का आदेश दिया था, उन्हें सूर्यदेव ने बंदी बनाकर कल्याण के साथ ही कारागार में डाल दिया था। (दोनों हाथ जोड़कर) मैंने जो कुछ भी जानती थी, वह सब कुछ बता दिया। अब आप लोग मुझे वापस छोड़ दीजिए।

शंभू- (गुस्से में) तुमने इतने दिनों तक यह बात छुपाकर रखी, इसलिए तुम्हें अब बख्शा नहीं जाएगा।

बेगम- नहीं, आप लोग मेरे साथ ऐसा मत करिए। मेरी जान बख्श दीजिए।

शेरअली- तुम्हारे साथ किसी प्रकार की मुरव्वत नहीं की जाएगी। (म्यान से तलवार निकालते हुए) अब मौत के लिए तैयार हो जाओ।

बेगम समझ गई कि अब उसकी जान बचने वाली नहीं है। फिर भी उसने अंतिम कोशिश करते हुए कहा, "अगर आप लोग मेरी जान बख्श देंगे, तो मैं आप लोगों की बहुत सहायता कर सकती हूं।"

तेजप्रताप- वह कैसे ?

बेगम- मैं आप लोगों की मुलाकात भैरव से करवा सकती हूं।

तेजप्रताप- उससे हमारा क्या लाभ होगा ?

बेगम- भैरव भी अंदर ही अंदर सूर्यदेव और जयंत से ईर्ष्या रखता है। वह तो एक बार जयंत को मारने की कोशिश भी कर चुका है, पर जयंत बच गया। लेकिन उसकी पत्नी को भैरव ने मौत के घाट उतार दिया। शायद उसका बेटा बच गया। मुझे पूरा भरोसा है कि भैरव आप लोगों की सहायता करेगा। पर भैरव जो भी शर्त रखे, उसे आप लोग मान लीजिएगा। क्योंकि मैं उसे जानती हूं कि वह किसी भी तरह राजा बनना चाहता है।

तेजप्रताप- अगर वास्तव में भैरव हमारी सहायता तुम्हारे कहने पर करता है, तो समझो तुम्हारी जान बख्श दी जाएगी। लेकिन अगर किसी प्रकार की चालाकी दिखाई तो अंजाम भुगतने के लिए तैयार रहना।

बेगम- ठीक है।

तेजप्रताप- (यशवंत से) मित्र, इसकी जान बख्श दो। अगर इसकी वजह से भैरव मदद के लिए तैयार हो गया, तो हम लोग आसानी से अपने उद्देश्य में सफल हो सकते हैं।

यशवंत- मुझे इसकी बातों पर भरोसा नहीं है। पर तुम्हारे कहने पर इस बार इसे छोड़ देता हूं।

बेगम- अब मुझे काशी छुड़वा दीजिए।

तेजप्रताप- तुम चिंता मत करो। हम सब तुम्हें छोड़ने चलेंगे।

शंभू- पर कैसे ?

तेजप्रताप- वेश बदलकर।

शंभू- तब सुबह होने से पहले ही हमें वहां पहुंचना होगा।

तेजप्रताप- हां।

3

रात का तीसरा प्रहर चल रहा था, जब भैरव अपने कक्ष में पहुंचा। उसके कदमों की आहट से उसकी पत्नी, अंबिका, की नींद टूट गई। शायद वह पहले से ही उसकी प्रतीक्षा कर रही थी। कमरे में एक चिराग जल रहा था, जिससे चारों ओर हल्का-सा प्रकाश फैला हुआ था, लेकिन उस प्रकाश में भैरव के माथे पर पसीने की बूंदें चमकने लगीं।

अंबिका, भैरव की ओर देखते हुए बोली, "आप आ गए ? मैं कब से आपके आने का इंतजार कर रही थी। पर कब हल्की-सी नींद आ गई, मुझे पता ही नहीं चला।"

भैरव ने उसकी चिंता को दूर करते हुए कहा, "तुम अब तक जाग रही हो ? तुम्हें सो जाना चाहिए था। कहीं तुम्हारी तबीयत तो ठीक है ?"

अंबिका ने धीमी आवाज में उत्तर दिया, "हां, मेरी तबीयत ठीक है। लेकिन आप बहुत परेशान दिख रहे हैं। आपके माथे से इतना पसीना क्यों बह रहा है ? क्या कुछ हुआ है ?"

भैरव ने गहरी सांस ली और कहा, "नहीं, कुछ खास नहीं।" इसके बाद वह पलंग पर बैठ गया। उसकी आवाज में हल्की थकावट और तनाव झलक रहा था।

अंबिका ने संकोच के साथ पूछा, "क्या आप बेगम के यहां से आ रहे हैं ?"

भैरव थोड़ा घबराया और लड़खड़ाते हुए बोला, "कौन बेगम ? मैं किसी बेगम को नहीं जानता।"

अंबिका ने नज़रें नीचे करते हुए कहा, "आप भले ही मुझसे झूठ बोल सकते हैं, पर चारों ओर इसी बात की चर्चा हो रही है कि आप अक्सर रात में उससे मिलने जाते हैं। सब लोग कह रहे हैं कि बेगम आपकी कृपा पर पल रही है।"

भैरव की चिंता बढ़ती गई। उसने तुरंत पूछा, "क्या पिता जी इस बारे में जानते हैं ?"

अंबिका ने अनभिज्ञता दिखाते हुए कहा, "मुझे नहीं पता। खैर, इस बात को छोड़िए। मुझे आपको कुछ और भी बताना है।"

भैरव ने उत्सुकता से पूछा, "वह क्या है ?"

अंबिका ने गहरी सांस ली और कहा, "एक अच्छी खबर है और एक बुरी खबर। आप पहले कौन-सी सुनना चाहेंगे ?"

भैरव ने थोड़ी देर तक सोचकर कहा, "पहले बुरी बात बताओ।"

अंबिका ने सावधानीपूर्वक शब्दों का चयन करते हुए कहा, "रात में मेरे पास एक दासी आई थी, जिसका नाम मालिनी है। वह शाम के वक्त महारानी के कक्ष में गई थी कुछ काम के सिलसिले में।

भैरव ने बेचैनी से पूछा, "तब क्या हुआ ?"

अंबिका ने जवाब दिया, "वहां उसने सुना कि महारानी और जयंत आपस में बात कर रहे थे कि किसी तरह आपको आपके पद से हटा दिया जाए। वह कह रहे थे कि आपकी हरकतें दिन-प्रतिदिन खराब होती जा रही हैं। उन्होंने बेगम के बारे में भी बात की।"

भैरव का चेहरा और गंभीर हो गया। उसने पूछा, "क्या बात की ?"

अंबिका ने कहा, "वह कह रहे थे कि आप बेगम को रहने के लिए बड़ा-सा मकान बनवा रहे हैं और राजकोष का धन उसके ऊपर अंधाधुंध खर्च कर रहे हैं।"

भैरव ने गुस्से से कहा, "इसके पीछे जयंत का ही हाथ है। वह जरूर महारानी को मेरे खिलाफ भड़का रहा होगा।"

अंबिका ने सहमति जताते हुए कहा, "हो सकता है।"

भैरव ने गुस्से में कहा, "इस बार मैं उसे नहीं छोडूंगा। उसे यमराज के पास भेजने का समय आ गया है।"

अंबिका ने चौंकते हुए कहा, "इसका मतलब जयंत पर हमला करवाने वाले आप ही थे ?"

भैरव ने सिर हिलाते हुए कहा, "हां, लेकिन वह बच गया। व्यर्थ में उसकी पत्नी को मारना पड़ा, क्योंकि उसने मुझे देख लिया था। खैर, उसके बच्चे को मैंने छोड़ दिया।"

अंबिका ने चिंतित स्वर में कहा, "जिस दिन इसका पता चलेगा, वह आपको बख्शेगा नहीं।"

भैरव ने बात बदलते हुए कहा, "अब इन सब बातों को छोड़ो। यह बताओ, वह अच्छी खबर क्या है ?"

अंबिका ने मुस्कुराते हुए कहा, "मैं गर्भवती हूं, आप पिता बनने वाले हैं।"

भैरव की आंखों में खुशी झलकने लगी। उसने अंबिका के हाथों को पकड़कर कहा, "तुम सच कह रही हो ?"

अंबिका ने सहमति में सिर हिलाते हुए कहा, "हां, वैद्य जी ने मुझे आज ही इसके बारे में बताया है।"

भैरव ने खुशी से कहा, "अब सो जाओ। सुबह बाबा विश्वनाथ के दर्शन करने चलेंगे।"

अंबिका ने संतोषपूर्वक कहा, "हां, मैं भी आपसे यही कहना चाहती थी। अब आप भी सो जाइए।"

भैरव ने सिर हिलाया और पलंग पर लेट गया। अब उसकी आंखों में खुशी के आंसू और अगले दिन की उम्मीदें थीं।

4

दिन ढल चुका था और ढलते सूर्य की किरणें अभी भी चारों ओर बिखरी हुई थीं। भैरव अपने कक्ष में कुर्सी पर बैठे हुए घंटों से किताब के पन्ने पलट रहे थे। इसके बाद वह झरोखे के पास गए और पर्दा हटा दिया, जिससे अंदर अधिक प्रकाश आ गया। कुछ देर तक वहीं खड़े रहने के बाद, वे फिर से वापस आकर उसी कुर्सी पर बैठ गए। भैरव के चेहरे पर किसी भी प्रकार की खुशी का संकेत नहीं था। बेगम वाली घटना ने उनके हृदय और शरीर पर ऐसा आघात किया था, जैसे कमल को तुषार ने मार डाला हो।

तभी एक सैनिक वहां आया। उसने भैरव को अदब से झुककर कहा, "बाहर कोई व्यक्ति आया है, जो आपसे मिलना चाहता है।"

भैरव ने पूछा, "कौन है ? उसने अपना कोई नाम बताया है ?"

सैनिक ने कहा, "नहीं, मैं उसे पहली बार देख रहा हूं। वह कह रहा है कि आपसे मिलना बेहद जरूरी है।"

भैरव ने कहा, "ठीक है, आने दो।"

सैनिक वहां से चला गया और कुछ देर बाद वह व्यक्ति आया। उसने भैरव को प्रणाम किया और भैरव ने पहचान लिया कि यह व्यक्ति उसे पहले से जानता है।

भैरव ने कहा, "आओ भोलानाथ, कहो कैसे आना हुआ ?"

भोलानाथ ने उत्तर दिया, "मुझे बेगम ने भेजा है।" यह कहते हुए उसने जेब से एक पत्र निकालकर भैरव को दे दिया।

भैरव ने पत्र को पढ़ते हुए कहा, "जरा धीमी आवाज में बोलो, कोई बाहर सुन न ले। इस वक्त मेरे ऊपर शनि और मंगल दोनों ही विराजमान हो चुके हैं।" पत्र पढ़ने के बाद भैरव ने कहा, "ठीक है, अब तुम जा सकते हो। रुको, एक सवाल है।"

भोलानाथ ने आश्चर्य से पूछा, "क्या ?"

भैरव ने कहा, "बेगम के साथ हुई घटना के बारे में तुम्हें कुछ जानकारी है ?"

भोलानाथ ने उत्तर दिया, "पूरा तो नहीं मालूम, पर कुछ बातें जानता हूं।"

भैरव ने पूछा, "क्या ?"

भोलानाथ ने कहा, "मैं अभी इसके बारे में नहीं बता सकता।"

भैरव ने आश्चर्य से पूछा, "क्यों ?"

भोलानाथ ने कहा, "क्योंकि बेगम ने कुछ भी बताने से मना किया है। वह खुद इस बारे में सब कुछ बताएंगी।"

भैरव ने सिर हिलाते हुए कहा, "ठीक है, तुम जा सकते हो।"

इसके बाद भोलानाथ वहां से चला गया।

5

रात प्रहर भर से अधिक जा चुकी थी। चंद्रमा अपनी पूर्ण किरणों के साथ आसमान में दमक रहा था, मानो पूरी प्रकृति पर अपनी चांदनी बिखेर रहा हो। ठंडी-ठंडी हवा चल रही थी, जो कक्ष के खुले झरोखे से अंदर आकर वातावरण को और भी ठंडा कर रही थी। एक व्यक्ति, जो भैरव था, घंटों से बेचैन होकर कभी उठता, कभी बैठता, और कभी-कभी कमरे में इधर-उधर टहलने लगता। समय-समय पर वह झरोखे से बाहर झांककर चंद्रमा की ओर देखता, जैसे और रात होने का इंतजार कर रहा हो। उसकी बेचैनी स्पष्ट रूप से उसकी मानसिक अवस्था का परिचायक थी।

अंबिका, उसकी पत्नी, पलंग पर बैठी थी और चुपचाप भैरव की इस बेचैनी को देख रही थी। उसके मन में सवालों का बवंडर उठ रहा था, लेकिन उसने खुद को संयमित करते हुए हिम्मत जुटाई और बोली, "स्वामी, आप इतना परेशान क्यों दिख रहे हैं ? लगता है, और रात होने का इंतजार कर रहे हैं।"

भैरव ने संक्षेप में उत्तर दिया, "हां।"

अंबिका ने प्रश्न किया, "मैं जान सकती हूं कि कहां जाना है ?"

भैरव ने कुछ सोचते हुए कहा, "हां, बेगम के यहां।"

अंबिका ने चिंतित स्वर में कहा, "आप क्यों महारानी की नजरों में गलत साबित होते जा रहे हैं ? अब उसके यहां जाना छोड़ दीजिए। वह आपसे नहीं, आपके धन से मोहब्बत करती है।"

भैरव ने उसकी बात से सहमति जताते हुए कहा, "तुम उचित कह रही हो, पर आज मुझे किसी भी स्थिति में उसके यहां जाना है।"

अंबिका- इसके पीछे कोई वजह ?

भैरव ने कुछ सोचकर कहा, "हां, अब तुमसे कोई बात क्या छुपाना, वैसे भी पत्नी पति की आत्मा मानी जाती है।" उसने जेब से एक पत्र निकाला और अंबिका को देते हुए कहा, "लो, इसे पढ़ लो।"

अंबिका ने पत्र पढ़ा और कहा, "इसमें तो इतना ही लिखा है कि मैं स्वस्थ हूं, मुझको लेकर आप किसी प्रकार की चिंता मत करिएगा। आधी रात को किसी भी स्थिति में मिलने आइएगा।"

भैरव ने स्वीकृति में सिर हिलाया, "हां।"

अंबिका ने उत्सुकता से पूछा, "अक्सर तो आप आधी रात को ही मिलने जाते हैं। आज इसमें कौन-सी बड़ी बात है, जो आप इतना परेशान हैं ?"

इसके बाद भैरव अंबिका के पास बैठ गया और उसने कल रात जो भी घटित हुआ था, सब कुछ विस्तार से बता दिया। उन बातों का वर्णन यहां करना उचित नहीं समझा जा रहा है, इसलिए वे यहां नहीं लिखी जा रही हैं।

अंबिका ने जिज्ञासा से पूछा, "वह लड़का कौन था ? उसका कुछ पता चला, वह बेगम को क्यों ले गया ?"

भैरव ने असहायता व्यक्त करते हुए कहा, "मुझे कुछ नहीं पता कि वह लड़का कौन था और उसने बेगम को ही क्यों ले गया। खैर, अब जाने के उपरांत ही इसके बारे में पता चल सकता है।"

अंबिका ने कहा, "हां, अब आप जाइए। परंतु अपना ख्याल रखिएगा।"

भैरव ने उसकी बात पर ध्यान देते हुए कहा, "हां, अब मैं जा रहा हूं। जल्द ही आऊंगा।"

इतना कहकर वह वहां से चला गया, परंतु उसके मन में अब भी अनगिनत सवाल और बेचैनी थी। उसने अपने कदमों को तेज किया, क्योंकि वह जानता था कि रात के अंधकार में छिपे उस रहस्य को जानना अब अनिवार्य हो गया था।

6

जब भैरव बेगम के यहां पहुंचा, उस वक्त आधी रात जा चुकी थी। परंतु चंद्रमा की किरणों द्वारा फैली चांदनी से दूर-दूर तक की चीजें बखूबी दिखाई दे रही थी। वह सीधे बेगम के कक्ष में गया। वहां पर पहले से चिराग जल रहा था, जिससे अंधकार दूर-दूर तक नहीं था। बेगम पलंग पर बैठी, गाल पर हाथ रखकर कुछ सोच रही थी। भैरव को देखकर वह उठ गई, परंतु भैरव ने उसे वापस बैठा दिया और खुद भी बेगम के पास बैठ गया। इसके बाद दोनों में बातें होने लगीं।

बेगम- मैं कब से आपके आने का इंतजार कर रही थी। एक-एक पल घंटों जैसा प्रतीत हो रहा था। अब आप कुछ देर आराम करें, मैं आपके लिए मदिरा लेकर आती हूं। इतना कहकर बेगम उठने लगी, लेकिन भैरव ने उसका बायां हाथ पकड़ते हुए कहा, "बैठो, मत जाओ मदिरा लाने, वैसे भी आज पीने का मन नहीं है।

बेगम- आज से पहले तो आपने कभी मना नहीं किया, आप तो कहते थे कि मेरे हाथ से मदिरा भी अमृत के समान लगती है। आज आपके मन को क्या हो गया ?

भैरव ने गहरी सांस लेते हुए कहा, "इन सब बातों को छोड़ो, पहले यह बताओ कि वह लड़का कौन था जो सारे लोगों को बेहोश करके तुम्हें ले गया था और फिर वापस छोड़ दिया ? इन सब के पीछे क्या रहस्य है ?"

बेगम- मैं आपको सारी बात बताती हूं। अगर आप मेरी बात मानेंगे, तो आपका काशी पर पूर्ण रूप से अधिकार हो जाएगा और आप अगले राजा होंगे।

भैरव ने उसकी बातों को काटते हुए कहा, "कौन-सी बात ? पहेली की तरह बातों को मत घुमाओ। साफ-साफ कहो कि तुम कहना क्या चाह रही हो ?"

बेगम- आप तो कल्याण सिंह को भली-भांति जानते हैं।

भैरव ने सहमति जताई, "हां, वही कल्याण सिंह जिसे जयंत तुम्हारे यहां से गिरफ्तार कर के ले गया था।"

बेगम- हां, वही।

भैरव- इन सब बातों से उसका क्या संबंध है ? बेचारा व्यर्थ ही जयंत के हाथों लग गया और आज तक कारागार में है। आगे बताओ।

बेगम- जो लड़का रामू का बेटा बनकर आया था, वह वास्तव में कल्याण सिंह का बेटा है, जिसका नाम शंभू है।

भैरव- (गहरी सांस लेकर) तब आगे क्या हुआ ?

बेगम- वह मुझे चुनारगढ़ ले गया, जहां पर पहले से वहां का राजा यशवंत सिंह, शेरअली, अहमद और तीन लोग थे। जिनमें से एक का नाम तेजप्रताप भी था। उन्होंने मुझसे कल्याण के बारे में पूछा, लेकिन मैंने कहा कि मैं इस नाम के किसी भी व्यक्ति को नहीं जानती।

भैरव ने जानने की जिज्ञासा में पूछा, "फिर आगे क्या हुआ ?"

बेगम- वे मुझे जान से मारने की धमकी देने लगे। मैं डर गई और उनके सामने कल्याण और जयंत के बीच जो कुछ भी हुआ था, सब बता दिया। (हालांकि, बेगम ने अपने और कल्याण के संबंध के बारे में कुछ नहीं बताया।)

भैरव- फिर क्या हुआ ?

बेगम- (लंबी सांस लेकर) फिर भी वे मुझे मारना चाहते थे, परंतु बड़ी मुश्किल से मैंने अपनी जान बचाई।

भैरव ने चौंकते हुए पूछा, "वह कैसे ?"

बेगम- मैंने उन्हें कहा कि अगर वे मेरी जान बख्श देंगे, तो मैं उन्हें उन लोगों से मिलवाऊंगी, जो उनकी सहायता करेंगे। बड़ी मुश्किल से वे मान गए और मुझे वापस छोड़ गए। (अपने दोनों हाथों को भैरव के गले में डालते हुए) अब मेरी जान आपके हाथ में है। अगर आप उनकी सहायता नहीं करेंगे, तो वे मेरी जान ले लेंगे। वैसे भी आप राजा बनना चाहते ही हैं, यह एक अच्छा अवसर है, इसे हाथ से मत जाने दीजिए। (अपने होंठों से भैरव के गालों को चूमते हुए) हे मेरे प्राणनाथ, मैं आपको राजा के रूप में देखना चाहती हूं। आप इतना सोच क्या रहे हैं, कुछ तो बोलिए।

भैरव ने गंभीर स्वर में कहा, "अगर ऐसी बात है, तो मैं उनकी सहायता करने को तैयार हूं। लेकिन राजा मैं ही बनूंगा।"

बेगम ने पुष्टि की, "वे लोग केवल सूर्यदेव और जयंत से बदला लेना चाहते हैं।"

भैरव ने राहत महसूस करते हुए कहा, "तब ठीक है, वैसे भी उनके साथ देने के अलावा मेरे पास दूसरा कोई रास्ता नहीं है।"

बेगम ने हैरान होकर पूछा, "ऐसा क्यों ?"

भैरव ने समझाते हुए कहा, "क्योंकि जयंत महारानी से कहकर, मुझे मेरे पद से हटाना चाहता है।"

बेगम ने जानने की कोशिश की, "पर क्यों ?"

भैरव ने स्पष्ट किया, "तुम्हें याद होगा कि मैं एक बार उसे जान से मारना चाहता था, लेकिन वह बच गया और उसकी पत्नी को मारना पड़ा। मुझे लगता है कि उसे इस बात की जानकारी मिल गई है कि उस पर हमला करने वाला व्यक्ति और कोई नहीं बल्कि मैं ही हूं।"

बेगम ने चिंता व्यक्त करते हुए कहा, "यह तो बहुत ही गड़बड़ हुआ।"

भैरव ने हामी भरते हुए कहा, "हां, इतना ही नहीं, महारानी को मेरे कार्यों के बारे में बढ़ा-चढ़ाकर बताता है। यह भी बता दिया है कि अक्सर मैं रात को तुमसे मिलने आता हूं, इसलिए आज मैं बहुत छिपते-छिपते यहां पर आया हूं। अगर महारानी मुझे महामंत्री के पद से बर्खास्त कर देती है, तो मेरे साथ-साथ तुम्हारा भी जीना दुश्वार हो जाएगा। वैसे भी अब मैं तुमसे बहुत कम मिलने आऊंगा।"

बेगम- (लड़खड़ाते स्वर में) अब क्या होगा?

भैरव ने गंभीरता से कहा, "यही तो मैं भी सोच रहा हूं। शीघ्र ही दोनों कुमार वापस आने वाले हैं।"

तब तक बाहर से दरवाजा खोलकर यशवंत, तेजप्रताप, शेरअली, अहमद, कपाला, विराट और शंभू अंदर आ गए। यह देखकर भैरव चौंक गया, परंतु बेगम पर कोई प्रभाव नहीं पड़ा। वह उठ गई और बोली, "आइए महाराज, बड़े ही अच्छे वक्त पर आए हैं।"

यशवंत ने हामी भरते हुए कहा, "हां।"

बेगम- हम दोनों आप ही लोगों के बारे में बातें कर रहे थे।

यशवंत ने कठोर स्वर में कहा, "तुम्हें बताने की कोई आवश्यकता नहीं है।"

बेगम ने पूछा, "क्यों?"

यशवंत- क्योंकि तुम दोनों में जो भी बातें हुई हैं, हम सब सुन चुके हैं।

तेजप्रताप ने भैरव से पूछा, "तो आप क्या निर्णय ले रहे हैं?

भैरव ने चुनौती देते हुए कहा, "अगर मैं तुम लोगों की सहायता न करूं, तब?"

तेजप्रताप ने धमकी देते हुए कहा, "तो आप भी बेगम के साथ यहां पर मारे जाएंगे।"

अहमद- हमें भी इस बात की जानकारी है कि जितना हम लोग जयंत और सूर्यदेव को अपना दुश्मन मानते हैं, उतना तुम भी।

शंभू- वैसे भी आप जयंत को मारने की कोशिश कर चुके हैं, परंतु उसकी जगह पर उसकी पत्नी को मार डाला।

भैरव ने शर्त रखते हुए कहा, "ठीक है, मैं तुम लोगों की सहायता करूंगा। लेकिन मेरी भी एक शर्त है।"

यशवंत- क्या?

भैरव- अगर हम लोगों की जीत होती है, तो यहां का राजा मैं ही बनूंगा।

यशवंत ने मुस्कुराते हुए कहा, "मुझे पहले से ही मालूम था कि आप यही कहेंगे, खैर मुझे आपकी यह शर्त मंजूर है।

भैरव- अब बताओ, मैं कैसे सहायता कर सकता हूं ?

शंभू ने सुझाव दिया, "आपको तो पता होगा कि चुनारगढ़ में आपके कितने गुप्तचर हैं ?"

भैरव ने सहमति जताई, "हां, मैं उन सभी के नाम बताता हूं। तुम लोग उन सभी को जान से मार डालो। न रहेगा बांस, न बजेगी बांसुरी।"

यशवंत- हां।

7

हालांकि सुबह हुए काफी वक्त हो चुका था, लेकिन काले बादलों ने सूर्य को पूर्ण रूप से घेर रखा था। जिसके कारण अभी भी अंधकार अपना वर्चस्व कायम किए हुए था। ऐसा प्रतीत हो रहा था, जैसे सुबह हुई ही न हो। उस वक्त भैरव अपने कक्ष में अंबिका के साथ पलंग पर बैठकर बातें कर रहा था।

भैरव- अगर पिता जी हमारी सहायता करने के लिए तैयार हो गए, तो समझो हमारा आधा काम हो गया।

अंबिका- हां, एक बार बात तो करके देखिए। क्या पता आपकी बातों से सहमत हो जाएं ?

भैरव- हां।

अंबिका- क्यों न आप एक बार जाकर उनसे बात करें ?

भैरव- गया था, परंतु वह अपने कक्ष में थे ही नहीं। मालूम हुआ है कि भोर ही का कहीं गए हुए हैं।

अंबिका- पर कहां ?

भैरव- मुझे नहीं पता, पर कई सैनिकों को पता लगाने के लिए भेजा है। घंटे भर से अधिक हो गया, न पिता जी आए, न ही सैनिकों में से कोई आया।

तभी एक सैनिक अंदर आया। वह अदब से झुककर भैरव से बोला, "आपके पिता जी बाहर खड़े हैं, अंदर भेज दूं ?"

भैरव- हां।

इसके बाद सैनिक वहां से चला गया और कुछ देर बाद भवानीशंकर अंदर आए। अंबिका जाकर उनके पैर छूती है। तब भवानीशंकर उसे आशीर्वाद देते हैं और अंबिका दूर जाकर खड़ी हो गई।

भवानीशंकर- (भैरव से) सैनिकों ने बताया कि तुम मुझे खोज रहे थे।

भैरव- हां।

भवानीशंकर- कोई काम है, क्या ?

भैरव- हां, पर आप इतनी सुबह कहां गए थे ?

भवानीशंकर- बाबा विश्वनाथ के दर्शन करने।

भैरव- अच्छा, आपको तो मालूम होगा कि महारानी मुझे महामंत्री के पद से हटाना चाह रही हैं।

भवानीशंकर- हां, पर इसमें कौन-सी बड़ी बात है। पहले मेरे पिता अर्थात् तुम्हारे दादा जी इस पद पर थे, फिर मैं बना, इसके उपरांत तुम बने। तुम्हारे बाद कोई और बनेगा, इसलिए इसको लेकर चिंता मत करो।

भैरव- पिता जी, अंबिका गर्भवती है।

भवानीशंकर- हां, मुझे पता है।

भैरव- मैं यही चाहता हूं कि एक दिन वह भी महामंत्री बने।

भवानीशंकर- (हंसकर) बहुत दूर तक सोच रहे हो, पर तुम्हें कैसे पता कि बहू के पेट में पलने वाला बच्चा बेटा ही हो, बेटी भी तो हो सकती है। जो अभी पैदा ही नहीं हुआ है, उसके बारे में इतना सोचना बंद करो। (दाहिना हाथ भैरव के बाएं कंधे पर रखकर) अच्छा, ठीक है। अब मैं जा रहा हूं।

जैसे ही भवानीशंकर मुड़े वैसे ही भैरव बोला, "रुकिए, एक बात और सुनते जाइए।"

भवानीशंकर- हां, बोलो।

भैरव- कल अंबिका के पास एक दासी आई थी। वह कह रही थी कि महारानी और जयंत दोनों आपस में बातें कर रहे थे कि कुमार और सूर्यदेव के आ जाने के बाद भैरव और उसके परिवार को मौत के घाट उतार दिया जाएगा। (आंखों में आंसू लाकर, भवानीशंकर के पैरों पर गिरकर गिड़गिड़ाने लगा।) पिता जी, अब हम लोगों की जान आपके हाथ में है। किसी तरह हमारे प्राणों की रक्षा कीजिए, नहीं तो जान चली जाएगी।

भवानीशंकर- असंभव ! (भैरव को दोनों हाथों से उठाकर) बेटा, तुम्हें किसी प्रकार का भ्रम हुआ है। महारानी कभी भी हमारे साथ ऐसा कर ही नहीं सकती। मैं उन्हें अच्छे से जानता हूं। (लंबी सांस लेकर) एक बार उस दासी को मेरे सामने बुलाकर लाओ। मैं उससे इस बारे में पूछूंगा। अगर यह बात सच निकली, तो मैं महारानी से इसके बारे में बात करूंगा कि ऐसा निर्णय उन्होंने क्यों लिया ?

भैरव- आपको मेरी बातों का विश्वास नहीं होगा, पर अंबिका की बातों का तो विश्वास होगा।

भवानीशंकर- हां, अगर तुम गंगा जी में डूबकर भी यह बात कह रहे हो, तो भी मुझे विश्वास नहीं होगा।

भैरव- मैं तो जीवन भर आपके लिए नालायक ही रहा (आंखों से आंसू पोछकर)।

भवानीशंकर- तुम तो हो ही, इस बात में मुझे किसी भी प्रकार का संदेह नहीं (अंबिका से) बहू, तुम बताओ, उस दासी ने तुमसे क्या कहा ? सच-सच बताओ, इससे डरने की कोई जरूरत नहीं है।

अंबिका- जो कह रही हैं, वह सब सही बात है। दासी ने मुझसे यही कहा था।

भैरव- लीजिए, अब आपको विश्वास हो गया। वास्तव में महारानी हम लोगों की जान की दुश्मन हो गई है।

भवानीशंकर- पर हमारे साथ महारानी ऐसा क्यों करना चाहती हैं ? हमसे कौन-सी ऐसी गलती हो गई है ?

भैरव- (मगरमच्छ की तरह आंसू बहाकर) मेरे कारण, आजकल जयंत मेरे बारे में महारानी से बढ़ा-चढ़ाकर बता रहा है। उसे लगता है कि शायद मैं उसे जान से मारना चाह रहा हूं।

भवानीशंकर- ठीक है, अगर महारानी ऐसा करने के लिए सोची हैं, तो उसका अंजाम भी उन्हें भुगतना पड़ेगा। पर मुझे ऐसा क्यों लग रहा है कि तुम दोनों मिलकर झूठ बोल रहे हो ? बहू।

अंबिका- हां, पिता जी (ससुर)।

भवानीशंकर- एक बार मैं उस दासी के मुंह से यह सब सुनना चाहता हूं। उसका क्या नाम है ? उसे तुरंत बुलाओ।

अंबिका- (लड़खड़ाते स्वर में) वह...

भैरव- (बातों को काटकर) वह नहीं आ सकती।

भवानीशंकर- ऐसा क्यों ? हो सकता है, वह दासी झूठ बोली हो।

अंबिका- नहीं, पिता जी, वह हमसे कभी भी झूठ नहीं बोलती। आज तक उसने जितनी भी बातें बताई हैं, सब सच निकली हैं। (लंबी सांस लेकर) ठीक है, अगर आपको मेरी बातों का विश्वास नहीं है, तो... (आंखों में आंसू लाकर)

भैरव- पता नहीं क्यों ? वह कहकर गई है कि अब आपसे कभी भी मुलाकात नहीं हो सकती। मुझे लगता है कि वह हमेशा के लिए यहां से चली गई।

भवानीशंकर- गजब हाल है।

अंबिका- पिता जी, आज तक आपसे मैंने कुछ नहीं मांगा, पर पहली बार कुछ मांग रही हूं। (दोनों हाथ जोड़कर) हम लोगों की जान बचा लीजिए।

भवानीशंकर- (कुछ देर तक सोचने के बाद) ठीक है, (भैरव से) यह बताओ, मुझे क्या करना होगा ?

भैरव- सबसे पहले जयंत को बंदी बनाकर, उससे पूछना होगा कि वह हमारे जान का दुश्मन क्यों बना है ?

भवानीशंकर- परंतु कैसे उसे बंदी बनाया जाए ?

भैरव- (कुछ सोचकर) आपको झूठ ही का जयंत से कहना होगा कि भैरव, यशवंत से मिल चुका है। अभी वह चुनारगढ़ की तरफ रवाना हुआ है। इतना कहकर जयंत को अकेले अहरौरा के जंगल में ले आइएगा, वहां पर मैं पहले से ही सैनिक लेकर रहूंगा और उसे बंदी बनाकर सारी बात कबूलवा लिया जाएगा। बस इतना ही आपको करना है।

भवानीशंकर- ठीक है, परंतु ऐसा करना उचित होगा । क्यों न एक बार महारानी से इसके बारे में बात की जाए ?

भैरव- (ऊंचे स्वर में) आपको क्यों इतना अधिक महारानी पर विश्वास है ? क्या वह कोई देवी हैं, जिससे कोई गलती नहीं हो सकती ? जयंत को जान से थोड़ी मारना है।

भवानीशंकर- अच्छा ठीक है, मैं शाम को जयंत को लेकर आऊंगा। पर याद रखना अगर तुम दोनों गलत साबित हुए, तो महादेव की सौगंध, मैं भूल जाऊंगा कि तुम दोनों कौन हो मेरे ? (अंबिका से) बहू, मैं तुम्हारी बातों का विश्वास करके ऐसा करने जा रहा हूं, इसे याद रखना।

अंबिका- ठीक है, मैं गलत साबित हुई तो आप जो सजा देंगे, मुझे मंजूर है।

भवानीशंकर- अब मैं जा रहा हूं। (भैरव से) किसी को इस बात का भनक न लगे।

भैरव- ठीक है।

इसके बाद भवानीशंकर चले गए। फिर इन दोनों में बातें होने लगीं।

अंबिका- आपके साथ-साथ मुझे भी झूठ बोलना पड़ा। क्यों न आप उन्हें सही-सही बातें बता देते ? इस प्रकार बातों को घुमाने की क्या आवश्यकता थी ?

भैरव- तुम्हें लगता है कि वह सच्चाई जान लेने के बाद मेरी सहायता करेंगे ? अगर तुम ऐसा अभी भी सोच रही हो तो मूर्ख हो। इतना गिड़गिड़ाकर कहने के बाद भी मेरे बाप को हम दोनों पर पूर्ण रूप से विश्वास नहीं हुआ और अंत में धमकी देकर ही गए हैं।

अंबिका- अगर उन्हें मालूम हो गया कि महारानी ने कभी भी हमें जान से मारने की बात नहीं कही है, तब ?

भैरव- भगवान से प्रार्थना करो कि आज उन्हें इस बारे में कुछ पता न चले। क्योंकि जयंत के साथ-साथ उनकी भी मौत निश्चित है।

अंबिका- ठीक है, पर सावधानी से काम कीजिएगा।

भैरव- हां, अब मैं जा रहा हूं।

अंबिका- आप अपना ख्याल रखिएगा।

8

सुबह से ही सूर्य काले बादलों के बीच छुपा हुआ था, पूरे दिन में उसने एक बार भी अपनी झलक नहीं दिखाई। ऐसा लग रहा था जैसे वह शर्म के मारे अपना चेहरा छुपाए हुए हो। संध्या का समय होने में अभी कुछ ही समय शेष था, लेकिन आसमान पर काले बादलों ने ऐसा माहौल बना दिया था जैसे दिन की रोशनी पूरी तरह से ढल चुकी हो। चारों ओर अंधकार छा गया था, और चुनारगढ़ की तरफ तेजी से बढ़ते हुए दो घुड़सवार दिख रहे थे। ये दोनों व्यक्ति भवानीशंकर और जयंत थे, जो आपस में कुछ गंभीर बातें कर रहे थे।

जयंत- अपनी रफ्तार और तेज करिए। हमें उसे वहां पहुंचने से पहले ही पकड़ लेना चाहिए।

भवानीशंकर- तुम सही कह रहे हो, जयंत। अगर हमने समय गंवाया, तो वह हमारे हाथ से निकल जाएगा। (घोड़े की रफ्तार और तेज करते हुए)

जयंत- महल से निकले हुए उसे कितना समय हो गया होगा ?

भवानीशंकर- आधे घंटे से कम ही हुआ होगा। अगर हम इसी रफ्तार से चलते रहे, तो हम जल्द ही उसे पकड़ लेंगे।

जयंत- अब हमें बहुत सावधानी से आगे बढ़ना होगा। इन दिनों शत्रुओं का डेरा राज्य के भीतर ही है।

भवानीशंकर- तुम कहना क्या चाह रहे हो, जयंत ? किस शत्रु का डेरा राज्य में है ?

जयंत- क्या भैरव ने इस बारे में आपको कुछ नहीं बताया ?

भवानीशंकर- सच कहूं, तो मुझे कुछ भी स्पष्ट नहीं हो रहा है। तुम कहना क्या चाह रहे हो ?

जयंत- आपको यह बात तो मालूम होगी कि 'घर का भेदी लंका ढाए।' रावण जैसा शक्तिशाली योद्धा भी अपने भाई विभीषण के विश्वासघात के कारण मारा गया था।

भवानीशंकर- हां, लेकिन इसका भैरव से क्या संबंध है ?

जयंत- संबंध है। भैरव ने भी राजद्रोह किया है।

भवानीशंकर- क्या भैरव वास्तव में यशवंत से मिलने जा रहा है ?

जयंत- हां, और यह कोई साधारण मुलाकात नहीं है। वह पहले से ही यशवंत के साथ मिल चुका है। मैं आपके साथ इसलिए आया हूं ताकि उसे समय रहते पकड़ सकूं। अगर वह चुनारगढ़ पहुंच गया, तो भैरव को पकड़ना मुश्किल हो जाएगा।

भवानीशंकर- तुम्हें इस बात का पूरा यकीन है ? तुम भैरव पर बहुत बड़ा आरोप लगा रहे हो। अगर यह झूठ साबित हुआ, तो परिणाम क्या होंगे, इसका अंदाजा है तुम्हें ?

जयंत- जो मैं कह रहा हूं, वह शत-प्रतिशत सच है।

भवानीशंकर- तुम्हारे पास इसके सबूत क्या हैं ? मैं मानता हूं कि वह शराबी और ऐयाश है, लेकिन इसका मतलब यह नहीं कि तुम उस पर राजद्रोह का आरोप लगा दो।

जयंत- मेरे पास सबूत हैं। (जयंत ने जेब से एक पत्र निकालकर भवानीशंकर को दिया।) इसे पढ़िए, आपको उसके कृत्य की सच्चाई का पता चल जाएगा।

भवानीशंकर- (पत्र को हाथ में लेकर) यह पत्र कहां से मिला तुम्हें ?

जयंत- मेरा एक गुप्तचर है, जो बेगम के यहां रहता है। उसी ने यह भेजा है। एक बार इसे पढ़ लीजिए।

भवानीशंकर- यह पत्र तुम्हें कब मिला ?

जयंत- जैसे ही मैंने इसे पढ़ा, आप मेरे पास आ गए। आप आते ही कहने लगे कि भैरव चुनारगढ़ की तरफ रवाना हो चुका है और यशवंत से मिलने की बात कहकर गया है।

भवानीशंकर- ठीक है, पहले इसे पढ़ने दो।

दोनों घुड़सवार अपने-अपने घोड़े रोक देते हैं। भवानीशंकर पत्र को पढ़ना शुरू करते हैं। पत्र में लिखा था कि तीन दिन पहले रामू का लड़का बेगम के घर आया था, लेकिन वास्तव में वह रामू का बेटा नहीं था। वह कल्याण सिंह का लड़का है। उसने भोजन में बेहोशी की दवा मिला दी थी, जिससे सभी लोग बेहोश हो गए थे। आधी रात को वह बेगम को कहीं ले गया था, और अगली सुबह वापस लेकर आया। भैरव भी बेगम के साथ मिला हुआ था और यशवंत व उसके साथियों के साथ गुप्त बैठक कर रहा था। पत्र में यह भी लिखा था कि बेगम को शक हो गया। अगर मैं बच गया तो रात में मिलने आऊंगा।

आपका अपना

मन

भवानीशंकर- (लंबी सांस लेते हुए) यह तो बहुत ही अफसोस की बात है। भैरव वास्तव में उन लोगों से मिल चुका है। लेकिन यह 'मन' क्या अर्थ है ?

जयंत- वह "मन" इसलिए लिखता है ताकि अगर किसी दूसरे के हाथ में यह लगे तो भी उसका नाम न पता चले, और मुझे मिले तो मैं जान जाऊं कि उसी ने

लिखा है। साल भर पहले मुझ पर हमला हुआ था, जिसमें मेरी पत्नी की मौत हो गई थी। मैं और मेरा बेटा दोनों बच गए।

भवानीशंकर- हां, मुझे आज भी वह दिन याद है। उस दिन शिवरात्रि थी।

जयंत- हां, क्या आप जानते हैं कि मुझ पर हमला करने वाला कौन था ?

भवानीशंकर- भैरव बता रहा था कि कुबेर सिंह का बेटा दारा ने हमला किया था।

जयंत- नहीं, दारा में इतना सामर्थ्य ही नहीं है कि वह ऐसा कर सके। आज तक महाराज कुबेर कारागार में हैं। उन्हें एक बार भी छुड़ाने की कोशिश नहीं की गई।

भवानीशंकर- तब कौन है ?

जयंत- भैरव।

भवानीशंकर- (चौंककर) क्या तुम सच बोल रहे हो ?

जयंत- हां।

भवानीशंकर- आज से पहले तुमने मुझे यह बात क्यों नहीं बताई ?

जयंत- मुझे हाल ही में इस बारे में जानकारी मिली है। अगर मैंने आपको पहले बताया होता, तो भी शायद आप विश्वास नहीं करते, इसलिए मैंने आपको नहीं बताया।

भवानीशंकर- तुम्हें कैसे मालूम कि यह भैरव का काम है ?

जयंत- मुझे विश्वास था कि आप यह हमसे पूछेंगे। खैर, मैं आपको बता दूं कि मुझे हाल ही में सागर ने एक पत्र भेजकर इस बारे में बताया था।

सागर वही व्यक्ति है जो जयंत के कहने पर बेगम के यहां सेवक बना हुआ था।

भवानीशंकर- क्या लिखा था ?

जयंत- उसने लिखा कि मेरे ऊपर जो हमला हुआ था, वह भैरव ने ही किया था। यह बात उसने नशे में धुत होकर बेगम को बताई थी, और मैंने चुपके से यह बात सुन ली। आप भैरव से सावधान रहिएगा।

भवानीशंकर- बस इतना ही ?

जयंत- बहुत कुछ लिखा था, परंतु इस वक्त पूरी बात बताने का समय नहीं है। अगर आपको मुझ पर अभी भी विश्वास नहीं है, तो मैं आपको यह बात सागर से सुनवा सकता हूं।

भवानीशंकर- ठीक है, परंतु इसमें तो लिखा है कि बेगम को सागर पर शक हो गया है। कहीं बेगम उसे जान से न मार दे।

जयंत- (गुस्से में) अगर बेगम ने सागर के साथ कुछ भी गलत किया, तो कसम बाबा विश्वनाथ की, उसे बीच चौराहे पर जिंदा जला डालूंगा।

भवानीशंकर- अच्छा, अब मुझे तुम्हारी बातों पर पूरा विश्वास हो गया है। मान लो भैरव को पकड़ लिया गया, तो क्या उसे जान से मार दोगे ?

जयंत- कभी नहीं, परंतु उसने जो किया है, उसका दंड तो उसे मिलेगा ही। पर आपके मन में यह ख्याल कहां से आया कि मैं उसे जान से मार डालूंगा ? अगर मुझे उसे मारना होता, तो उसे कब का मार चुका होता। उसे जान से मारना मेरे लिए कौन-सी बड़ी बात है ? मैं उसे पकड़ना इसलिए चाहता हूं ताकि वह उन लोगों के साथ मिलकर कहीं और उत्पात न मचाए। आप रुक क्यों गए ?

भवानीशंकर- अब हम जंगल में आ गए हैं। इससे आगे जाना उचित नहीं है। चलो, यहीं से लौट चलते हैं। जो होगा, बाद में देखा जाएगा। चलो अब वापस।

जयंत- क्यों, डर लग रहा है ? (मुस्कुराकर) लगता है, अब पुरानी हड्डियों में पहले जैसी जान नहीं रही।

भवानीशंकर- (तैश में आकर) भले ही मैं बूढ़ा हो चुका हूं, परंतु आज भी इन हड्डियों में उतनी ही जान है, जितनी पहले थी। मैं स्वयं यमराज के बाप से भी नहीं डरता, पर मुझसे बहुत बड़ी भूल हो गई है कि मैंने तुम पर और महारानी पर शक किया।

जयंत- कैसा शक ?

भवानीशंकर- पहले यह बताओ।

जयंत- क्या ?

भवानीशंकर- तुम और महारानी कभी बात कर रहे थे कि भैरव को अब महामंत्री के पद से हटा दिया जाए, और उसके बाद भैरव और उसके परिवार को जान से मार दिया जाएगा।

जयंत- यह बात जरूर हुई थी कि उसे शीघ्र ही पद से हटा देना चाहिए, परंतु जान से मारने की बात सरासर झूठ है। वैसे भी मैंने महारानी को अपने ऊपर हुए हमले के बारे में बताया ही नहीं। (कुछ देर बाद) किसी ने आपसे कुछ कहा है, क्या ?

भवानीशंकर- हां, (सुबह के वक्त भैरव, अंबिका और दासी वाली सारी बातें उसे बताता है।)

जयंत- अफसोस ! आपको एक बार तो अपने दिमाग से सोचना चाहिए था। वैसे भी मैं आपको पिता तुल्य मानता हूं। मैं आपके साथ ऐसा कैसे कर सकता हूं ? वैसे भी महारानी ऐसा काम स्वप्न में भी नहीं कर सकतीं। खैर, आप उसकी बातों में आ गए।

भवानीशंकर- मुझे भैरव की बातों का कभी भी विश्वास नहीं हुआ, पर मुझे क्या पता था कि उसकी पत्नी भी उसी के साथ मिली हुई है ? दोनों ने मिलकर मेरे साथ बहुत बड़ा छल किया है। वह तो भैरव से भी अधिक जहरीली नागिन साबित हुई। उसे किस चीज का लालच हो चुका था कि उसने इतना बड़ा झूठ बोला ? महादेव की सौगंध, मैं दोनों में से किसी को जिंदा नहीं छोड़ने वाला। खैर, अब वापस चलो।

जयंत- हां, काश आप यह सब बातें मुझे पहले ही बता देते। अब तो हम अवश्य ही...

तब तक किसी के चिल्लाने की आवाज दोनों को सुनाई देती है। "मुझे बचा लो, नहीं तो ये लोग मुझे जान से मार डालेंगे।"

भवानीशंकर- यह तो भैरव की आवाज मालूम हो रही है। लगता है, उसकी जान संकट में है। किसी तरह पहले उसे बचाना होगा।

जयंत- हां, उसी की आवाज है। आवाज से तो लग रहा है कि आस-पास ही है।

तब तक फिर से आवाज आती है, "कोई बचाओ, नहीं तो ये लोग मेरी जान ले लेंगे, कोई है...।"

भवानीशंकर- (बाएं हाथ से पूरब की तरफ इशारा करके) आवाज उधर से आ रही है, निश्चित ही भैरव उधर होगा।

दोनों लोग घोड़े से उतरकर पूरब की तरफ चल देते हैं। तब तक एक बार पुनः उसी प्रकार की आवाज आती है।

जयंत- जल्दी चलिए, वह आस-पास ही है। (झाड़ियों को हाथ से हटाकर) आप परेशान मत होइए।

दोनों जब भैरव के पास पहुंचते हैं, तो देखते हैं कि वह एक लंबे और मोटे सागवान के पेड़ से रस्सी से बंधा हुआ है। भैरव के चेहरे पर जगह-जगह घाव हैं और कपड़े भी कहीं-कहीं फटे हुए हैं। उसे देखकर ऐसा लग रहा है कि उसे बहुत मारा गया है। भवानीशंकर और जयंत दोनों भैरव के पास बैठ जाते हैं और उसकी रस्सी को खोलने लगते हैं।

भवानीशंकर- तुम्हारा यह हाल किसने किया ?

भैरव- यशवंत और उसके साथियों ने।

जयंत- उन्होंने तुम्हें बहुत मारा है।

भैरव- हां।

भवानीशंकर- वे दुष्ट कहां भाग गए ?

भैरव- (हल्का सा मुस्कुराकर) कहीं नहीं, आपके पीछे ही हैं सब।

जैसे ही भवानीशंकर और जयंत पीछे मुड़कर देखना चाहते हैं, वैसे ही दोनों की पीठ पर मजबूत लकड़ी के टुकड़ों से किसी ने हमला किया। टुकड़े कई खंडों में टूटकर अलग-अलग भागों में बंट गए। दोनों लोग अपने आप को संभालकर पीछे देखते हैं, तो दो व्यक्ति आधी लकड़ी के टुकड़े लेकर खड़े थे और चारों तरफ से सैनिकों ने घेर रखा था। भवानीशंकर और जयंत पर हमला करने वाले विराट और कपाला थे। दोनों को इतना गुस्सा आया कि वे खड़े होकर क्रमशः विराट और कपाला की गर्दन पकड़कर, कई कदम पीछे सागवान के पेड़ के सहारे ऊपर उठा देते हैं। यह देखकर वहां मौजूद सभी लोग भयभीत हो जाते हैं। यशवंत ने शेरअली और अहमद को इशारा किया। शेरअली और अहमद ने लकड़ी के टुकड़े लेकर भवानीशंकर और जयंत पर वार करना शुरू कर दिया। इसके कारण भवानीशंकर को विराट की गर्दन छोड़नी पड़ी और वह जमीन पर गिर गए। तब विराट को जान में जान आई, लेकिन जयंत पर इसका कोई असर नहीं पड़ा। तभी किसी ने जयंत की पीठ में खंजर से वार किया। जयंत ने कपाला की गर्दन छोड़ दी और पीछे मुड़कर देखा तो भैरव हाथ में खंजर लिए खड़ा था। जयंत ने खुद को संभालने की कोशिश की, लेकिन वह भी जमीन पर गिर पड़ा। अब भवानीशंकर और जयंत दोनों जमीन पर पड़े हुए थे।

भवानीशंकर ने गुस्से से भैरव को देखकर कहा, "पाखंडी, पापी, राजद्रोही, राक्षस, मूर्ख, तूने यह क्या किया ? जिस थाली में खाया, उसी में छेद कर डाला।"

भैरव ने मुस्कुराते हुए जवाब दिया, "क्या करूं पिता जी ? ऐसा प्रस्ताव ही आ गया था, जिसके कारण मुझे ऐसा करने के लिए विवश होना पड़ा।"

भवानीशंकर ने गुस्से में कहा, "तूने हमारे पूर्वजों के मान, मर्यादा को कलंकित कर डाला। तुम्हें तो मैं जिंदा नहीं छोड़ूंगा।"

इतना कहकर उसने उठने की कोशिश की, लेकिन अहमद ने उनके सिर पर लकड़ी के टुकड़े से वार किया और भवानीशंकर फिर से जमीन पर गिर पड़े। यह देखकर जयंत ने अहमद को पकड़ने की कोशिश की, लेकिन अहमद बचकर दूर चला गया।

जयंत का गुस्सा बढ़ गया, उसकी आंखें लाल हो गई। उसने कहा, "भाग कहां रहा है, दुष्ट। तुम लोगों को किए का दंड मैं अवश्य दूंगा। अभी भी इन भुजाओं में इतनी ताकत है। (कमर में बंधी तलवार को म्यान से निकालकर) आओ मेरे पास, मैं देखूं कि तलवार पर पहली खून की बलि किसकी चढ़ती है।"

यशवंत ने सभी को आदेश दिया, "हमला करो, इस पर।"

कपाला ने कहा, "नहीं रुको, इससे मैं अकेला ही लड़ूंगा। कई वर्षों बाद आज मुकाबले का मर्द मिला है। जब तक हम दोनों में से कोई एक पराजित नहीं होता, तब तक बीच में कोई नहीं आएगा।"

कपाला ने अपनी तलवार को म्यान से निकाला और जयंत से लड़ाई शुरू कर दी। जयंत को कई घाव लगने के बावजूद भी कपाला से कोई फर्क नहीं पड़ा। ऐसा लग रहा था जैसे कोई गुरु अपने शिष्य को तलवार चलाना सिखा रहा हो। लड़ाई आधे घंटे तक चलती रही। जयंत ने कपाला को कई बार छोटे-छोटे घाव दिए, जिससे कपाला कमजोर महसूस करने लगा। एक पल में कपाला ने जयंत के कंधे पर छोटी सी चोट दी, जिसे देखकर जयंत ने कहा, "शाबाश, अब बहुत ही कुत्ते और बिल्ली का खेल हुआ। अब संभालो अपने आप को।"

जयंत ने तेजी से वार करना शुरू कर दिया और कपाला को संभालना मुश्किल हो गया। कपाला की तलवार उसके हाथ से छूटकर गिर गई और जयंत ने अपनी तलवार से उसके गर्दन पर ऐसा तेज वार किया कि कपाला का सिर धड़ से अलग हो गया। यह देखकर वहां पर सभी लोग डर गए।

यशवंत ने सभी को इकट्ठा करके आदेश दिया, "सभी लोग मिलकर इस पर वार करो और इसे बंदी बना लो।"

सभी ने जयंत पर हमला किया, लेकिन जयंत ने अकेले ही कई सैनिकों को घायल कर डाला। हालांकि, जयंत पूरी तरह से थक चुका था और उसके शरीर से बहुत खून बह चुका था। अंततः जयंत को आसानी से बंदी बना लिया गया, और जयंत को सागवान के पेड़ में बांध दिया गया, जहां पहले भैरव था। विराट ने अपने भाई कपाला के शव को पास लाकर बैठ गया और रोने लगा। उसने अपने भाई के साथ बिताए हुए दिनों को याद करते हुए आंसू बहाए। कुछ समय बाद उसने अपने आंसू को पोछा और तलवार को म्यान से निकालते हुए जयंत को मारने के लिए दौड़ा।

विराट ने चिल्लाते हुए कहा, "तुम सब हटो मेरे रास्ते से, अब मेरे हाथों से इसे कोई नहीं बचा सकता। इसने मेरे भाई की जान ली है, मैं इसके प्राण लूंगा।"

तेजप्रताप ने विराट के हाथ को पकड़ते हुए कहा, "विराट, तुम अपने गुस्से को अभी काबू में रखो। मुझे भी कपाला की मौत का दुख है।"

विराट ने गुस्से में कहा, "मेरा हाथ छोड़ो, इसे मैं जिंदा नहीं छोड़ने वाला। इसकी मौत साक्षात मेरे हाथों से लिखी हुई है। आज इसे मेरे हाथों से कोई नहीं बचा सकता। छोड़ो मुझे जाने दो।"

तेजप्रताप- (शांत स्वर में) तुम्हारा गुस्सा होना स्वाभाविक है, लेकिन कुछ क्षणों के लिए गुस्से को काबू में रखो। यमराज भी इन दोनों को हमारे हाथों से बचा नहीं सकते। पर अभी इनसे कुछ बातें जानना बेहद जरूरी है। कपाला की मौत व्यर्थ नहीं जाएगी।"

फिर तेजप्रताप ने यशवंत से पूछा, "अब क्या करना चाहिए ?"

यशवंत ने आदेश दिया, "इन दोनों को पहले महल ले चलो। वहीं पर इनसे पूछताछ की जाएगी।"

शेरअली और अहमद ने जयंत और भैरव को उठाया और महल की ओर ले चले।

9

रात गहरा चुकी थी। बेगम ने सागर को छत से उल्टा लटकाया हुआ था और वह बेरहमी से कोड़े बरसा रही थी। कक्ष में मौजूद सभी लोग, बेगम के इस क्रूर रूप को देखकर सिहर उठे थे। इससे पहले किसी ने भी बेगम का ऐसा हिंसक चेहरा नहीं देखा था। वह आमतौर पर धैर्यवान और समझदार दिखाई देती थी, लेकिन आज का गुस्सा कुछ अलग ही था। अगर वह पहले कभी किसी पर गुस्सा होती भी थी, तो इस तरह की हिंसा से बचती थी।

कक्ष में मौजूद एक सेवक से सागर की दर्दनाक चीखें और उसका बहता हुआ खून देखा नहीं गया। वह बेगम के पास आकर साहस जुटाकर बोला, "आप इसे घंटों से मार रही हैं। अब तो इसे छोड़ दीजिए। कहीं मार खाते-खाते इसके शरीर से प्राण न निकल जाएं। अगर इसे जान से मारना ही है, तो एक ही बार में मार डालिए। इस तरह तड़पा-तड़पा कर मारने से क्या फायदा ?"

दूसरे सेवक ने भी सहमति जताते हुए कहा, "बेगम, इसके शरीर से बहुत खून बह चुका है, पूरा शरीर खून से लथपथ हो चुका है। अब तो इस पर दया करिए।"

बेगम ने गुस्से से भड़कते हुए कहा, "अरे मूर्ख, लगता है तुम्हारी भी जान खतरे में है। अगर तुम्हें इतनी ही हमदर्दी है, तो पूछो इससे कि इसने यह पत्र किसे भेजा है। इसने हमारी कौन-कौन सी बातें सुनी हैं ?"

पहले सेवक ने डरते हुए कहा, "ठीक है, मैं इससे सब कुछ पूछता हूं, परंतु पहले आप इसे मारना बंद करिए।"

बेगम ने कुछ सोचकर कहा, "अच्छा, ठीक है।"

दोनों सेवको ने सागर को रस्सी से खोलकर जमीन पर बैठाया और उसे पानी पिलाया। सागर ने पानी पीते ही कुछ राहत महसूस की, लेकिन उसकी हालत अभी भी नाजुक थी।

पहले सेवक ने सागर से कहा, "सच-सच बता दो, क्यों अपनी मौत को मुफ्त में बुला रहे हो ? अपना तो नहीं, कम से कम अपने परिवार के बारे में सोचो। तुम्हारे बाद उनका क्या होगा ?"

दूसरे सेवक- अब तो बता दो।

सागर ने हिम्मत दिखाते हुए कहा, "अगर यह मेरी जान भी ले लेगी, तो भी मैं कुछ बताने वाला नहीं हूं।"

इतना सुनते ही बेगम का गुस्सा और बढ़ गया। उसने कोड़े से सागर पर दस बार वार किया, जिससे सागर को और भी अधिक पीड़ा हुई। फिर बेगम ने कहा, "अरे दुष्ट, लगता है तू जीना नहीं चाहता।"

सागर ने बेखौफ जवाब दिया, "मेरी चिंता मत करो। अगर तुम्हारी जान प्यारी हो, तो जल्द से जल्द काशी छोड़कर कहीं और चली जाओ। शायद तुम्हारी जान बच जाए, नहीं तो उन लोगों के साथ-साथ तुम्हारी भी जान व्यर्थ चली जाएगी।"

बेगम का चेहरा क्रोध से लाल हो गया। उसने कोड़ा फिर उठाया और सागर पर और भी ज़ोर से वार किया। "पहले तू अपनी जान के बारे में सोच, उसके बाद मेरे बारे में सोचना। सही-सही बता दे, उस पत्र में क्या लिखा है ? अभी भी मैं तुझे माफ कर सकती हूं।"

सागर ने निर्भीकता से कहा, "मैं तुमसे एक बार नहीं, हजार बार कह चुका हूं कि मैं तुम्हें कुछ नहीं बताऊंगा। तुम मेरी जान क्यों न ले लो, परंतु मैं तुम्हें एक शब्द भी नहीं बताने वाला।"

बेगम ने गुस्से से कांपते हुए पूछा, "तुम छुपकर क्या-क्या बातें सुन चुके हो ?"

सागर- तुम्हारा नमक खाया है, इतना तो अदा कर ही सकता हूं। मैं तुम लोगों की सारी बातें सुन चुका हूं। मुझे यह भी पता है कि तुम पहले चुनारगढ़ में रहती थीं। कल्याण सिंह तुम्हें यहां लाया है, तुम्हारा असली नाम मोहनी है।

बेगम का चेहरा सफेद पड़ गया। उसने कांपते हुए कहा, "अरे पापी, दुष्ट, पाखंडी, लगता है अब तू काल के मुंह में जाना चाहता है।"

सागर ने आखिरी बार चेतावनी दी, "अगर तुम्हें अपनी जान प्यारी है, तो शीघ्र ही यहां से सब छोड़कर भाग जाओ। कहीं मेरे चक्कर में तुम ही काल के मुंह में न चली जाओ।"

बेगम का धैर्य अब जवाब दे चुका था। उसने आदेश दिया, "इसे फिर से उल्टा लटका दो। और सुनो, अगर किसी ने इसके साथ हमदर्दी दिखाने की कोशिश की, तो उसकी भी यही हालत होगी।"

दोनों सेवको ने सागर को फिर से उल्टा लटका दिया, और बेगम चिंतित मुद्रा में बाहर चली गई। उसका मन अब भी सागर की बातों से विचलित था, लेकिन उसने खुद को यह यकीन दिलाने की कोशिश की कि वह सही कर रही थी। बाहर आकर उसने आसमान की ओर देखा, मानो किसी उत्तर की तलाश कर रही हो।

10

रात बहुत अधिक बीत चुकी थी। कक्ष में जयंत और भवानीशंकर के हाथ-पैर रस्सी से कसकर बांधे गए थे, और उनके चारों ओर यशवंत, तेजप्रताप, शेरअली, अहमद, भैरव, विराट, और शंभू बैठे आपस में चर्चा कर रहे थे।

यशवंत ने चिंतित स्वर में कहा, "अब इन दोनों के साथ क्या किया जाए ?"

तेजप्रताप ने अपने विचार प्रकट करते हुए कहा, "पहले इन्हें होश में लाओ, शंभू!"

शंभू ने उत्तर दिया, "हां, ठीक है। मैं पानी ले आता हूं।"

इसके बाद शंभू कक्ष से बाहर गया और कुछ देर बाद वह एक गिलास पानी लेकर लौट आया। उसने पानी का छींटा पहले भवानीशंकर के चेहरे पर मारा, जिससे वह होश में आ गया। लेकिन जयंत पर कोई असर नहीं हुआ। जयंत की हालत देखकर लग रहा था कि उसके शरीर में अब जीवन के संकेत भी नहीं बचे हैं, और कब उसका अंतिम सांस निकल जाए, इसका कुछ अंदाजा नहीं था।

अहमद- इन दोनों को कारागार में डाल दिया जाए।

तेजप्रताप ने इसे अस्वीकार करते हुए कहा, "नहीं, ऐसा करना हमारे लिए खुद की मौत को न्यौता देने जैसा होगा।"

यशवंत ने सहमति में सिर हिलाया, "हां, अगले ही दिन सूर्यदेव अपनी सेना लेकर इन्हें छुड़ाने के लिए आ धमकेगा।"

तेजप्रताप ने गंभीरता से कहा, "और तब इनकी मौत सुनिश्चित हो जाएगी।"

शंभू- जब मैं इन दोनों के पीछे छुपते-छुपते आ रहा था, तब मैंने देखा था कि इनके पास एक पत्र था। उसमें अवश्य ही हमारे बारे में कुछ लिखा होगा। हो सकता है कि वह पत्र अभी भी इनके पास हो।

भैरव- मैं देखता हूं।

भैरव ने पहले जयंत के पास तलाशी ली, लेकिन कुछ नहीं मिला। फिर अपने पिता भवानीशंकर के पास देखा, तो वह पत्र मिल गया। उसने पत्र को शंभू को सौंपते हुए कहा, "लो, इसे पढ़ो।"

शंभू ने पत्र को ध्यानपूर्वक पढ़ना शुरू किया। पत्र में जो कुछ भी लिखा था, उसे हम पहले ही बयान कर चुके हैं, इसलिए यहां उसे दोहराना उचित नहीं है।

यशवंत ने चिंता जताते हुए कहा, "यह तो बहुत बड़ा अनर्थ हो गया, अब क्या किया जाए ?"

भैरव ने संभावित खतरे की ओर इशारा करते हुए कहा, "अगर यह पत्र किसी और के हाथ लग गया होगा, तो हमारी सारी मेहनत पर पानी फिर जाएगा।"

भवानीशंकर ने क्रोध में भैरव की ओर देखते हुए कहा, "अरे कुलनाशक ! तू तो अपने कुलरूपी बांस के लिए अग्नि का रूप लेकर उत्पन्न हुआ है। इससे तो अच्छा यही होता कि भगवान मुझे कोई संतान ही नहीं देते। अगर मैं जानता कि तू ऐसा पापी होगा, तो जन्म के समय ही तुझे मार डालता।"

भैरव ने हंसी में कहा, "अफसोस ! आपने उस वक्त ऐसा नहीं किया। काश, ऐसा कर दिया होता, तो शायद आपकी आज मेरे हाथों मौत से बच जाती। खैर, अब अपनी सारी शिकायतें मां के पास स्वर्गलोक में जाकर कीजिएगा।"

भवानीशंकर ने गुस्से में कहा, "अरे पापी इंसान ! तू व्यर्थ ही कुल पर कलंक लगाने के लिए पैदा हुआ है।"

इतना कहकर भवानीशंकर भैरव को पकड़ने की कोशिश की, परंतु उसकी कमजोर हालत ने उसे जमीन पर गिरा दिया।

भैरव- अब आपको यहां रहने की कोई जरूरत नहीं है। मैं सब कुछ संभाल लूंगा। और हां, एक बात और, अपनी बहू के बारे में भी मां को बता दीजिएगा कि वह कैसी है ? भूलिएगा मत।

तेजप्रताप ने हालात की गंभीरता को समझते हुए कहा, "अब हमारी मुश्किलें और भी बढ़ चुकी हैं, अगला कदम बहुत सोच-समझकर उठाना होगा।"

विराट- क्यों न आज रात ही सूर्यदेव, उसके बेटे, और दोनों कुमारों को भी मौत के घाट उतार दिया जाए ?

यशवंत- यह काम इतना आसान नहीं है।

विराट ने आश्चर्य से पूछा, "क्यों ?"

यशवंत ने जवाब दिया, "सुना है, सूर्यदेव ने अपने समान ही कार्तिकेय, वीर, और रुद्र को भी मुस्तैद किया है।"

भैरव- हां, यह सच है। उनसे मुकाबला करना इतना आसान नहीं है।

अहमद ने थोड़ी देर सोचने के बाद कहा, "लेकिन यह इतना मुश्किल भी नहीं है। अगर रात में चोरी-छिपे उन पर हमला कर दें, तो आसानी से उनका काम तमाम किया जा सकता है।"

शेरअली ने समर्थन किया, "हां, मुझे भी यह उचित लगता है। अगर ऐसा करें, तो कल का सुबह हमारे लिए बहुत ही खुशी का दिन होगा।"

यशवंत ने थोड़ी झिझक के साथ कहा, "हां, पर..."

तेजप्रताप ने उत्सुकता से पूछा, "पर क्या ?"

यशवंत ने कहा, "इन दोनों का क्या होगा ? और बेगम के पास भी जाना होगा।"

भैरव ने एक योजना सुझाई, "मेरे पास एक उपाय है। मैं शंभू को लेकर बेगम के यहां जाता हूं, और वहीं से उसे महल ले जाकर महारानी को रातों-रात मार डालता हूं। इस बहाने शंभू अपने पिता से भी मिल लेगा।"

यशवंत ने पूछा, "और इन दोनों का क्या होगा ?"

भैरव- आप और तेजप्रताप इन दोनों को मिर्जापुर के जंगल में फेंक आइएगा, ताकि किसी को हमारे ऊपर शक न हो।

यशवंत ने सहमति में सिर हिलाया, "हां।"

भैरव ने आदेश दिया, "विराट, अहमद, और शेरअली, तुम लोग सेना सहित आश्रम की ओर प्रस्थान करो।"

तेजप्रताप ने भी सहमति जताते हुए कहा, "हां, यही करना सही होगा।"

शंभू ने भी अपनी बात रखी, "मुझे भी कुछ कहना है।"

यशवंत ने पूछा, "हां, कहो।"

शंभू ने अपनी योजना बताते हुए कहा, "क्या मैं अपने साथ कुछ सैनिकों को ले जा सकता हूं ?"

तेजप्रताप ने उत्तर दिया, "हां, ले जा सकते हो।"

भैरव ने भरोसा जताते हुए कहा, "मैं सैनिकों को आसानी से सेना में शामिल कर लूंगा, और किसी को शक भी नहीं होगा।"

यशवंत- ठीक है, जैसा तुम्हें उचित लगे, वैसा ही करना।

शंभू ने थोड़ी सोचने के बाद कहा, "मुझे एक बात और भी कहनी है।"

तेजप्रताप ने चौंकते हुए पूछा, "अब क्या बाकी रह गया ?"

शंभू ने मुस्कुराते हुए कहा, "मैं अपने साथ कुछ लड़कियों को भी ले जाना चाह रहा हूं।"

तेजप्रताप ने हंसते हुए कहा, "सच में, तुम अपने पिता की तरह ही बुद्धिमान हो।"

यशवंत ने समय की ओर इशारा करते हुए कहा, "अब हमारे पास बहुत कम वक्त है, सभी लोग अपने-अपने कामों में जुट जाएं।"

अब सब अपने-अपने कार्यों के लिए तैयार हो गए, क्योंकि यह रात उन सबके लिए निर्णायक साबित होने वाली थी।

11

आधी रात हो चुकी थी, और आकाश को काली प्रतिछाया ने चारों ओर से घेर रखा था। इसके कारण विमल चांदनी और टूटपुंजिया नक्षत्र कहीं भी दृष्टि में नहीं आ रहे थे। चारों तरफ निस्तब्धता छाई हुई थी। यहां तक कि यदि किसी पेड़ की एक पत्ती भी हिलती, तो उसकी

आवाज स्पष्ट रूप से सुनाई देती। उस समय आश्रम में कुछ कुटियों में अभी भी चिराग जल रहे थे। विराट, अहमद, शेरअली, और हजारों सैनिक आश्रम को चारों तरफ से घेर कर खड़े थे। अब सैनिक अपने सेनापति के आदेश का इंतजार कर रहे थे, ताकि वे हमले का आरंभ कर सकें। विराट, अहमद और शेरअली आपस में विचार-विमर्श कर रहे थे।

अहमद- हमारी सेना ने आश्रम को चारों तरफ से घेर लिया है। अब तुम्हारा क्या आदेश है, विराट ?

विराट ने गंभीर स्वर में उत्तर दिया, "सबसे पहले हमें यह पता करना होगा कि दोनों कुमार, सूर्यदेव और रुद्र कहां पर हैं ? "

"क्यों ?" अहमद ने जिज्ञासा से पूछा।

विराट ने अपनी रणनीति स्पष्ट करते हुए कहा, "यदि हम कुटियों में चारों तरफ से आग लगा देंगे, तो जलने की आवाज सुनकर वे लोग जाग जाएंगे और फिर उन्हें मारना हमारे लिए मुश्किल हो सकता है। इसलिए उन लोगों को सोते हुए ही मार देना उचित होगा।"

शेरअली ने सहमति जताते हुए कहा, "हां, यही करना ठीक होगा।"

विराट ने आगे कहा, "मैं और शेरअली नकाब पहनकर अंदर जा रहे हैं। तुम, अहमद, यहीं रहकर हमारे वापस आने का इंतजार करो। अगर किसी कारणवश हम पकड़े गए, तो तुम्हें आवाज देंगे। उसके बाद सैनिकों को आग लगाने का आदेश दे देना।"

अहमद ने सहमति में सिर हिलाया, "ठीक है, अब तुम दोनों जाओ।"

इसके बाद विराट और शेरअली चुपचाप अंदर चले गए। पचास से अधिक कुटियां थीं, जिनमें से उन्हें कुमारों को खोज निकालना था। दोनों को यह कार्य बेहद कठिन प्रतीत हो रहा था, क्योंकि यह पता लगाना बहुत मुश्किल था कि वे लोग किस कुटिया में सोए होंगे। विराट और शेरअली धीरे-धीरे अपने कदम बढ़ा रहे थे, ताकि किसी को उनके आने की आहट मालूम न हो सके।

शेरअली ने चिंतित स्वर में कहा, "इतनी सारी कुटियां हैं, वे लोग किसमें सोए होंगे ? यह कैसे पता चलेगा ?"

विराट ने उसे आश्वासन देते हुए कहा, "पता चल जाएगा, बस हिम्मत बनाए रखो।"

शेरअली- अगर ऐसे खोजा गया, तो घंटों लग सकते हैं। हमारे पास इतना वक्त नहीं है।

विराट ने तत्काल निर्णय लिया, "ठीक है, हमें अलग-अलग होकर खोजना चाहिए।"

शेरअली ने सहमति जताई, "हां, यह अच्छा रहेगा।"

विराट ने दिशा निर्देश दिए, "तुम पूर्व की तरफ जाओ और मैं पश्चिम की तरफ जाता हूं।"

इसके बाद दोनों लोग अलग-अलग दिशाओं की ओर बढ़ गए। उन्होंने कई कुटियों के अंदर चुपके से झांक कर देखा, कहीं खाने की वस्तुएं रखी थीं, तो कहीं सेवक और सेविकाएं सोए हुए थे। आधे घंटे तक दोनों इसी प्रकार खोजते रहे। परंतु विराट को एक कुटिया में तीन लोग सोते हुए दिखे। अंदर एक चिराग जल रहा था। यह देखकर विराट के चेहरे पर एक हल्की मुस्कान आ गई। उसने मन में सोचा, 'काश शेरअली भी साथ होता, तो आसानी से इन तीनों को मौत के घाट उतार देता। खैर, मैं अकेला ही इन्हें मार दूंगा।'

विराट ने तलवार निकालते हुए सोचा, 'सबसे पहले किसे मारूं ?' लेकिन जैसे ही वह सोए हुए कार्तिकेय पर तलवार से वार करने जा रहा था, सूर्यदेव ने पीछे से उसे एक जोरदार लात मारी। विराट सीधे कुटिया की दीवार से टकराता हुआ बाहर जा गिरा, और उसकी तलवार जमीन पर गिर पड़ी। विराट ने तेजी से आदेश दिया, "आग लगा दो !" यह सुनकर कार्तिकेय, रुद्र और वीर तीनों जाग गए।

शेरअली और अहमद तुरंत समझ गए कि विराट पकड़ा गया है। अहमद ने सैनिकों को आग लगाने का आदेश दे दिया। सैनिक तो पहले से ही आग लगाने का सामान लेकर तैयार थे। सैनिकों ने चारों तरफ आग लगा दी, जिससे आश्रम में रहने वाले लोग और जानवर सभी कोलाहल मचाने लगे।

कार्तिकेय ने चिंतित होकर पूछा, "क्या हुआ, गुरुदेव ?"

वीर ने तलवार की ओर इशारा करते हुए कहा, "यह तलवार यहां कैसे पड़ी है ?"

रुद्र ने बाहर की ओर ध्यान देते हुए कहा, "बाहर से यह आवाजें कैसी आ रही हैं ?"

सूर्यदेव ने तुरंत समझते हुए कहा, "लगता है किसी ने आग लगा दी है। तुम तीनों को सोते हुए जान से मारने की कोशिश की गई, लेकिन मैंने समय रहते उसे रोक दिया। कार्तिकेय, अब तुम मेरे साथ चलो। वीर, तुम जाकर लोगों और जानवरों को बचाओ। रुद्र, तुम आग बुझाने का काम करो।"

चारों लोग तुरंत बाहर आए और अपने-अपने काम में लग गए। सूर्यदेव और कार्तिकेय ने मिलकर शत्रुओं की सेना को मारना शुरू किया। वे दोनों ऐसे लड़ रहे थे जैसे आग के पास मंडराता हुआ पतंगा। देखते ही देखते उन्होंने आधे से अधिक सैनिकों को मौत के घाट उतार दिया। उन्हें लड़ते देखकर बचे हुए सैनिक डर के मारे भाग गए। शेरअली और अहमद भी सैनिकों की तरह डर कर भाग गए। हालांकि, सूर्यदेव ने विराट को भागने नहीं दिया।

वीर ने जाकर सभी जानवरों और लोगों को बचाया, हालांकि कुछ लोग आग और सैनिकों के वार से जख्मी हो गए थे। उधर, रुद्र ने भी आग बुझाने में सफलता हासिल कर ली, परंतु आधे से अधिक कुटियां जल गई थीं। जब चारों ओर का माहौल शांत हुआ, तो सभी लोग एक जगह धीरे-धीरे इकट्ठा होने लगे। जहां पहले से ही सूर्यदेव और कार्तिकेय ने विराट के दोनों हाथ पीछे करके रस्सी से बांध दिए थे, और वह जमीन पर घुटनों के बल पड़ा था।

कार्तिकेय ने विराट का नकाब हटाते हुए कहा, "तुम कौन हो ? तुम्हें यहां किसने भेजा ?"

तब तक वीर और रुद्र भी वहां आ गए।

विराट ने खुद को संयमित रखते हुए कहा, "मैं एक लुटेरा हूं। अपने साथ सैनिकों को लेकर जगह-जगह छापा मारकर लूटता हूं, यही मेरा काम है।"

सूर्यदेव- (गहरी नजरों से उसे देखकर) मुझे पता है कि तुम झूठ बोल रहे हो। सच-सच बता दो, तुम्हारी जान बख्श दूंगा। तुम यहां किसके कहने पर आए हो ?

विराट ने ठंडी आवाज में कहा, "मैंने कह दिया कि मैं लुटेरा हूं। फिर एक ही सवाल तुम लोग बार-बार क्यों पूछ रहे हो ?"

वीर ने गुस्से से विराट के गाल पर एक जोरदार तमाचा मारा, जिससे वह जमीन पर गिर पड़ा। वीर ने कहा, "तुमसे कब से प्रेम से पूछा जा रहा है, तुझे सीधे-सीधे जवाब नहीं देने आता ?"

रुद्र- कुछ समय के लिए मान भी लिया जाए कि तुम लुटेरे हो, तो तुम्हें यहां पर क्या मिलेगा? अगर लूटना ही था, तो किसी पूंजीपति के घर या राजमहल में डाका मारते।"

वीर ने तलवार निकालते हुए कहा, "अब भी सच बता दो, तुम्हारी जान बख्श दी जाएगी। अगर यमराज के पास जाना चाहते हो, तो बोलो मैं अभी तुम्हें भेज देता हूं।"

विराट ने दृढ़ता से कहा, "भले ही तुम लोग मेरी जान ले लो, लेकिन मैं कुछ नहीं बताने वाला।"

वीर ने तलवार उठाई और मारने को तैयार हुआ, तभी सूर्यदेव ने उसका हाथ पकड़ लिया।

सूर्यदेव- रुको, इसे अभी जान से मत मारो।"

वीर ने आश्चर्य से पूछा, "क्यों?"

सूर्यदेव ने गंभीर स्वर में कहा, "इसे इतनी आसानी से मरने नहीं दिया जाएगा। इसे मरने के लिए भी तड़पना होगा। सुबह ही इसे लेकर राजमहल चलेंगे, वहीं इसका फैसला होगा।"

रुद्र ने सिर हिलाते हुए कहा, "ठीक है।"

सूर्यदेव ने आदेश दिया, "अब तुम सभी जाकर मरे हुए सैनिकों का अंतिम संस्कार कर दो।"

12

यहां से हम एक बार फिर बेगम की ओर ध्यान देते हैं। आधी रात से अधिक हो चुकी थी, और बेगम अपने कक्ष के झरोखे के पास बैठी आसमान को टकटकी लगाए देख रही थी। रात की काली चादर ने उसे डरा दिया था, उसका चेहरा भय से पीला पड़ गया था। उसी वक्त एक सेवक तेज़ी से उसके पास आया।

सेवक ने कहा, "बेगम साहिबा, तैयारी हो चुकी है। अब हमें जल्द ही यहां से निकल जाना चाहिए। अगर जयंत के हाथ लग गए, तो शेष जीवन कारागार में बिताना होगा।"

बेगम ने चिंता भरे स्वर में कहा, "हां, तुम सही कह रहे हो। अब यहां से शीघ्र ही निकल जाना ही बेहतर होगा।"

सेवक ने सवाल किया, "सागर का क्या किया जाए ?"

बेगम ने गुस्से से कहा, "इस नमकहराम को भी अपने साथ चुनारगढ़ ले चलो। बड़ी मुश्किल से उसने बताया कि उसने जयंत को पत्र भेजा था। मैं कभी सोच भी नहीं सकती थी कि वह इतने वर्षों से मेरे बारे में जानकारी देता आ रहा है।"

सेवक भी हैरानी से बोला, "इस बात का तो मुझे भी कोई अंदाजा नहीं था। वह इतने वर्षों से हमारे साथ रहा और कभी भी इस बारे में भनक तक नहीं लगने दी।"

बेगम ने सिर हिलाते हुए कहा, "हां, यह बहुत ही शातिर निकला।"

इसके बाद बेगम अपने कक्ष से बाहर निकली और सीढ़ियों के सहारे नीचे उतर गई। नीचे आकर उसने देखा कि जितने भी लोग थे, सभी ने वेश बदलकर निकलने की तैयारी कर ली थी। बेगम के लिए पालकी भी मंगवाई गई थी। जैसे ही वह पालकी में बैठी, अचानक घोड़ों के टापों की आवाज़ सुनाई देने लगी। इस आवाज़ को सुनते ही सभी लोग डर के मारे कांपने लगे। उन्हें यकीन हो गया था कि अब उनकी जान बचनी मुश्किल है। बेगम का भी बुरा हाल था, वह डर के मारे पालकी में छुपने लगी।

उसी वक्त, एक सेवक ने भैरव को देखा और खुशी से चिल्लाया, "यह तो महामंत्री भैरव हैं !"

भैरव का नाम सुनते ही बेगम को कुछ राहत मिली। वह बड़ी हिम्मत करके पालकी से बाहर निकली। तब तक भैरव और उसके साथी, जो घोड़ों पर सवार थे, उनके पास आ चुके थे।

भैरव ने गंभीर स्वर में पूछा, "तुम लोग कहां जा रहे हो ?"

सेवक ने जवाब दिया, "हम सभी चुनारगढ़ जा रहे हैं।"

भैरव ने पूछा, "क्यों?"

बेगम ने तुरंत कहा, "आप भी हमारे साथ चलिए। यहां पर रुकना आपके लिए भी अब सुरक्षित नहीं है। आप बहुत ही सही वक्त पर आए हैं।"

भैरव ने दृढ़ता से कहा, "अब यहां से कोई जाने वाला नहीं है, जब तक मैं यहां हूं।"

बेगम ने चिंता जताई, "आपको नहीं पता कि सागर ने क्या किया है ?"

भैरव ने आश्वासन दिया, "मुझे सब पता है, सागर ने क्या किया है।"

बेगम हैरान हो गई, "आपको कैसे पता ?"

भैरव- तुम पहले अंदर चलो, सारी बातें वहीं बताऊंगा। तुम लोग भी अंदर चलो। अब किसी को डरने की जरूरत नहीं है।

बेगम ने आशंका जताते हुए कहा, "पता नहीं कब जयंत सैनिकों के साथ यहां आ धमके।"

शंभू- अब वह जीवित नहीं है।

यह सुनकर बेगम के चेहरे पर राहत की मुस्कान आई, "क्या तुम सच कह रहे हो ?"

भैरव ने सिर हिलाते हुए कहा, "हां, अब चलो और जितने लोग हमारे साथ हैं, सबकी रहने की व्यवस्था करो।"

बेगम ने सहमति में सिर हिलाया और सबको अंदर चलने का इशारा किया। फिर भैरव और उसके साथी घोड़ों से उतरकर महल में चले गए। बेगम ने सभी के घोड़ों को अस्तबल में बांधने का आदेश दिया और फिर वे सभी अपने कक्ष में इकट्ठे हो गए।

बेगम ने चिंता जताते हुए कहा, "अब बताइए, क्या बात है ?"

भैरव ने जेब से एक पत्र निकालते हुए कहा, "पहले इसे पढ़ लो, यह वही पत्र है जो सागर ने जयंत को भेजा था।"

बेगम ने पत्र पढ़ते ही गुस्से में कहा, "इस नमकहराम ने तो सारी बातें लिख दी हैं! मैं इसे जीवित नहीं छोड़ने वाली। खैर, आप लोगों ने जयंत को कैसे मारा?"

भैरव ने सारी बातें समझाई और कहा, "इसलिए हम सीधे तुम्हारे पास आए हैं।"

बेगम ने लंबी सांस लेते हुए कहा, "यह जानकर अब राहत मिली। आपके पिता भी जयंत के साथ बेवजह मारे गए।"

भैरव ने सिर झुकाकर कहा, "हां।"

बेगम ने गंभीरता से पूछा, "अब आगे क्या करना होगा ?"

शंभू ने सुझाव दिया, "हमारे साथ जितनी भी लड़कियां हैं, कुछ दिन तुम्हारे यहां रहेंगी। उचित समय देखकर उन्हें यहां से राजमहल ले जाया जाएगा।"

बेगम ने सहमति जताई, "ठीक है।"

भैरव ने बेगम को आश्वस्त करते हुए कहा, "तुम निश्चिंत रहो, अब डरने की कोई आवश्यकता नहीं है। हम सब राजमहल जा रहे हैं, और यदि मौका मिला, तो महारानी का काम तमाम कर देंगे।"

बेगम ने गंभीरता से कहा, "अच्छा।"

इसके बाद, भैरव और उसके साथी महल की ओर रवाना हो गए, जबकि सभी लड़कियां बेगम के यहां रह गई।

13

शाम का वक्त था, सूर्यास्त हो चुका था और आसमान में कुछ हल्की लालिमा शेष थी। कर्मनाशा नदी के तट पर एक नौजवान व्यक्ति, जिसका नाम रुद्र था, एक चट्टान पर बैठा हुआ, गहरी सोच में डूबा हुआ था। उसने अपने जेब से एक पत्र निकाला और उसे पढ़ने लगा। पढ़ते-पढ़ते उसके माथे से पसीना आने लगा, और उसकी आंखें क्रोध से लाल हो गई। तभी उसने महसूस किया कि किसी ने उसके बाएं कंधे पर हाथ रखा। उसने पीछे मुड़कर देखा तो उसकी दादी मां रत्नावली वहां खड़ी थीं।

रत्नावली ने चिंतित स्वर में पूछा, "रुद्र, यहां क्यों बैठे हो ? तुम्हारी तबीयत तो ठीक है ?"

रुद्र ने उत्तर दिया, "हां, मैं स्वस्थ हूं।"

रत्नावली- यह तुम्हारे हाथ में पत्र कैसा है ?

रुद्र- पिता जी ने भेजा है। (खड़ा होकर) दादी मां, आप यहां पर क्यों आईं ? किसी को भेज देतीं तो मैं चला आता।

रत्नावली- बेटा, मैं आश्रम से देख रही थी कि तुम घंटों से इस जगह पर बैठे हो। यह देखते-देखते मुझसे रहा नहीं गया और मैं चली आई। खैर, इन सब बातों को छोड़ो। पहले यह बताओ, तुम्हारे पिता ने क्या लिखा है ? सब कुशल-मंगल तो है ?

रुद्र ने भारी मन से उत्तर दिया, "नहीं, वहां कुछ भी ठीक नहीं है। आज दोपहर में भवानीशंकर और जयंत की लाश मिर्जापुर के जंगल में मिली है, जिसके कारण प्रजा में डर का माहौल बन चुका है। पिता जी ने मुझे और सतर्क रहने को कहा है।"

रत्नावली ने दुखी स्वर में कहा, "इसका मतलब फिर से हमारे ऊपर हमला हो सकता है।"

रुद्र ने हां में सिर हिलाते हुए कहा, "हां।"

रत्नावली ने दुखभरे स्वर में पूछा, "यह तो बहुत ही बुरी खबर है। दोनों की मौत कैसे हुई ? इसके बारे में कुछ लिखा है ?"

रुद्र ने उत्तर दिया, "नहीं, अभी तक कुछ पता नहीं चला है कि किसने ऐसा किया। लेकिन मुझे लगता है कि यह काम मिर्जापुर के राजा दारा या चुनारगढ़ के राजा यशवंत में से किसी एक का होगा।"

रत्नावली ने अनुमान लगाते हुए कहा, "परंतु लाश तो मिर्जापुर के जंगल में मिली है, हो सकता है इसमें दारा का हाथ हो।"

रुद्र ने गुस्से में कहा, "हां, मेरा तो दिमाग काम करना बंद कर चुका है। एक ही रात में दो ऐसी भयानक घटनाएं हो गईं। जिस व्यक्ति को पिता जी ले गए हैं, उसे ज़रूर इन सब बातों की जानकारी होगी। मैं उसे ज़िंदा नहीं छोड़ने वाला।"

रत्नावली ने उसे शांत करते हुए कहा, "ठीक है, अब यहां से चलो। रात होने वाली है।"

रुद्र ने सहमति में सिर हिलाया और कहा, "हां, चलिए।"

रत्नावली ने जाते-जाते कहा, "तुम्हारी तरह ही जयंत को भी मैं अपना बेटा मानती थी। भगवान ने मुझे कैसा-कैसा दिन दिखाने के लिए अभी ज़िंदा छोड़ रखा है।"

रुद्र ने दुखी स्वर में कहा, "पिता जी हमेशा उनके बारे में बताया करते थे। दिल में बहुत इच्छा थी, उनसे एक बार मिलने की और उनके चरण स्पर्श करने की, लेकिन यह अभिलाषा दिल में ही रह गई।" कहते-कहते उसकी आंखों से आंसू टपकने लगे।

रत्नावली ने उसे समझाते हुए कहा, "जो होना था, सो हो गया। अब अधिक सोचने से वे लोग वापस नहीं आ सकते। अपने आप को संभाल कर रखो, पता नहीं आगे क्या होगा।"

रुद्र ने क्रोध में आकर कहा, "जिसने भी ऐसा किया है, उसका पता चलते ही मैं उसे ज़िंदा नहीं छोड़ूंगा। सौगंध महादेव की, उसके पूरे खानदान में पानी तक देने वाला नहीं बचेगा।"

रत्नावली ने उसे शांत करते हुए कहा, "ठीक है, पहले शांत हो जाओ।"

14

रात प्रहर बीत चुकी थी। भैरव अपने कक्ष में अंबिका और शंभू के साथ पलंग पर बैठे हुए आपस में बातें कर रहे थे। बाहर का माहौल सन्नाटे में डूबा हुआ था, लेकिन अंदर इस छोटी-सी सभा में भावनाओं का एक अलग ही द्वंद्व चल रहा था। तीनों के चेहरों पर चिंता की लकीरें साफ दिखाई दे रही थीं, मानो भविष्य में आने वाले तूफान का आभास हो रहा हो।

अंबिका ने चिंतित स्वर में पूछा, "अब आगे क्या करना चाहिए ?"

भैरव ने गहरी सांस लेते हुए जवाब दिया, "अब हमें बहुत होशियारी से कदम बढ़ाना होगा। हमारे हर कदम पर किसी की निगाह हो सकती है। अगर हमारी असलियत खुल गई, तो हमारी जान की खैर नहीं।"

अंबिका ने कुछ सोचते हुए कहा, "हां, पर अगर विराट ने अपना मुंह खोल दिया तो ?"

शंभू, जो अब तक खामोश था, दृढ़ता से बोला, "मुझे उस पर पूरा यकीन है। वह कभी भी हमारा भेद नहीं खोलेगा, चाहे उसकी जान ही क्यों न चली जाए।"

अंबिका ने फिर भी संशय से कहा, "फिर भी, क्या पता ?"

शंभू- आप इस बारे में चिंता मत करिए। अगर उसने ऐसा किया, तो मैं उसकी जान ले लूंगा।

भैरव ने एक पल रुककर गंभीरता से कहा, "अब तुम उसकी जान नहीं ले सकते।"

शंभू चौंकते हुए बोला, "क्यों ?"

भैरव ने समझाते हुए कहा, "क्योंकि तुम सूर्यदेव से भली-भांति परिचित नहीं हो। वह बहुत धूर्त और चालाक इंसान है। मैं तुमसे कहूंगा कि आधी रात होते ही तुम यहां से चले जाओ, कहीं किसी को तुम पर संदेह न हो जाए।"

अंबिका ने सहमति जताते हुए कहा, "हां, मुझे भी यही उचित लगता है। शंभू को अब चले जाना चाहिए। पता नहीं क्यों, इसे देखकर मुझे अपने छोटे भाई की याद आने लगी है। इसकी शक्ल-सूरत मेरे भाई से काफी मिलती-जुलती है।"

शंभू ने दृढ़ता से कहा, "मैं यहां से अब नहीं जाऊंगा।"

अंबिका ने उसे समझाने की कोशिश की, "अपनी जिद छोड़ो। अगर तुम यहां रुके रहे, तो संकट खड़ा हो सकता है। और यह संकट सिर्फ तुम्हारे लिए नहीं, हम सबके लिए जानलेवा साबित हो सकता है।"

शंभू ने अपनी आवाज में दृढ़ता लाते हुए कहा, "मुझे अपनी जान की परवाह नहीं है। अगर मेरी जान मेरे लिए इतनी ही प्रिय होती, तो मैं कभी इस रास्ते पर नहीं चलता। मैंने अपनी मां से वादा किया है कि चाहे कुछ भी हो जाए, मैं अपने पिता का पता लगाकर रहूंगा। अगर वह जीवित हैं, तो मैं उन्हें यहां से सुरक्षित ले आऊंगा।"

भैरव ने उसकी भावना का सम्मान करते हुए कहा, "मैं तुम्हारे वादे की कद्र करता हूं, लेकिन इस वक्त यहां का माहौल बहुत गरम है। कुछ दिनों बाद जब स्थिति शांत हो जाएगी, तब मैं तुम्हें बुला लूंगा। लेकिन अभी के लिए, तुम्हारा यहां से चले जाना ही बेहतर है।"

शंभू ने आश्वस्त किया, "आप दोनों मुझ पर कोई चिंता मत करें। मैं संभाल लूंगा।"

भैरव ने चिंता भरे स्वर में कहा, "तुम्हारे साथ कुछ हो गया, तो मैं यशवंत को क्या जवाब दूंगा ?"

शंभू ने हल्के मुस्कान के साथ कहा, "आप मुझ पर विश्वास करें। कुछ नहीं होगा।"

अंबिका ने सवाल किया, "कैसे यकीन करें ?"

शंभू ने जवाब दिया, "कैसे क्या, आप हो न ?"

अंबिका थोड़ी उलझन में बोली, "मैं तुम्हारी बात का मतलब नहीं समझी।"

शंभू ने हंसते हुए कहा, "अभी आपने कहा था कि मेरी शक्ल-सूरत आपके भाई से मिलती है, बस हो गया काम।"

अंबिका ने तुरंत समझते हुए कहा, "मतलब तुम मेरे भाई बनकर रहोगे ?"

शंभू ने मुस्कुराते हुए हामी भरी, "हां।"

तभी एक सैनिक अंदर आया और अदब से झुकते हुए बोला, "महारानी, आपको मंत्रणा कक्ष में बुलाया गया है।"
भैरव ने गंभीरता से कहा, "ठीक है, अब तुम जाओ।"

सैनिक के जाते ही, अंबिका ने चिंता जताई, "मुझे बहुत डर लग रहा है। कहीं महारानी को आपके ऊपर संदेह तो नहीं हो गया, जो इस वक्त आपको बुला रही हैं।"
भैरव ने उसे समझाते हुए कहा, "पहले तुम डरना छोड़ो। डर के कारण ही कहीं हमें नुकसान न हो जाए। अब देखो, कैसे मैं उन लोगों को मूर्ख बनाता हूं।"
शंभू ने प्रस्ताव रखा, "मैं भी आपके साथ चलूंगा।"
भैरव ने हंसते हुए कहा, "चलो, कौन-सी तुम मेरी बात मानते हो ?"
शंभू ने मुस्कुराते हुए जवाब दिया, "इसके बाद मैं आपकी सभी बातें मानूंगा।"
भैरव ने उसकी आंखों में विश्वास देखा और सिर हिलाते हुए कहा, "ठीक है, चलो।"

इसके बाद भैरव और शंभू मंत्रणा कक्ष की ओर रवाना हो गए। भैरव के मन में कई सवाल थे, लेकिन वह उन्हें अपने चेहरे पर नहीं आने दे रहा था। उसे पता था कि यहां से बाहर निकलना जितना आसान दिखता है, उतना है नहीं। अगर उनकी असलियत किसी के सामने आ गई, तो उनका अंत निश्चित था।

15

रात का दूसरा पहर बीत चुका था। आसमान में चंद्रदेव अपनी चांदनी बिखेर रहे थे। मंत्रणा कक्ष में महारानी सावित्री, सूर्यदेव, राजगुरु और दोनों कुमार कुर्सियों पर बैठे थे। उनके बीच एक शख्स घुटनों के बल जमीन पर पड़ा था, उसके हाथों और पैरों में हथकड़ी और बेड़ियां जकड़ी हुई थीं। वह शख्स और कोई नहीं बल्कि विराट था।
महारानी सावित्री ने कड़े शब्दों में कहा, "बेशक, इसका संबंध जयंत और भवानीशंकर की मौत से है। अगर तुम्हें कुछ मालूम है, तो सच-सच बता दो।"
वीर- मां, प्रेम से पूछने पर यह कुछ नहीं बताएगा।

सावित्री ने भारी स्वर में कहा, "तो इसकी दोनों आंखें निकाल लो। और फिर भी नहीं बताता है, तो इसके हाथ-पैर काटकर तड़पता छोड़ दो।"
कार्तिकेय ने चेतावनी देते हुए कहा, "अब भी तुम्हारे पास समय है। जो कुछ जानते हो, बता दो।"

विराट ने दृढ़ता से कहा, "तुम लोग मेरे साथ कुछ भी कर लो, पर मैं कुछ नहीं बताऊंगा। मैं तुम्हारी धमकियों से डरने वाला नहीं हूं।"

विराट के इन शब्दों से क्रोधित होकर कार्तिकेय ने एक जोरदार लात उसके सीने पर मारी, जिससे वह दूर जाकर गिर पड़ा। "तेरी इतनी हिम्मत कि तू जुबान लड़ाए ! तेरी जुबान खींचकर बाहर निकाल लूंगा," कार्तिकेय ने गरजते हुए कहा।

सावित्री ने हस्तक्षेप करते हुए कहा, "अब रहने दो, कहीं मर न जाए।"

कार्तिकेय ने फिर भी अपनी जिद पर जोर दिया, "मां, अब आप कुछ मत बोलिए, देखिए मैं इससे कैसे बात कबूलवाता हूं।"

उसी समय भैरव और शंभू वहां पहुंचे। दोनों ने महारानी, सूर्यदेव और राजगुरु को प्रणाम किया और सूर्यदेव के बगल में बैठ गए।

सावित्री ने भैरव से कहा, "तुम्हारा ही इंतजार हो रहा था। (शंभू की तरफ देखकर) तुम्हारे साथ यह कौन है ? मैंने इसे पहले कभी यहां नहीं देखा।"

भैरव- महारानी, यह मेरा साला है। अंबिका पेट से है और अपने मायके जाना चाह रही है। इसलिए इसे ले जाने आया हूं।

शंभू- पिता जी के पास समय नहीं था, इसलिए मुझे भेजा।

भैरव ने आंखों में आंसू लाकर कहा, "पिता जी के देहांत के कारण अंबिका वहां जाने से मना कर रही है। मेरे लिए यह बहुत कठिन समय है।"

सावित्री ने सांत्वना देते हुए कहा, "रोना बंद करो, जिसने भी यह किया है, उसे बख्शा नहीं जाएगा।"

भैरव- (आंखों से आंसू पोछकर) मुझे समझ नहीं आ रहा है कि हमारे साथ ऐसा कौन कर सकता है।

सावित्री- चिंता मत करो, शीघ्र ही उसका पता चल जाएगा।

भैरव- महारानी, पता नहीं क्यों मुझे आभास हो रहा है, इन सब के पीछे मिर्जापूर के राजा दारा का हाथ है।

सूर्यदेव- ऐसा भी हो सकता है, परंतु अभी कहा नहीं जा सकता कि इसके पीछे कौन है ?

सावित्री- (विराट को देखकर) अब इसके साथ क्या किया जाय ?

सूर्यदेव- वीर।

वीर- हां।

सूर्यदेव- इसकी एक आंख निकाल लो और ले जाकर कारागार में बंद कर दो।

वीर- ठीक है।

इसके बाद वीर अपनी कमर में बंधी हुई, कटार को निकालकर विराट की तरफ चला। वैसे ही भैरव बोल उठा, "इसके साथ अभी कोई कुछ नहीं करेगा।"

सावित्री- जानते हो तुम क्या कह रहे हो ? इसने जो काम किया है, अब तक तो इसको मौत के घाट उतार देना चाहिए और तुम कह रहे हो इसके साथ अभी कुछ नहीं किया जाए।

भैरव- क्षमा महारानी, मेरे कहने का अर्थ यह नहीं है कि इसका जान बख्श दिया जाए। मैं तो यह कह रहा हूं कि इसका एक आंख निकाल लेने से क्या फायदा ? इसको मेरे हवाले छोड़ दीजिए। मैं तड़पा-तड़पा कर इससे सभी बातें कबूलवा लूंगा।

सावित्री- ठीक है, इसको लेजाकर कारागार में बंद कर दो। अगर तुम दो दिन के अंदर कबूलवा लेते हो तो ठीक है, नहीं तो इसको बीच चौराहे पर जिंदा लटका दिया जाएगा। अब इसे यहां से ले जाओ।

इसके बाद महारानी ने भैरव को विराट को तड़पाने का काम सौंपा। महारानी ने विराट को दो दिन के भीतर कबूलवाने का आदेश दिया, अन्यथा उसे बीच चौराहे पर जिंदा लटका दिया जाएगा।

भैरव और शंभू ने विराट को कारागार की ओर ले जाते हुए मंत्रणा कक्ष से विदा ली।

राजगुरु- भैरव की इस प्रकार की बातों से मुझे उस पर संदेह हो रहा है।

सूर्यदेव- नहीं, हमें ऐसा नहीं सोचना चाहिए। भले ही पुत्र कितना भी नालायक क्यों न हो, परंतु वह अपने पिता के साथ ऐसा नहीं कर सकता। अगर भैरव को यह पता चलेगा कि हम उसके प्रति ऐसा सोच रहे हैं, तो उसे बहुत दुख होगा। वह भी अपने पिता को खो चुका है।

सावित्री- हो सकता है, वह भैरव को कुछ बता दे।

सूर्यदेव- हां।

कार्तिकेय- गुरुदेव, आपके हिसाब से इन सब के पीछे कौन हो सकता है ?

सूर्यदेव- मुझे यशवंत पर संदेह हो रहा है।

सावित्री- इधर कई वर्षों से यशवंत ने ऐसा कोई काम नहीं किया है, जिससे हमें किसी प्रकार की हानि हो। वैसे भी दोनों लोगों की लाश मिर्जापुर के जंगल में मिली है। वैसे देखा जाए तो यशवंत का इन सब के पीछे कोई हाथ नहीं होगा।

सूर्यदेव- अभी विश्वास के साथ तो कुछ नहीं कहा जा सकता, परंतु इसमें यशवंत का हाथ हो सकता है। कुछ लोगों ने जयंत और भवानीशंकर को चुनारगढ़ की तरफ शाम को जाते हुए देखा था। परंतु उनकी लाश मिर्जापुर के

जंगल में मिली। मुझे समझ नहीं आ रहा है कि बीच में क्या हुआ। इधर कई वर्षों में यशवंत ने अपने सैनिकों की संख्या काफी बढ़ा ली है, और छत्तीसगढ़ की सेना भी चुनार आ पहुंची है।

सावित्री- (गुस्से में) अगर ऐसा है, तो कल ही चुनारगढ़ पर आक्रमण किया जाए।

कार्तिकेय- गुरुदेव, अब किसी बात की चिंता करने की आवश्यकता नहीं है। सेना को तैयार करने का आदेश दीजिए।

सूर्यदेव- अभी नहीं।

कार्तिकेय- क्यों ?

सूर्यदेव- क्योंकि मुझे यह भी जानकारी मिली है कि हमारी सेना में कल ही दुश्मन के कुछ नए सैनिक शामिल हुए हैं। अभी तक तो उनका पता नहीं चला है, परंतु जल्द ही उनका पता लगाना होगा। उन सैनिकों में से कुछ महल में भी पहरा दे रहे होंगे। कहीं ऐसा न हो कि हम चुनारगढ़ पर आक्रमण करें और वे महल के अंदर ही उत्पात मचा दें। इसलिए सबसे पहले उन सैनिकों का पता लगाना होगा। मुझे लगता है कि हमारे बीच का कोई व्यक्ति उनके साथ मिला हुआ है।

सावित्री- यह तो बहुत ही दुर्भाग्यपूर्ण बात है। अब क्या करना चाहिए ?

सूर्यदेव- कुछ दिनों के लिए उनका ध्यान कहीं और आकर्षित करना होगा ताकि उन्हें यह न पता चले कि हम क्या करना चाह रहे हैं। तब तक मुझे समय मिल जाएगा, यह पता लगाने का कि इन सब में कौन-कौन शामिल हैं।

सावित्री- ठीक है।

वीर- उनका ध्यान दूसरी ओर कैसे आकर्षित किया जाए ?

सूर्यदेव- वही, मैं भी सोच रहा हूं।

सावित्री- (कुछ देर सोचकर) मेरे पास एक उपाय है, जिससे हम उनका ध्यान दूसरी ओर करने में सफल हो सकते हैं।

सूर्यदेव- ठीक है, बताइए।

अंत में, यह तय हुआ कि दुश्मन सैनिकों का पता लगाने के लिए कुछ समय चाहिए। महारानी ने एक गुप्त योजना बनाई, जिसे प्रकट नहीं किया गया, पर समय आने पर सब कुछ स्पष्ट हो जाएगा।

16

अब हम अपना ध्यान कारागार की तरफ करते हैं। जैसा कि हम पहले ही लिख आए हैं कि भैरव, शंभू, और विराट को लेकर कारागार की तरफ रवाना

हो गए थे। कारागार जमीन के नीचे बना हुआ था, और वहां पहरा देने वाले सैनिक भैरव को अच्छी तरह पहचानते थे। इसलिए, जब वह विराट को अंदर ले जा रहे थे, तब किसी ने उन्हें नहीं रोका। तीनों एक-दूसरे से बातचीत करते हुए आगे बढ़े।

विराट- अगर आपने उसे नहीं रोका होता, तो वह मेरी एक आंख निकाल चुका होता।

भैरव- तुम चिंता मत करो। जब तक मैं हूं, तुम्हें कोई नुकसान नहीं होगा।

शंभू ने चारों ओर देखते हुए कहा, "यह कारागार कितना विशाल और डरावना है। मैंने इससे पहले इतना भयावह कारागार कभी नहीं देखा। यहां से भागना बहुत मुश्किल है। ऐसा लगता है कि आज तक कोई कैदी यहां से बचकर नहीं निकल सका होगा।"

भैरव ने सहमति में सिर हिलाते हुए कहा, "हां, तुम सही कह रहे हो।"

शंभू ने उत्सुकता से पूछा, "क्या मेरे पिता भी इसी कारागार में हैं ?"

भैरव ने जवाब दिया, "हां, वे यहीं हैं।"

शंभू ने फिर पूछा, "लेकिन वे कहां हैं ? मैं उन्हें कैसे पहचानूंगा ?"

भैरव ने शांति से कहा, "तुम चिंता मत करो। मुझे पता है कि तुम्हारे पिता कहां हैं।"

कुछ देर चलने के बाद, एक बड़ा सा फाटक उनके सामने आया। भैरव ने उसे खोला और वे सीढ़ियों से नीचे उतरने लगे। हर जगह सैनिक मशाल लेकर पहरा दे रहे थे, जिससे चारों तरफ उजाला था। भैरव ने एक कोठरी का ताला खोला, और तीनों अंदर चले गए। वहां पहले से एक मशाल जल रही थी, जिसकी रौशनी में एक कमजोर, थका-हारा व्यक्ति दिखा। यह व्यक्ति शंभू के पिता, कल्याण थे। उनके बाल लंबे और बेतरतीब हो चुके थे, और शरीर दुबला और कमजोर हो गया था।

कल्याण ने अजनबी आवाजें सुनकर पूछा, "कौन हो तुम लोग ?"

भैरव ने उत्तर दिया, "मैं महामंत्री भैरव हूं।"

कल्याण ने तीखे स्वर में पूछा, "किस काम से आए हो ? और ये दोनों कौन हैं?"

शंभू अपने पिता के पैरों पर गिरकर रोने लगा। विराट ने धीरे से कहा, "यह आपका बेटा शंभू है।"

शंभू का नाम सुनते ही, कल्याण ने उसे उठाकर गले लगा लिया और दोनों के आंखों से आंसू बहने लगे। कल्याण ने शंभू के आंसू पोंछते हुए पूछा, "क्या तुम भी बंदी हो ?"

शंभू- नहीं, पिता जी, मैं अपनी मर्जी से यहां आया हूं।

कल्याण ने गंभीर स्वर में कहा, "असंभव ! जरूर इसमें कोई चाल है। अब तुम लोग मुझसे क्या चाहते हो ?"

शंभू ने हाथ जोड़कर कहा, "पिता जी, मैं सच में आपका बेटा शंभू हूं।"

कल्याण- अगर तुम सच में शंभू हो, तो कुछ ऐसा बताओ जिससे मुझे यकीन हो जाए।

शंभू- मां को पता चल गया था कि आप अक्सर रात में काशी जाते हैं किसी बेगम से मिलने।

कल्याण- हां, और कुछ ?

शंभू- उसी दिन आपको पता चला कि मां फिर से गर्भवती है। एक दिन, मैं खेलते-खेलते आपके दाहिने कंधे पर काट लिया था, जिसके कारण आपको कई दिनों तक दर्द हुआ। अब आपको विश्वास हुआ ?"

कल्याण की आंखों में आंसू आ गए और वे बोले, "हां, मुझे विश्वास हो गया कि तुम ही मेरे शंभू हो।" उन्होंने शंभू के चेहरे को छूकर कहा, "तुम अब कितने बड़े हो गए हो। यह बताओ, तुम्हारी मां कैसी है ?"

शंभू ने दुखी स्वर में कहा, "मां की हालत भी आपके जैसी ही है। वह अक्सर आपकी याद में खोई रहती है और भगवान से प्रार्थना करती है कि आप एक दिन वापस आएंगे।"

कल्याण- तुम्हारा छोटा भाई कैसा है ?

शंभू- वह स्वस्थ है, लेकिन वह भी अक्सर आपके बारे में पूछता है।

कल्याण ने गहरी सांस लेते हुए पूछा, "और तुम्हारी मां के गर्भ में पल रहा बच्चा?"

शंभू- जन्म के कुछ घंटों बाद उसकी मौत हो गई। इस घटना के बाद मां की हालत और भी बिगड़ गई।

कल्याण ने सिर झुकाकर कहा, "अब बताओ, तुम यहां कैसे आए ?"

शंभू ने पूरी कहानी सुनाई, जिसे सुनने के बाद कल्याण के चेहरे पर हल्की मुस्कान आई। उन्होंने कहा, "जयंत को मारकर तुम लोगों ने बहुत अच्छा किया। अब किसी तरह सूर्यदेव को भी रास्ते से हटा दो, फिर सब कुछ आसान हो जाएगा।"

शंभू ने हामी में सिर हिलाया।

कल्याण ने कहा, "पास वाले कक्ष में मिर्जापुर के राजा कुबेर हैं। एक बार उनसे भी मिल लो।"

भैरव ने कहा, "अभी हमारे पास वक्त नहीं है, बाद में आएंगे।"

कल्याण ने सहमति में सिर हिलाया, "ठीक है, परंतु उनके बेटे दारा से मिल लेना।"

भैरव ने कहा, "हम जाएंगे। अभी के लिए विराट और आपको यहीं रहना होगा। स्थिति बहुत गंभीर है। सही वक्त देखकर हम आपको यहां से निकालेंगे।"

कल्याण ने भैरव को विदा देते हुए कहा, "अपना ध्यान रखना, सूर्यदेव की नजरों में मत आना।"

भैरव और शंभू ने विदा ली और वहां से चले गए।

17

अगले दिन महारानी सावित्री ने दरबार में सभी महत्वपूर्ण व्यक्तियों को बुलावा भेजा। सूर्यदेव, दोनों कुमार, भैरव, शंभू, राजगुरु, मंत्रीगण, और राज्य के छोटे-बड़े रईस व जमींदार दरबार में मौजूद थे। वहां सैकड़ों नहीं, बल्कि हजारों की संख्या में लोग आए हुए थे, जिनकी नजरें सिंहासन पर विराजमान महारानी पर टिकी हुई थीं।

महारानी सावित्री ने ऊंचे स्वर में कहा, "आप सभी जानते हैं कि किसी ने भवानीशंकर और जयंत की हत्या कर दी और उनकी लाशें मिर्जापुर के जंगल में फेंक दीं। जिसने भी ऐसा किया है, उसे बख्शा नहीं जाएगा। इस घटना से आप सभी विचलित हो सकते हैं, लेकिन हमें अब आगे बढ़ना होगा। आज आप सभी को यहां बुलाने का कारण यह है कि महाराज ने मुझसे कहा था कि दोनों कुमारों में से जो भी योग्य होगा, वही इस सिंहासन का उत्तराधिकारी बनेगा। अब इस निर्णय का समय आ गया है। मैं आप सभी से अनुरोध करती हूं कि आप लोग अगले एक माह के भीतर यह तय करें कि इनमें से कौन सिंहासन का असली हकदार है।"

महारानी की बात पूरी होते ही, दरबार में एक व्यक्ति खड़ा हुआ। उसने सिर झुकाकर महारानी को प्रणाम किया और बोला, "महारानी, मेरा मत है कि सिंहासन का असली हकदार राजकुमार वीर है।"

सावित्री ने उससे पूछा, "ऐसा क्यों ?"

व्यक्ति ने उत्तर दिया, "क्योंकि हम सभी जानते हैं कि राजकुमार कार्तिकेय आपको गंगा जी में मिले थे। आज तक उनके माता-पिता के बारे में कुछ भी पता नहीं चला। कोई नहीं जानता कि वे किस कुल या वंश में जन्मे हैं, इसलिए इस सिंहासन पर उनका अधिकार नहीं बनता।"

एक अन्य व्यक्ति ने भी सहमति में सिर हिलाते हुए कहा, "भले ही दोनों कुमारों की परवरिश एक जैसी हुई हो, लेकिन इसका मतलब यह नहीं कि किसी अनजान वंश के व्यक्ति को राजा बना दिया जाए।"

तीसरे व्यक्ति ने कहा, "महारानी, गीदड़ और शेर के बच्चे को एक साथ पाला जाए, तो भी बड़ा होकर जंगल का राजा शेर का बच्चा ही बनेगा, गीदड़ का नहीं।"

चौथे व्यक्ति ने जोर देकर कहा,"हमारे राज्य में हमेशा से राजा का बेटा ही राजा बनता आया है, इसलिए इस बार भी राजकुमार वीर ही अगले राजा होंगे।"

इस तरह की बातें सुनकर राजकुमार कार्तिकेय अपमानित और आहत महसूस करते हुए दरबार से बाहर चले गए। उनके जाते ही दरबार में एक गहरी खामोशी छा गई।

महारानी सावित्री ने गुस्से में सबको शांत रहने का आदेश दिया, "सब लोग चुप हो जाओ !"

महारानी की गूंजती हुई आवाज सुनते ही दरबार में सन्नाटा छा गया। इस सन्नाटे को भंग करते हुए सूर्यदेव सिंह खड़े हुए और बोले, "महारानी, मैं इन लोगों की बातों से सहमत नहीं हूं। मेरा मानना है कि सिंहासन योग्यता के आधार पर मिलना चाहिए, न कि जन्म के आधार पर।"

महारानी ने गंभीर स्वर में पूछा, "तब आप ही बताइए कि दोनों में से कौन इस सिंहासन के योग्य है ?"

भैरव ने सिर झुकाकर बोला, "महारानी, मेरे पास एक सुझाव है। अगर आपकी इजाजत हो, तो मैं उसे प्रस्तुत करूं।"

महारानी सावित्री ने कहा,"हां, बोलो।"

भैरव- एक प्रतिस्पर्धा का आयोजन किया जाए। जो इस प्रतिस्पर्धा में विजयी होगा, उसे ही इस सिंहासन का उत्तराधिकारी घोषित किया जाए।

महारानी ने विचार कर सहमति जताई, "मैं तुम्हारे सुझाव से सहमत हूं। अगर किसी और के पास कोई सुझाव हो, तो वह प्रस्तुत कर सकता है।" जब कुछ देर तक कोई अन्य सुझाव नहीं आया, तो महारानी ने भैरव को आदेश दिया, "महामंत्री, जल्द ही इस प्रतिस्पर्धा का आयोजन करो और इसकी सारी तैयारियों की जिम्मेदारी तुम्हें दी जाती है।"

भैरव ने सिर झुकाकर उत्तर दिया, "जैसा आप आदेश करें, महारानी।"

इसके बाद महारानी ने दरबार को बर्खास्त कर दिया और सभी लोग दरबार से बाहर निकल गए। दरबार से निकलते समय, हर व्यक्ति के मन में एक सवाल था। आखिर यह प्रतिस्पर्धा कैसी होगी और कौन बनेगा इस महान राज्य का अगला शासक ?

तीसरा अध्याय

1

शाम होने में अभी घंटे भर की देर थी। सूर्य आसमान में बादलों के बीच जा छुपा था। केवल लालिमा पश्चिम की तरफ से दिखाई दे रही थी। सुबह के वक्त भोजन की खोज में निकलने वाले पक्षी भी अब अपने घोंसलों की ओर लौट रहे थे। जिन पक्षियों ने आते समय अपने बच्चों को घोंसले में छोड़ दिया था, उन्हें अब उनकी याद आ रही थी। उनकी बेचैनी बढ़ रही थी और वे जल्दी से जल्दी अपने बच्चों के पास पहुंचना चाह रही थीं। इस नज़ारे को महारानी सावित्री अपने कक्ष के झरोखे से देख रही थीं। उनके चेहरे पर शोक की छाया और बेचैनी साफ झलक रही थी। तभी सूर्यदेव सिंह वहां आ गए।

सूर्यदेव- महारानी, आपने मुझे बुलाया है ?

सावित्री- (नम्र स्वर में) हां।

सूर्यदेव- कोई काम है, क्या ?

सावित्री- हां, परंतु पहले बैठ जाइए। (बाएं हाथ से इशारा करके) फिर आराम से बातें करेंगे।

इसके बाद दोनों लोग कक्ष में मौजूद कुर्सियों पर बैठ गए।

सूर्यदेव- कहिए, महारानी।

सावित्री- आज जो दरबार में हुआ, वह अच्छा नहीं हुआ। उसी को लेकर चिंतित हूं। अगर मुझे पता होता कि ऐसा नाटक होगा, तो मैं कभी यह सवाल नहीं उठाती कि दोनों कुमारों में से कौन राजा बनने योग्य है ?

सूर्यदेव- मुझे भी उम्मीद नहीं थी कि ऐसा कुछ होगा। लेकिन महारानी, झूठ को एक न एक दिन सत्य का सामना करना ही पड़ता है। अगर आज ऐसा न होता, तो कभी न कभी यह सब बातें सामने आ ही जाती। खैर, इन सब बातों को लेकर चिंता करने की कोई आवश्यकता नहीं है। मुझे लगता है कि अब वक्त आ गया है, कार्तिकेय के जन्म के रहस्य को उसे और प्रजा को बताने का, जिससे प्रजा के मन में उठ रहे संदेह समाप्त हो सकें।

सावित्री- मुझे इस बात को लेकर और भी अधिक चिंता हो रही है कि कहीं कार्तिकेय के जन्म का रहस्य सबके सामने न आ जाए। अगर यह बात सबके सामने आ गई कि वास्तव में कार्तिकेय महाराज का पुत्र है, तो हमें तारा के बारे में भी बताना पड़ेगा। इसके बाद महाराज पर सवाल उठने शुरू हो जाएंगे। मैं नहीं चाहती कि महाराज के निधन के बाद उन पर कोई उंगली उठाए।

सूर्यदेव- तब हमें क्या करना चाहिए ? क्या इस रहस्य को छुपाकर रखने से कार्तिकेय के साथ अन्याय नहीं होगा ?

सावित्री- मैं मानती हूं कि उसके साथ अन्याय हुआ है, लेकिन इसे छुपाने के अलावा कोई और रास्ता नहीं है। क्या आपको अच्छा लगेगा कि प्रजा महाराज पर ऐसे सवाल उठाए ?

सूर्यदेव- कदापि नहीं।

सावित्री- इसलिए आप मुझसे वादा करिए कि आप यह बात कार्तिकेय को नहीं बताएंगे।

सूर्यदेव- ठीक है, मैं आपसे वादा करता हूं कि जब तक आपकी इच्छा नहीं होगी, तब तक मैं इसके बारे में उसे कुछ नहीं बताऊंगा। लेकिन मेरी भी एक शर्त है, जो आपको माननी होगी।

सावित्री- वह क्या ?

सूर्यदेव- दोनों कुमारों में किसी भी प्रकार का भेदभाव नहीं होना चाहिए। जो प्रतिस्पर्धा में विजयी होगा, वही सिंहासन का उत्तराधिकारी होगा।

सावित्री- मुझे आपकी यह शर्त मंजूर है। एक बात और पूछनी है।"

सूर्यदेव- क्या ?

सावित्री- जयंत और भवानीशंकर की मौत के पीछे कौन है ? इसका सही-सही पता चला ?

सूर्यदेव- हां, इन सबके पीछे यशवंत का हाथ है। यह भी पता चला है कि उसने दारा के साथ संधि कर ली है। हमें हर वक्त सतर्क रहने की आवश्यकता है। वह कभी भी आक्रमण कर सकता है।

सावित्री- क्यों न उससे पहले हम चुनारगढ़ पर आक्रमण कर दें ?

सूर्यदेव- आपका सोचना ठीक है, पर ऐसा हम नहीं कर सकते।

सावित्री- क्यों ?

सूर्यदेव- क्योंकि हमारी सेना में कई सैनिक यशवंत के हैं। अगर हम चुनारगढ़ पर आक्रमण करें, तो वह इसी मौके का फायदा उठा सकते हैं। अगर ऐसा हुआ, तो हमारी सारी मेहनत पर पानी फिर जाएगा। जब तक इन सैनिकों का पता नहीं चल जाता, तब तक जैसे चल रहा है, चलने दीजिए।

सावित्री- ठीक है।

तभी वहां एक सैनिक आया। उसने दोनों को सिर झुकाकर प्रणाम किया और कहा, "महारानी, महल के अंदर हर जगह हमने खोज लिया, लेकिन कुमार कार्तिकेय का कहीं पता नहीं चला।

सावित्री- अजीब बात है, वह महल में नहीं है, तो फिर कहां हो सकता है ? तुम उसके कक्ष में गए थे ?

सैनिक- हां, वहां भी नहीं है।

सावित्री- ठीक है, अब तुम जाओ और कई लोगों को भेजकर पता लगाओ कि वह कहां है।

सैनिक- ठीक है।

इतना कहकर वह चला गया।

सावित्री- वह कहां जा सकता है ?

सूर्यदेव- आप चिंता मत करिए, मुझे मालूम है कि वह कहां गया होगा। आप आराम करें, मैं उसे लेकर शीघ्र ही आता हूं।

सावित्री- ठीक है, अब आप जाइए।

सूर्यदेव- हां।

इसके बाद सूर्यदेव वहां से उठकर चले गए।

सूर्यदेव जैसे ही महल से बाहर निकले, उनके मन में उथल-पुथल मच गई। सावित्री की बातें और वादे की गंभीरता उन्हें कचोट रही थी। वह जानते थे कि कार्तिकेय को उसके असली पिता के बारे में सच बताना कितना महत्वपूर्ण है, लेकिन सावित्री का आदेश और वादा उन्हें मजबूर कर रहा था। सूर्यदेव का मन नहीं मान रहा था कि वह इस रहस्य को अपने दिल में दबाए रखें।

2

सूर्यास्त हो चुका था और आकाश में गहराता अंधेरा रात का संकेत दे रहा था। पूरब दिशा में चंद्रमा का उदय हो रहा था, और उसकी शीतल चांदनी ने वातावरण को मोहक बना दिया था। चंद्रमा की आस में रात में खिलने वाली कलियां धीरे-धीरे अपनी पंखुड़ियों को खोल रही थीं। इसी समय, एक नौजवान गाल पर हाथ रखे गंगा के किनारे की सीढ़ियों पर चिंतित मुद्रा में बैठा हुआ था। गंगा का जलस्तर उफान पर था, और ठंडी हवाएं उसकी तन में सिहरन पैदा कर रही थीं। वह नौजवान और कोई नहीं, बल्कि इस कथा का मुख्य पात्र कार्तिकेय था, जो दरबार से सीधे यहां आ गया था। उसे वहां बैठे हुए घंटो हो चुका था। तभी कार्तिकेय ने महसूस किया कि किसी ने उसके बाएं कंधे पर हाथ रखा है। वह चौंककर पीछे मुड़ा तो देखा कि वह व्यक्ति कोई और नहीं, बल्कि उसके पिता तुल्य गुरुदेव सूर्यदेव थे।

कार्तिकेय- (चौंकते हुए) गुरुदेव, आप यहां आने का कष्ट क्यों किया ? खबर भिजवाते, तो मैं ही आ जाता।

सूर्यदेव- प्रहर भर से सैनिक तुम्हें खोज रहे हैं। कई जगहों पर खोजने के बाद बड़ी मुश्किल से तुम्हें पाया है। क्या तुम्हें याद है कि यहां कब से बैठे हो ? (कुछ

क्षण रुककर) महारानी तुम्हें लेकर बहुत चिंतित हैं, इसका तुम्हें तनिक भी आभास है ?

कार्तिकेय- मुझे यहां बैठे दो प्रहर से अधिक हो चुका होगा। चलिए, अब ऊपर चलते हैं।

सूर्यदेव- नहीं, (कहते हुए वहीं बैठ गए) यहां बैठकर तुम क्या सोच रहे थे ? मैं जान सकता हूं ?

कार्तिकेय- कुछ नहीं, बस गंगा की लहरों को देख रहा था।

सूर्यदेव- मुझसे झूठ मत बोलो। सच-सच बताओ, क्या सोच रहे थे ?

कार्तिकेय- मैं यह सोच रहा हूं कि जब मेरे माता-पिता ने मुझे गंगा में छोड़ा, काश उस वक्त लहरें आज की तरह तेज होती, तो मेरा जीवन उसी दिन समाप्त हो जाता। यदि ऐसा हुआ होता, तो शायद मुझे यह अपमानजनक दिन देखने को न मिलता।

सूर्यदेव- दरबार में जो हुआ, उसी को लेकर दुखी हो क्या ?

कार्तिकेय- नहीं गुरुदेव, सच तो सच ही होता है। उस बात को लेकर दुखी होने की कोई वजह नहीं है। बस दुख इस बात का है कि मेरे माता-पिता ने मुझे क्यों त्याग दिया ? उनकी क्या मजबूरी रही होगी ? ऐसा मेरे साथ क्यों हुआ ? काश, उन्होंने मुझे जन्म के बाद ही मार दिया होता, तो आज इतना बड़ा अपमान न सहना पड़ता। यही सब बातें सोच रहा था।

सूर्यदेव- (चिंतित होकर) अरे बाप रे ! इतना कुछ सोचकर बैठे हो ?

कार्तिकेय- (गहरी सांस लेते हुए) खैर, इन सब बातों को छोड़िए गुरुदेव, यह बताइए यहां आने का कोई विशेष कारण है ?

सूर्यदेव- हां, अब चलो मेरे साथ।

कार्तिकेय- आप जाइए, मैं कुछ देर बाद आऊंगा।

सूर्यदेव- नहीं, तुम्हें मेरे साथ चलना होगा। तुम्हें पता है कि तुम्हारे जाने के बाद दरबार में क्या हुआ ?

कार्तिकेय- नहीं, और जानकर क्या करूंगा ?

सूर्यदेव- पागल मत बनो।

कार्तिकेय- ठीक है, बताइए।

सूर्यदेव ने कार्तिकेय को दरबार में उसके चले जाने के बाद जो कुछ हुआ, वह विस्तार से बताया।

कार्तिकेय- मैं किसी भी हालत में इस प्रतियोगिता में भाग नहीं लूंगा।

सूर्यदेव- क्यों ?

कार्तिकेय- सिंहासन पर अधिकार वीर का होता है।
सूर्यदेव- यह कैसे ?
कार्तिकेय- क्योंकि एक राजा का पुत्र ही राजा बनता है।
सूर्यदेव- क्या सिंहासन पर अधिकार जन्म से निर्धारित होता है ?
कार्तिकेय- हां, गुरुदेव।
सूर्यदेव- मैं इस बात को नहीं मानता।
कार्तिकेय- क्यों ?
सूर्यदेव- क्योंकि अधिकार सामर्थ्य से सिद्ध होता है, जन्म से नहीं। मेरा मानना हैं कि अधिकार उन्हीं को मिलना चाहिए जो सामर्थ्यवान हों। इसलिए मैं चाहता हूं कि तुम इन बातों को भुलाकर प्रतियोगिता में भाग लो।
कार्तिकेय- ठीक है, लेकिन एक बात मेरे मन में है।
सूर्यदेव- क्या ?
कार्तिकेय- यदि मैं विजयी हुआ, तो क्या प्रजा मुझे राजा के रूप में स्वीकार करेगी ?
सूर्यदेव- हां, क्यों नहीं करेगी।
कार्तिकेय- ठीक है, तब मैं तैयार हूं।
सूर्यदेव- अब हमें यहां से चलना चाहिए, समय हो चुका है।
कार्तिकेय- हां, चलिए।

दोनों महल की ओर चल पड़े, और चंद्रमा की चांदनी में डूबे हुए गंगा के किनारे की शांति उनके पगों के नीचे से गुजर गई।

3

रात का दूसरा पहर बीत चुका था। उस समय वीर अपने कक्ष में पलंग पर सो रहा था। तभी एक सैनिक वहां आया और झुककर बोला, "युवराज, महामंत्री भैरव और उनके साले शंभू आपसे मिलने आए हैं। यदि आपकी आज्ञा हो तो उन्हें अंदर भेज दूं।"

यह सुनते ही वीर बैठ गया। उसने मन ही मन सोचा, "इतनी रात को आने की क्या वजह हो सकती है ?" और फिर स्पष्ट शब्दों में बोला, "ठीक है, उन्हें अंदर आने दो।"

सैनिक बाहर चला गया। कुछ ही देर बाद भैरव और शंभू अंदर आए और उनके बीच बातचीत शुरू हो गई।

वीर ने उठकर कहा, "आइए, आप लोग बैठिए।"

भैरव ने जवाब दिया, "हां।"

इसके बाद दोनों पलंग पर बैठ गए।

वीर- इस वक्त आने का कारण क्या है ?

शंभू- (मधुर स्वर में) महाराज, आपके दर्शन की इच्छा हुई तो चले आए।

वीर- मैं अभी राजा नहीं हूं, इसलिए कृपया मुझे 'महाराज' न कहें।

भैरव- लेकिन कुछ ही दिनों में आप महाराज कहलाएंगे।

वीर- अभी ऐसा कहना उचित नहीं है।

शंभू- क्यों नहीं ? इस सिंहासन पर आपका ही अधिकार है।

भैरव- मुझे पूरा विश्वास है, आप ही राजा बनेंगे।

वीर- मुझे सिंहासन का लालच नहीं है। वास्तव में, इस पर अधिकार कार्तिकेय का ही है।

भैरव ने पूछा, "वह कैसे ?"

वीर ने समझाया, "वह मुझसे बड़ा है और मैं उसे अपना बड़ा भाई मानता हूं।"

शंभू ने तीखे स्वर में कहा, "क्षमा चाहता हूं, परंतु आप किस अधिकार से कार्तिकेय को अपना बड़ा भाई मानते हैं ? वह तो आपके भाई भी नहीं है। सभी जानते हैं कि महारानी को कार्तिकेय गंगा जी में मिला था, इसलिए सिंहासन पर आपका अधिकार है। आगे आपकी मर्जी जैसी उचित लगे, वैसा कीजिए।"

भैरव ने समर्थन करते हुए कहा, "शंभू की बात सही प्रतीत हो रही है। आपके पिता महाराज दिग्विजय सिंह हैं। कार्तिकेय के माता-पिता का कोई पता नहीं है, कौन जाने वह किस कुल या जाति का है। आप एक बार इन सब बातों पर विचार जरूर करें। कहीं ऐसा न हो कि..."

वीर ने बीच में टोकते हुए कहा, "क्या ऐसा न हो ? आप अपनी बात पूरी कहिए।"

भैरव ने जवाब दिया, "नहीं, छोड़िए। मैं बहुत गलत सोच रहा हूं। ऐसा कभी नहीं होगा।"

वीर ने जोर देते हुए कहा, "आप जो कहना चाहते हैं, उसे स्पष्ट कहिए। बातों को घुमाइए मत।"

भैरव ने गंभीरता से कहा, "कई बार ऐसा सुनने में आया है कि राजा बनने के बाद लोग अपने भाइयों को जान से मरवा डालते हैं, ताकि उनका राज्य सुरक्षित रहे। कहीं ऐसा न हो कि कार्तिकेय राजा बनने के बाद आपको और महारानी को जान से मरवा डाले, ताकि वह स्वतंत्र होकर राज्य चला सके।"

शंभू ने भी समर्थन किया, "अगर उसे सत्ता का लालच नहीं होता, तो वह दरबार छोड़कर क्यों जाता ? आपको मानना ही होगा कि कार्तिकेय को सत्ता का लालच है।"

वीर कुछ देर सोचने के बाद बोला, "ओह ! मैंने तो कभी इस बारे में सोचा ही नहीं। अब मुझे क्या करना चाहिए ?"

शंभू ने तीखे स्वर में कहा, "जिस प्रकार एक म्यान में दो तलवारें नहीं रह सकतीं, उसी प्रकार एक राज्य में दो राजा नहीं रह सकते।"

वीर- तुम्हारा मतलब ?

शंभू- मेरा मतलब है कि कार्तिकेय को जान से मरवा डालिए, ताकि न रहेगा बांस, न बजेगी बांसुरी।"

यह सुनते ही वीर का चेहरा गुस्से से लाल हो गया और उसने कड़ी आवाज में कहा, "तुम अपनी जुबान संभाल कर बात करो, नहीं तो मैं तुम्हारी जुबान खींचकर बाहर निकाल लूंगा। तुम सोच भी कैसे सकते हो कि मैं ऐसा कार्य कर सकता हूं ?"

भैरव ने नम्र स्वर में कहा, "युवराज, आप शांत हो जाइए। यह तो आपके भले के लिए कहा था।"

वीर ने कहा, "ठीक है, आपका साला है, इसलिए छोड़ दे रहा हूं। अगर किसी और ने ऐसा कहा होता, तो आज उसका जीवन का अंतिम दिन होता। इसे अब मेरी नजरों से दूर ले जाइए और समझा दीजिए कि आगे कभी जुबान से ऐसा शब्द न निकाले, नहीं तो इसके स्वास्थ्य के लिए अच्छा नहीं होगा।"

भैरव ने कहा, "मैं इसे समझा दूंगा। अब यह दुबारा ऐसी गलती नहीं करेगा। अब हम चलते हैं।"

वीर ने अनुमति दी, "हां, जाइए।"

इसके बाद भैरव और शंभू वहां से निकलकर अपने कक्ष की ओर रवाना हो गए। दोनों के कक्ष पास ही में थे, इसलिए चलते-चलते वे आपस में बातें करने लगे।

भैरव- अगर मैं सही वक्त पर न रोकता, तो वह तुम्हारी जान ले लेता।

शंभू- हां, मैंने सोचा नहीं था कि वह मेरे ऊपर इतना क्रोधित हो जाएगा। नहीं तो कदाचित मैं ऐसा न कहता।

भैरव ने मुस्कुराते हुए कहा, "खैर, अब चिंता की कोई बात नहीं है। जो हुआ, सो अच्छा हुआ।"

शंभू ने सहमति जताई, "हां, जिस उद्देश्य से हम उसके पास गए थे, वह सफल रहा।"

भैरव- हां, मुझे पूरा विश्वास है कि जो हमने उसके दिल में कार्तिकेय के प्रति चिराग जलाई है, वह एक दिन अवश्य ज्वाला बनकर फूटेगी।

शंभू- अगर हम किसी तरह दोनों में बैर उत्पन्न कर दें, तो हमारा काम और भी आसान हो जाएगा।

इसी प्रकार की बातें करते हुए दोनों अपने कक्ष की ओर बढ़ते गए।

4

कुछ दिनों बाद, सूर्योदय के बाद भी एक लंबा वक्त बीत चुका था। हालांकि, सूरज की किरणों का अभी तक धरती पर कोई अता-पता नहीं था। आसमान में घने बादलों ने सूर्य को पूरी तरह से ढक रखा था, मानो सूरज को अपनी चमक बिखेरने का अवसर ही न मिल रहा हो। वातावरण में उमस बढ़ रही थी, और ऐसा प्रतीत हो रहा था कि किसी भी क्षण मूसलधार बारिश हो सकती है। लेकिन, मंत्रणा कक्ष के भीतर की हलचल इन बाहरी परिवर्तनों से बेपरवाह चल रही थी।

इस कक्ष में महारानी सावित्री, सूर्यदेव, कार्तिकेय, वीर, भैरव और शंभू उपस्थित थे। यह सभी लोग एक बड़ी मेज के चारों ओर खड़े थे, जिस पर एक विस्तृत नक्शा फैला हुआ था। नक्शा किसी अंडे के आकार का बना हुआ था, जिसमें युद्ध क्षेत्र और किले की संरचना का विस्तार से वर्णन किया गया था।

भैरव नक्शे पर अपनी उंगली घुमाते हुए विस्तार से बता रहे थे, "महारानी, यहां पर (नक्शा के शीर्ष पर) आपका सिंहासन होगा। इसके ठीक नीचे दोनों तरफ राजसी सिंहासन होंगे, जहां पर अतिथि और दरबार के सदस्य बैठेंगे।" उन्होंने नक्शे के निचले हिस्से की ओर इशारा करते हुए कहा, "यहां पर एक विशाल फाटक होगा, जो युद्ध क्षेत्र में प्रवेश का मुख्य द्वार होगा। यह इतना विशाल होगा कि राज्य के आधे से अधिक लोग आराम से दोनों कुमारों का द्वंद देख सकेंगे।"

महारानी सावित्री ने नक्शे को ध्यानपूर्वक देखते हुए कहा, "अद्भुत ! यह संरचना कब तक तैयार हो जाएगी ?"

भैरव- महारानी, इसे पूर्ण रूप से तैयार होने में एक माह का समय लगेगा।

महारानी ने सूर्यदेव की ओर मुड़ते हुए पूछा, "आपको यह नक्सा कैसा लगा ?"

सूर्यदेव ने धीरे से मुस्कुराते हुए कहा, "मुझे यह अच्छा लगा रहा है। इस बहाने प्रजा भी दोनों कुमारों का द्वंद्व देख सकेगी और उनकी शक्ति का प्रदर्शन होगा।"

महारानी सावित्री ने दोनों कुमारों की ओर देखते हुए कहा, "अगर तुम दोनों को इस बारे में कुछ कहना हो, तो निःसंकोच कह सकते हो।"

कार्तिकेय और वीर ने एक साथ सिर झुकाकर कहा, "नहीं, महारानी। हमें कुछ नहीं कहना।"

महारानी सावित्री ने सूर्यदेव की ओर गंभीरता से देखते हुए कहा, "इस प्रतियोगिता के बाद चुनारगढ़ पर आक्रमण किया जाएगा।"

सूर्यदेव ने संक्षेप में उत्तर दिया, "ठीक है, जैसी आपकी इच्छा।"

सूर्यदेव के उत्तर के साथ ही भैरव और शंभू की पेशानी पर पसीने की बूंदें उभर आईं। उनकी बेचैनी साफ दिख रही थी। महारानी सावित्री की आंखों में एक दृढ़ता और संकल्प था, जिसे देख कर भैरव और शंभू समझ गए कि अब वापसी का कोई रास्ता नहीं है।

महारानी ने कठोरता से कहा, "अब आप लोग जा सकते हैं।"

इसके बाद सभी लोग चुपचाप कक्ष से बाहर निकल गए। बाहर निकलते हुए भैरव और शंभू के मन में एक अजीब-सी बेचैनी और डर था।

5

शाम होने में प्रहर भर की देर थी। भैरव और उसकी पत्नी अंबिका अपने कक्ष में पलंग पर लेटे हुए थे। भैरव का चेहरा चिंता और तनाव में डूबा हुआ प्रतीत हो रहा था, जैसे कि वह किसी गहरे विचार में खो गया हो।

अंबिका- (चिंतित स्वर में) आप घंटों से क्या सोच रहे हैं, स्वामी ? कुछ पूछने पर भी जवाब नहीं दे रहे हैं। क्या कुछ हुआ है ? आप जब यहां से गए थे, तो बहुत खुश थे, लेकिन वापस आते ही चेहरे की सारी खुशी लुप्त हो गई। महारानी ने कुछ कहा है या किसी और ने ? आप इस प्रकार मौन क्यों हैं ? कुछ तो कहिए, क्या हुआ ? (भैरव कुछ देर तक चुप रहता है, उसकी चिंता और बढ़ जाती है।) जब तक आप बोलेंगे नहीं, तब तक मुझे मालूम कैसे चलेगा कि क्या हुआ है ?

भैरव- (धीमे स्वर में, जैसे स्वयं से बातें कर रहा हो) क्या तुम्हें मैं बताऊं ? सारी मेहनत पर पानी फिरता हुआ दिख रहा है।

अंबिका- (और अधिक चिंतित) क्या हुआ, बताएंगे भी ?

भैरव- (गहरी सांस लेते हुए) महारानी ने कहा है कि प्रतिस्पर्धा के बाद चुनारगढ़ पर आक्रमण किया जाएगा।

अंबिका- (आश्वस्त करते हुए) यह तो एक न एक दिन होना ही था, इसमें इतना चिंता करने की क्या बात है ?

भैरव- (आवाज में निराशा) अगर इस युद्ध में यशवंत की पराजय हुई तो मैं कभी जीवन में राजा नहीं बन सकता।

अंबिका- (समझाने की कोशिश करती हुई) हां, लेकिन क्या ऐसा नहीं हो सकता कि इस युद्ध में यशवंत की जीत हो ? आप तो कल ही बता रहे थे कि मिर्जापुर के राजा दारा अपनी पूरी सेना के साथ यशवंत की सहायता करने के लिए तैयार हो गए हैं।

भैरव- (मलिन स्वर में) हां, शंभू के पास आए पत्र में ऐसा ही लिखा था, लेकिन...

अंबिका- (उत्सुकता से) लेकिन क्या ?

भैरव- जिस सेना में सूर्यदेव, दोनों कुमार, और रुद्र जैसे चार शक्तिशाली योद्धा हों, जो अकेले ही सैकड़ों सैनिकों को परास्त करने की क्षमता रखते हों, उनके सामने जीतना बहुत ही मुश्किल है।

अंबिका- (सोचते हुए) तब क्या किया जाए ?

भैरव- (संशय में) मैं सोच रहा हूं, क्यों न यहां से चोरी-छुपे निकलकर किसी दूसरे राज्य में चले जाएं।

अंबिका- (आश्चर्यचकित) तब किस राज्य में चला जाए ?

भैरव- (उलझन में) मैं वहीं सोच रहा हूं।

अंबिका- (धैर्यपूर्वक) ठीक है, आप सोचिए। तब तक मैं आपके लिए मदिरा लाती हूं।

भैरव- (अचानक) मत लाओ, आज पीने की इच्छा नहीं है।

अंबिका- (मुस्कुराते हुए) क्यों नहीं है ? मैं लेकर आ रही हूं, आज आपके साथ मैं भी पियूंगी, देखूंगी इसका स्वाद कैसा होता है। (इतना कहकर अंबिका उठकर आलमारी से मदिरा का पात्र और गिलास लेकर आई।) फिर हल्केपन से कहा, "अब आप बैठ जाइए।"

भैरव- (अधीनता से) ठीक है।

उसी समय, शंभू वहां आ गया। वह बहुत घबराया हुआ था, और उसके माथे से पसीना टपक रहा था। उसका यह हालत देखकर भैरव और अंबिका दोनों डर गए।

शंभू- (लड़खड़ाते स्वर में) आप यहां बैठकर मदिरा पी रहे हैं, और जानते हैं कितना बड़ा अनर्थ हो गया है ?

भैरव- (चौंककर) अरे ! बताओ तो सही, क्या हुआ ? तुम इतने डरे हुए क्यों हो ?

शंभू- (घबराहट में) अगर आपने यह खबर सुनी होती, तो आपका भी यही हाल होता।

अंबिका- (उत्सुकता से) कौन-सी खबर ?

शंभू- सूर्यदेव ने हमारे साथ आए आधे सैनिकों को बंदी बनाकर कारागार में डाल दिया है।

भैरव यह सुनते ही घबराकर उठ गया।

भैरव- (चौंकते हुए) क्या तुम जो कह रहे हो, वह सच है ?

शंभू- (दृढ़ता से) हां, अब हमारा यहां रहना सुरक्षित नहीं है। किसी तरह आज रात को पिता जी और विराट को यहां से निकालना होगा।

भैरव- (हताश स्वर में) अब यह संभव नहीं है।
शंभू- (आश्चर्य से) क्यों ?
भैरव- (गंभीर स्वर में) क्योंकि सूर्यदेव की नजर हमेशा कारागार पर रहती है, अगर रात के वक्त वहां गए तो आसानी से पकड़े जाएंगे। क्या इस बात की जानकारी महाराज यशवंत को भेजी ?
शंभू- हां, मैंने उसे आज रात को आक्रमण करने के लिए कहा है।
अंबिका- (चिंतित स्वर में) कहीं ऐसा न हो कि डर के मारे सैनिक सच बता दें।

तभी, वहां एक सैनिक आया और अदब से झुककर बोला, "बाहर कुमार वीर आए हैं, वह आपसे मिलना चाहते हैं।"

शंभू- (लड़खड़ाते स्वर में) उनके साथ कितने लोग हैं ?
सैनिक- (शांत स्वर में) वह अकेले ही हैं।
भैरव- (गंभीरता से) ठीक है, उन्हें भेज दो।

इसके बाद सैनिक चला गया।

अंबिका- (संदेह भरे स्वर में) कहीं ऐसा न हो कि उसे हमारे बारे में पता चल गया हो।
शंभू- (सोचते हुए) अगर ऐसा होता तो वह अपने साथ कई सैनिकों को लेकर आता।
भैरव- (सहमत होते हुए) हां, (अंबिका से) अब तुम यहां से जाओ, और बेगम के यहां से आई लड़कियों को उनके कामों के बारे में समझा दो।
अंबिका- (सहजता से) ठीक है।
इसके बाद अंबिका वहां से चली गयी। कुछ देर बाद वीर वहां पर आ गया।
भैरव- (खड़े होकर, स्वागत करते हुए) आइए कुमार, कहिए कैसे आना हुआ ?
वीर- (मुस्कुराते हुए) क्यों नहीं आ सकता ?
भैरव- क्यों नहीं, मेरे कहने का मतलब यह है कि आप यहां आने का कष्ट क्यों किए ? खबर भेजवाते, मैं ही चला आता।
वीर- (हंसते हुए) बस इधर से गुजर रहा था, तो आपकी याद आ गई। सोचा, क्यों न आपसे मिलकर जाऊं ?
भैरव- ठीक है, आइए पहले बैठिए। फिर आराम से बातें करते हैं।
वीर- (स्वीकृति देते हुए) हां।

इसके बाद भैरव, वीर और शंभू तीनों पलंग पर बैठ गए। फिर उनमें बातें होने लगीं।

वीर- (शंभू की तरफ देखकर, मुस्कुराते हुए) आज तुम इतने शांत क्यों हो ? उस दिन तो बहुत महाराज कहकर संबोधित कर रहे थे। (पलंग पर रखी मदिरा के पात्र को देखकर) इस पात्र में क्या है ?

शंभू- (विनम्रता से) इसमें मदिरा है, कुमार।

वीर- (दिलचस्पी दिखाते हुए) अच्छा।

शंभू- उस दिन मुझसे गलती हो गई, मुझे ऐसा नहीं बोलना चाहिए था।

वीर- उस दिन आप दोनों के जाने के बाद, मैंने इन सब बातों पर विचार किया। जो भी आप दोनों ने कहा था, उसमें हर तरफ से मेरा ही लाभ है। (शंभू से) अब तुम महाराज कहना शुरू कर दो। मैं राजा बनने के पश्चात तुम्हें अपने साथ रखूंगा।

भैरव- (संदेह में) पर कुमार...

वीर- (भैरव की बात काटते हुए) मैं समझ गया कि आप क्या कहना चाह रहे हैं?

भैरव- (उत्सुकता से) क्या ?

वीर- यही कि प्रतिस्पर्धा से पहले ही, मैं कैसे राजा बनने को कह सकता हूं ?

भैरव- हां, शर्त तो यही है।

वीर- (बातों को काटकर) मुझे स्पर्धा की शर्तें भली-भांति याद हैं।

शंभू- युद्ध से पहले, युद्ध का परिणाम कोई नहीं जान सकता। हमारे शास्त्रों में भी कहा गया है कि अपने प्रतिद्वंदी को कभी कमजोर नहीं समझना चाहिए। यदि कोई ऐसा सोचता है, तो वह मूर्खता पूर्ण कार्य कर रहा है। मेरा मानना है कि आप ऐसी गलती न करें।

वीर- खैर, मैं तुम्हारे इस संदेह को अभी खत्म कर देता हूं। आज दोपहर गुरुदेव के सामने, मेरे और कार्तिकेय के बीच अभ्यास के रूप में युद्ध हुआ। जानते हो, उसका परिणाम क्या निकला ?

शंभू- (मन में चिंतन करते हुए) हां, आप कार्तिकेय को परास्त कर चुके हैं।

वीर- (मुस्कुराते हुए) तुम सही कह रहे हो। अब तुम 'महाराज' कहने की आदत डाल लो।

शंभू- (सहमति में सिर हिलाते हुए) ठीक है।

वीर- (मदिरा के पात्र को देखते हुए) खैर, इन सब बातों को छोड़ो। आज मैं भी मदिरा का सेवन करूंगा।

शंभू- (आश्चर्यचकित होते हुए) आपने कभी मदिरा का सेवन किया है ?

वीर- नहीं, आज तक तो मैंने इसे स्पर्श भी नहीं किया। सेवन की बात तो दूर है।

शंभू- (हंसी में) अच्छा, तो फिर आपको अवश्य ही मदिरा का स्वाद लेना चाहिए।

इसके बाद शंभू ने तीन गिलासों में मदिरा डाली और सभी ने एक-एक गिलास उठा लिया।

वीर- (पहला घूंट लेते हुए) इसका स्वाद तो बहुत कड़वा है !

शंभू- (मुस्कुराते हुए) महाराज, अब आपको पीने की आदत डालनी पड़ेगी। इससे हमारा और आपका मेल-जोल और बढ़ेगा।

भैरव- (कुछ देर बाद वीर से) बस करिए, कुमार। आपने बहुत पी लिया। नहीं तो अब नशा चढ़ जाएगा।

वीर- (नशे में आते हुए) चढ़ने दीजिए, महामंत्री ! कौन-सा रात में युद्ध करने जाना है। अब मैं जा रहा हूं।

इतना कहकर वीर उठकर चल दिए। लेकिन दो कदम चलने के बाद ही वह लड़खड़ाकर गिर पड़े। इसके बाद भैरव और शंभू ने मिलकर उन्हें उठाया।

भैरव- आप ठीक तो हैं ?

वीर- हां, मैं ठीक हूं।

शंभू- चलिए, मैं आपको आपके कक्ष तक छोड़ देता हूं।

वीर- नहीं, मैं खुद चला जाऊंगा। आप दोनों आराम करें।

शंभू- ठीक है।

इसके बाद वीर वहां से चले गए।

भैरव- यह तो अब रात भर नशे में रहेगा।

शंभू- हां, लगता तो ऐसा ही है।

इसके बाद भैरव और शंभू के बीच कई घंटे तक बातें होती रहीं, लेकिन उन बातों को यहां पर लिखना उचित नहीं है। आगे चलकर आपको खुद ही मालूम हो जाएगा कि उन्होंने क्या चर्चा की।

6

चारों तरफ अंधेरा अपना वर्चस्व जमा चुका था। घने काले बादलों ने आसमान को पूरी तरह से ढक लिया था। बिजली कड़कने की आवाज़ के साथ ही तेज़ हवाएं भी चलने लगी थीं। जानवरों के साथ-साथ इंसान भी अपना छुपने का स्थान खोज रहे थे। ऐसे माहौल में, एक ऊंचे टीले पर यशवंत, तेजप्रताप, अहमद, शेरअली और दारा बैठकर चिंतित मुद्रा में वार्तालाप कर रहे थे।

यशवंत- (आसमान की ओर देखते हुए) लगता है, बारिश कभी भी शुरू हो सकती है।

तेजप्रताप- हवा भी बहुत तेज़ हो रही है।

शेरअली- हमारी सेना भी घंटे भर में यहां पहुंच जाएगी।

अहमद- शंभू का जो पत्र आया है, उसमें लिखा है कि आज रात को हमला करना है, लेकिन हमारे कुछ सैनिकों को सूर्यदेव ने कारागार में डाल दिया है।

शेरअली- अगर मौसम ऐसा ही रहा तो बड़ी मुसीबत खड़ी हो सकती है। हमें जल्दी से कोई उपाय खोजना होगा ताकि सैनिकों को भीगने से बचाया जा सके।

दारा- मेरे पास एक उपाय है। अगर ऐसा किया जाए तो शायद हमारे सैनिकों को भीगने से बचाया जा सकता है।

यशवंत- वह कैसे ?

दारा- हम अपने सैनिकों को अहरौरा के घने जंगल में छुपा सकते हैं।

यशवंत- हां, यही सबसे बेहतर होगा।

उसी वक्त, एक सैनिक तेज़ी से घोड़े पर सवार होकर वहां पहुंचा। घोड़ा और सैनिक, दोनों ही हांफ रहे थे। सैनिक घोड़े से उतरकर सभी को प्रणाम करता है और तेजप्रताप की ओर मुड़कर कहता है, "यह पत्र आपकी माताजी ने आपको भेजा है। उन्होंने कहा है कि इसे पढ़ने के बाद आप तुरंत वापस लौट आएं।"

पत्र पढ़ते ही तेजप्रताप की आंखों से आंसू बहने लगे। यह देखकर सभी चिंतित हो गए।

यशवंत- (चिंतित स्वर में) इसमें क्या लिखा है ?

तेजप्रताप- (आंसू पोंछते हुए) किसी ने चोरी से महल में घुसकर रात में मेरे पिताजी की हत्या कर दी है।

यशवंत- यह तो बहुत दुखद समाचार है।

दारा- ऐसा किसने किया होगा ?

अहमद- मुझे लगता है कि महाराज उदय सिंह का कोई करीबी रिश्तेदार या विश्वासपात्र ही होगा।

तेजप्रताप- हां, मुझे भी ऐसा ही लगता है। खैर, अब मैं वापस जा रहा हूं और अपने साथ सेनापति शेरअली को भी ले जाना चाहता हूं।

यशवंत- ठीक है, शेरअली को साथ ले जाओ।

शेरअली- (तेजप्रताप से) मैं क्षमा चाहता हूं, परंतु मैं आपके साथ नहीं जा सकता।

यशवंत- ऐसा क्यों कह रहे हो ? क्या तुम्हें जाने में डर लग रहा है ?

शेरअली- नहीं, मुझे किसी भी प्रकार का भय नहीं है, लेकिन मैं यहां रहकर युद्ध में भाग लेना चाहता हूं। आप मेरे स्थान पर किसी और को साथ ले जाइए।

तेजप्रताप- (गंभीर स्वर में) कोई बात नहीं, मैं अकेला ही चला जाऊंगा।

यशवंत- नहीं, मैं तुम्हारे साथ चलूंगा।

तेजप्रताप- नहीं, तुम्हारा यहां रहना बहुत जरूरी है।

अहमद- आप महाराज (यशवंत) को साथ ले जाइए। यहां की चिंता मत करिए। मैं, शेरअली और दारा हैं यहां संभालने के लिए।

दारा- हां, आप दोनों लोग जाइए।

तेजप्रताप- ठीक है।

तेजप्रताप और यशवंत वहां से निकल जाते हैं।

अब, तेजप्रताप और यशवंत घोड़ों पर सवार होकर महल की ओर तेजी से बढ़ने लगे। रास्ते में तेजप्रताप को अपने पिता के साथ बिताए हुए कई क्षण याद आने लगे। कैसे उनके पिता ने उन्हें युद्ध की कला सिखाई थी, और कैसे उन्हें सिखाया था कि जीवन में सबसे बड़ा धर्म कर्तव्य होता है।

तेजप्रताप- (मन ही मन) पिता जी, मैं आपकी मौत का बदला जरूर लूंगा। चाहे इसके लिए मुझे कुछ भी करना पड़े।

यशवंत, तेजप्रताप की मनःस्थिति को समझ रहे थे। वे जानते थे कि इस समय तेजप्रताप को सांत्वना देना बेकार है। उन्होंने निर्णय लिया कि वे तेजप्रताप के साथ रहकर उनकी हर संभव प्रयास करेगें।

7

रात का घंटे भर से अधिक बीत चुकी थी, और अंधकार के साथ घना सन्नाटा छाया हुआ था। इस गहरे सन्नाटे को केवल कारागार में कैद सैनिकों की कराहें और कोड़े की आवाजें भंग कर रही थीं। सूर्यदेव और कार्तिकेय बंदी सैनिकों से पूछताछ कर रहे थे। कार्तिकेय के हाथ में चमड़े का कोड़ा था और उनका चेहरा गुस्से से तमतमाया हुआ था।

"सही-सही बता दो, तुम्हारे साथ और कितने लोग हैं ? तुम लोग हमारी सेना में कैसे शामिल हुए ? इसके पीछे किसका हाथ है?" कार्तिकेय गरजते हुए बोला।

पहला कैदी, जिसका चेहरा जिद और साहस से भरा हुआ था, बोला, "भले ही तुम मेरी जान ले लो, पर मैं कुछ बताने वाला नहीं हूं।"

दूसरा कैदी भी अपनी दृढ़ता को बनाए रखते हुए बोला, "भले ही तुम कितना भी मार लो, तुम्हारी इच्छा पूरी नहीं हो सकती।"

कार्तिकेय का गुस्सा चरम पर पहुंच गया। उसका चेहरा क्रोध से लाल हो गया, और वह बिना एक पल गवाएं कैदियों पर कोड़े बरसाने लगा। वह चीखते हुए बोला, "तुम सभी से प्रेम से पूछा जा रहा है, लेकिन तुम्हें यह भाषा समझ में नहीं आ रही है।"

तीसरे कैदी ने कराहते हुए कहा, "हमें अपनी जान की परवाह नहीं है। जो करना है, कर लो।"

चौथा कैदी भी कुछ कम जिद्दी नहीं था। उसने चिढ़ाते हुए कहा, "तुम्हारे इस मार के डर से, हम कुछ बताने वाले नहीं हैं।"

पांचवा कैदी, जो सबसे मजबूत दिखता था, उसने भी अपने साथियों की हिम्मत को बल देते हुए कहा, "तुम्हें हमारे साथ जो करना है, कर सकते हो, परंतु सच्चाई नहीं जान सकते।"

कार्तिकेय और भी जोर से कोड़े बरसाने लगा, पर किसी भी कैदी ने एक शब्द भी नहीं उगला। उनके मुंह से केवल चीखें निकल रही थीं, लेकिन उनके होंठ सील गए थे। यह देखकर सूर्यदेव का धैर्य टूट गया। उन्होंने कार्तिकेय का हाथ पकड़ लिया और बोले, "अपने गुस्से पर काबू रखो। यह सब कुछ बताने वाले नहीं हैं, अब रहने दो।"

कार्तिकेय ने अपनी लाल आंखों से सूर्यदेव की ओर देखा और कहा, "गुरुदेव, आप बीच में मत आइए। देखिए, मैं इन लोगों से कैसे कबूलवाता हूं। मुझे छोड़िए बस।"

सूर्यदेव ने ऊंचे स्वर में कहा, "पागल मत बन जाओ। ये कुछ नहीं बताएंगे। अब यहां से चलो।"

कार्तिकेय ने क्रोध भरी आवाज में कहा, "इस वक्त तो मैं जा रहा हूं, परंतु कल फिर से आऊंगा। अगर बता दोगे तो ठीक, नहीं तो तुम्हारी जान नहीं बख्शूंगा। तब तक तुम लोग आराम कर लो।"

इसके बाद सूर्यदेव और कार्तिकेय वहां से निकलकर महल की तरफ रवाना हो गए। रास्ते में कार्तिकेय ने नाराजगी भरे स्वर में कहा, "गुरुदेव, आप व्यर्थ ही में रोक लिए नहीं तो, बिना कबूलवाए नहीं छोड़ता।"

सूर्यदेव ने संयम से उत्तर दिया, "वह लोग कुछ बताने वाले नहीं हैं।"

कार्तिकेय ने सोचा और फिर बोला, "क्या उन लोगों को इसी तरह छोड़ दिया जाए ?"

सूर्यदेव ने गंभीर स्वर में कहा, "कदापि नहीं। उन लोगों की मौत तो निश्चित है, परंतु उससे पहले यह पता लगाना होगा कि उनके साथी अभी कितने यहां पर हैं।"

कार्तिकेय- अर्थात हमें और भी सतर्क रहने की जरूरत है।

सूर्यदेव ने स्वीकृति में सिर हिलाया, "हां।"

फिर कुछ पल सोचने के बाद कार्तिकेय ने कहा, "कई दिनों से एक बात सोच रहा हूं, इजाजत हो तो कहूं।"

सूर्यदेव ने हल्के से मुस्कुराते हुए कहा, "हां कहो, ऐसी कौन-सी बात है, जो तुम्हें इजाजत लेनी पड़ रही है।"

कार्तिकेय- क्यों न रुद्र को यहां पर बुला लिया जाए ?

सूर्यदेव ने थोड़ी चिंता जताई, "मैं भी इसके बारे में एक दिन सोच रहा था। परंतु कहीं रुद्र को यहां आ जाने से वहां की स्थिति बिगड़ न जाए।"

कार्तिकेय ने उत्तर दिया, "हां, पर..."

सूर्यदेव ने उसकी बात काटते हुए पूछा, "पर क्या ?"

कार्तिकेय ने सुझाव दिया, "क्यों न दादी मां को भी यहां पर बुला लिया जाए ?"

सूर्यदेव ने ठंडी सांस भरते हुए कहा, "काश ऐसा हो पाता कि वह यहां आने के लिए तैयार हो जाएं।"

कार्तिकेय ने उत्साह से कहा, "कुछ दिनों के लिए तो तैयार हो ही सकती हैं। जब यहां का माहौल शांत हो जाएगा, उसके बाद वह वापस चली जाएंगी।"

सूर्यदेव ने हामी भरते हुए कहा, "ठीक है, कल सुबह चले जाना। क्या पता तुम्हारी बात मान जाएं ?"

कार्तिकेय ने आत्मविश्वास से कहा, "आप देखिएगा मैं कैसे दादी मां को मना कर लाता हूं।"

सूर्यदेव ने मुस्कुराते हुए कहा, "अच्छा।"

उसी समय एक सैनिक आया और झुक कर कहा, "फाटक के बाहर एक व्यक्ति आया है, जो आप लोगों से मिलना चाहता है।"

कार्तिकेय ने थोड़े चिढ़ते हुए कहा, "उसे कह दो कल सुबह आए।"

सैनिक- मैंने उससे कई बार कहा है कि इस वक्त चले जाओ। कल सुबह दरबार में आना । परंतु वह जाने के लिए तैयार ही नहीं है।"

कार्तिकेय ने हैरानी से पूछा, "ऐसा क्यों ?"

सैनिक ने चिंता जताते हुए कहा, "क्योंकि वह कह रहा है कि अगर आप लोगों से उसकी मुलाकात नहीं हुई तो आज रात को बहुत बड़ा संकट आने वाला है।"

सूर्यदेव ने स्थिति की गंभीरता को समझते हुए कहा, "ठीक है, उसे महारानी के कक्ष में ले आओ। हम वहीं पर चल रहे हैं।"

सैनिक ने सिर झुकाकर उत्तर दिया, "ठीक है, मैं उसको लेकर आ रहा हूं।"

इसके बाद सैनिक वहां से चला गया। फिर दोनों लोग महारानी के कक्ष की तरफ रवाना हो गए।

कार्तिकेय ने संदेह भरे स्वर में कहा, "कौन-सी ऐसी बात हो सकती है ?"

सूर्यदेव ने सोचते हुए कहा, "मैं भी यही सोच रहा हूं।"

कार्तिकेय ने चिंता जताते हुए कहा, "कहीं ऐसा न हो कि वह कैदियों से जुड़ी हुई बात लेकर आया हो।"

सूर्यदेव ने सिर हिलाते हुए कहा, "हो सकता है। खैर, शीघ्र ही उसका पता चल जाएगा।"

दोनों इसी प्रकार की बातें करते हुए महारानी के कक्ष तक पहुंचे। बाहर पहरा देने वाले सैनिक से कार्तिकेय ने कहा, "जाकर मां से कह दो कि मैं और गुरुदेव आए हैं।"

सैनिक ने आदेश का पालन करते हुए कहा, "ठीक है।"

कुछ देर बाद वह बाहर आया और दोनों को अंदर जाने का इशारा किया। अंदर जाने पर उन्होंने देखा कि महारानी सावित्री झरोखे के पास खड़ी होकर आसमान की ओर देख रही थीं।

कार्तिकेय- मां, क्या देख रही हैं ?

सावित्री ने धीमे स्वर में कहा, "कुछ नहीं, नींद नहीं आ रही थी तो यहां पर आकर खड़ी हो गई।"

कार्तिकेय- अच्छा।

सावित्री ने आसमान की ओर देखते हुए कहा, "लगता है बारिश होने वाली है।"

सूर्यदेव ने सहमति में सिर हिलाते हुए कहा, "हां।"

सावित्री ने बातचीत का विषय बदलते हुए पूछा, "उन लोगों ने कुछ बताया ?"

कार्तिकेय ने कठोर स्वर में कहा, "नहीं, परंतु सुबह तक का समय दिया है। अगर कुछ नहीं बताए तो मैं उन सभी के प्राण ले लूंगा।"

सावित्री ने आदेशात्मक स्वर में कहा, "जैसा उचित लगे वैसा व्यवहार करो उन लोगों के साथ, पर सच्चाई जान लो कि उनका कौन साथ दे रहा है।"

तभी सैनिक उस व्यक्ति को लेकर आया। सावित्री ने उसकी ओर देखते हुए पूछा, "यह कौन है ?"

उस व्यक्ति ने झुककर उत्तर दिया, "महारानी, मेरा नाम हीरा है, मैं एक ग्वाला हूं। मैं प्रतिदिन भैंसों को चराने के लिए अहरौरा के जंगल में ले जाता हूं। आज जब मैं शाम के वक्त उनको लेकर वापस आ रहा था, तभी अचानक बिजली कड़कने की जोरदार आवाज सुनाई दी। जिसकी वजह से भैंसें इधर-उधर भागने लगीं। किसी तरह मैं उनको लेकर डेरे पर पहुंचा।"

सावित्री- अच्छा, तब आगे क्या हुआ ?

हीरा- उसके बाद मुझे पता चला कि एक भैंस का बच्चा (पाड़ा) जंगल में ही छूट गया। तब मैं फिर से जंगल में उसे खोजने के लिए गया। जब मैं वहां पर पहुंचा, तो देखा कि जगह-जगह सैनिक हथियार लेकर छुपे हुए हैं। यह देखकर मैं डर गया और सीधा यहां पर चला आया।"

सूर्यदेव- कितने लोग रहे होंगे ?

हीरा- (लंबी सांस लेकर) यह तो बताना मुश्किल है, परंतु सौ से अधिक होंगे।

सावित्री- अच्छा, और कुछ इसके बारे में जानते हो ?

हीरा- नहीं, महारानी।

सावित्री- ठीक है, अब तुम जा सकते हो। तुम्हें इस कार्य के लिए एक हजार स्वर्ण मुद्राएं दी जाती हैं।

इसके बाद महारानी ने ग्वाले को एक थैले में एक हजार स्वर्ण मुद्राएं देकर भेज दिया। उसके चले जाने के बाद फिर से बातें होने लगीं।

सावित्री- क्या ग्वाला सच बोल रहा था ?

सूर्यदेव- हां, वह सच बोल रहा था। क्योंकि उसके चेहरे पर डर दिख रहा था।

कार्तिकेय- यह तो बहुत ही बड़ी मुसीबत खड़ी हो गई।

सूर्यदेव- हां।

कार्तिकेय- तब आगे क्या करना चाहिए ?

सूर्यदेव- युद्ध और क्या ?

सावित्री- निसंदेह यशवंत के सैनिक होंगे।

सूर्यदेव- मुझे भी ऐसा ही लगता है।

सावित्री- (सैनिक से) तुम भैरव और वीर को बुला लाओ।

सैनिक- ठीक है, महारानी।

इसके बाद सैनिक वहां से चला गया।

सूर्यदेव- समझ में नहीं आ रहा है कि किस पर विश्वास किया जाए, किस पर नहीं ?

सावित्री- हां।

कार्तिकेय- कौन हो सकता है जो लोगों की सहायता कर रहा है ?

सूर्यदेव- वही तो मैं भी सोच रहा हूं।

कार्तिकेय- तब तो उन लोगों को इस बात की जानकारी हो गई होगी कि उनके सैनिकों को हमने बंदी बना लिया है।

सूर्यदेव- एकदम सही।

तब तक भैरव और शंभू आ गए।

भैरव- महारानी, इतनी रात को बुलाने के पीछे क्या कारण है ?

सावित्री- हां, थोड़ी देर रुको, वीर को भी आ जाने दो।

भैरव- ठीक है।

कार्तिकेय- अब तक तो उसको (वीर) आ जाना चाहिए था।

सूर्यदेव- कुछ देर और इंतजार कर लेते हैं, क्या पता आता ही हो।

सावित्री- (कार्तिकेय से) जाकर तुम देखो।

तब तक वह सैनिक आ गया।

सूर्यदेव- वीर कहां पर है ? वह नहीं आया क्या ?

सैनिक- मैं कुमार को बहुत जगाया, परंतु वह जागे ही नहीं।

सावित्री- अच्छा।

सैनिक- क्षमा महारानी, पर मुझे लगता है कि कुमार मदिरा का सेवन कर के सोए हैं, जिसके कारण वह होश में नहीं हैं। जगाने पर पता नहीं, वह नशे में क्या बोल रहे हैं। मुझे उनकी एक बात भी समझ में नहीं आई।

सावित्री- ठीक है, अब हम लोग चलकर देखते हैं। (कार्तिकेय से) तुम वैद्य जी को बुलाकर ले आओ।

कार्तिकेय- आप लोग चलिए, मैं वैद्य जी को लेकर आ रहा हूं।

इसके बाद महारानी, सूर्यदेव, भैरव, शंभू और सैनिक वीर के कक्ष की तरफ रवाना हो गए, जबकि कार्तिकेय वैद्य धन्वंतरि को बुलाने चला गया। कुछ देर बाद कार्तिकेय उन्हें लेकर वीर के कक्ष में पहुंच गया, जहां पर पहले से ही सभी उपस्थित थे। वैद्य ने वीर के दाएं हाथ की नाड़ी को पकड़ा, फिर बारी-बारी से उसकी आंखों की जांच की और इसके पश्चात कहा, "महारानी, घबराने की कोई बात नहीं है।"

सावित्री- क्या हुआ है ?

धन्वंतरि- कुछ नहीं, बस कुमार ने मदिरा का सेवन अधिक मात्रा में कर लिया है, जिसके कारण इन्हें कुछ होश-हवास नहीं हैं। आप इन्हें इसी प्रकार शांति से सोने दीजिए।

सावित्री- ठीक है।

धन्वंतरि- अब मैं चलता हूं।

इसके बाद वैद्य धन्वंतरि वहां से चले गए।

सूर्यदेव- यह तो बहुत ही विचित्र बात है, आज से पहले तो इसने ऐसा कोई अनुचित कार्य नहीं किया था। समझ में नहीं आ रहा है, इसने ऐसा क्यों किया?

सावित्री- इसको इस कार्य की सजा अवश्य मिलेगी। खैर, इसको अब छोड़िए।

सूर्यदेव- हां।

सावित्री- अब आगे क्या किया जाए ?

भैरव- महारानी, अब मैं जान सकता हूं, क्या हुआ है ?

सावित्री- हां।"

इसके बाद महारानी ने ग्वाले की पूरी बात बताई। इसे सुनने के बाद भैरव और शंभू के चेहरे पर चिंता के भाव थे, लेकिन उन्होंने अपने आप को संभाला।

भैरव- यह तो बहुत चिंताजनक बात है। अब क्या होगा ?

सावित्री- वही तो समझ में नहीं आ रहा है कि अब क्या किया जाए ?

कार्तिकेय- मेरे पास एक तरकीब है।

सावित्री- वह क्या ?

कार्तिकेय- मैं और गुरुदेव जाकर उन्हें रोकने का काम करेंगे। अगर यहां पर कुछ होता है तो महामंत्री और शंभू संभाल लेंगे।

भैरव- हां, आप दोनों लोग जाइए। यहां की तनिक भी चिंता मत करिए।

शंभू- अब आप दोनों लोग जाने की तैयारी करिए।

सूर्यदेव- ठीक है, मैं और कार्तिकेय जा रहे हैं। (भैरव से) सतर्क रहना, यहां पर कुछ भी हो सकता है।

भैरव- ठीक है।

इसके बाद सूर्यदेव और कार्तिकेय पांच सौ से अधिक सैनिकों को लेकर अहरौरा की तरफ रवाना हो गए। उनके चले जाने के बाद, भैरव और शंभू की खुशी का कोई ठिकाना नहीं रहा। उन्हें लगा कि उनका काम अब आसान हो गया है। वह अब आसानी से कैदियों को छुड़ा लेंगे और रात में ही महारानी और वीर का काम तमाम कर देंगे। परंतु उनकी खुशी ज्यादा समय तक नहीं रही, क्योंकि कुछ देर बाद सूर्यदेव लौट आए। वह क्या सोचकर लौट आए, इसका कुछ पता नहीं।

सावित्री- आप क्यों वापस चले आए ?

सूर्यदेव- मुझे लगा कि मेरा यहां पर रहना ज्यादा ठीक है।

सावित्री- ऐसा क्यों ?

सूर्यदेव- क्योंकि अगर रात में यहां पर हमला हुआ तो अकेले भैरव क्या कर लेगा।

सावित्री- भैरव के साथ शंभू भी तो है।

सूर्यदेव- अभी शंभू की उम्र ही कितनी है। पता नहीं आज तक इसने कभी युद्ध किया होगा कि नहीं।

सावित्री- ठीक है, परंतु कार्तिकेय के साथ आपका होना बेहद जरूरी था। रात का वक्त है। पता नहीं जंगल में कितने सैनिक होंगे, ऊपर से मौसम भी बिगड़ता चला जा रहा है, इसलिए आपको वापस नहीं आना चाहिए था। भगवान न करें, कुछ कार्तिकेय के साथ गलत हो।

सूर्यदेव- आप चिंता मत करिए, ऐसा कुछ नहीं होगा। वहां पर सौ सैनिक हो या हजार, उनसे अब डरने की कोई जरूरत नहीं है।

सावित्री- ऐसा क्यों ?

सूर्यदेव- क्योंकि कार्तिकेय की सहायता के लिए रुद्र को पत्र भेज दिया हूं।

सावित्री- यह आप ने अच्छा किया, अब मुझे किसी प्रकार का भय नहीं है।

8

आश्रम के चारों तरफ सन्नाटा छाया हुआ था। उस वक्त केवल झींगुर की आवाज सुनाई दे रही थी। ये कीट आमतौर पर रात में अपने साथियों को आकर्षित करने के लिए या शिकारियों को चेतावनी देने के लिए ऊंची आवाज में चहक रहे थे। रुद्र अपनी तलवार को आग में तपाकर हथौड़ी से जोर-जोर से पीट रहा था। इसके अतिरिक्त, आश्रम में सभी लोग सो चुके थे। तभी वहां पर एक सैनिक आया। उसने रुद्र को एक पत्र देकर कहा, “यह आपके पिता जी ने भेजा है।”

रुद्र ने पत्र को देखते हुए पूछा, “इसमें क्या लिखा हुआ है ?”

सैनिक ने विनम्रता से जवाब दिया, “मुझे इस बारे में जानकारी नहीं है, आप इसे पढ़ लीजिए।”

रुद्र ने पत्र को पढ़ते हुए कहा, “ठीक है, अब तुम जा सकते हो।”

इसके बाद सैनिक घोड़े पर बैठकर महल की तरफ रवाना हो गया। रुद्र ने पत्र को एक बार फिर पढ़ा और फिर अपनी तलवार को हवा में उठाकर कहा, “बहुत दिनों से तेरी प्यास बुझी नहीं है। चल, आज मैं तेरी प्यास बुझाता हूं।” इतना कहकर उसने अपनी तलवार को म्यान में डाल दिया। फिर वह अपनी दादी मां की कुटिया की तरफ रवाना हो गया। कुछ देर बाद वह वहां पहुंच गया, और जैसे ही कुटिया के अंदर गया, देखा कि चिराग जल रहा था।

रत्नावली ने मुस्कुराते हुए कहा, “आओ बेटा, नींद नहीं आ रही थी क्या ? जो इतनी रात को आए हो।”

रुद्र ने कुछ गंभीरता से पूछा, "दादी मां, पहले यह बताओ, आपको कैसे पता चल जाता है कि मैं आ रहा हूं ?"

रत्नावली ने हंसते हुए जवाब दिया, "बेटा, मैं बचपन से तुम्हारे पांवों की आवाज सुनती आ रही हूं। कैसे पता नहीं चलेगा कि तुम आ रहे हो ? वैसे भी, मैं तुम्हारी दादी मां हूं।"

रुद्र ने मुस्कुराते हुए कहा, "हां, हां, अब रहने भी दीजिए। अपने मुंह से अपनी प्रशंसा करना अच्छा नहीं है।"

रत्नावली- तब कहो, कैसे आना हुआ ?

रुद्र ने गंभीरता से कहा, "कुछ देर पहले पिता जी का पत्र लेकर एक सैनिक आया था। उसमें लिखा है कि कार्तिकेय अकेले ही सैनिकों को लेकर अहरौरा के जंगल में जा रहा है।"

रत्नावली ने चिंतित होते हुए पूछा, "पर क्यों ?"

रुद्र ने बताया, "क्योंकि पता चला है कि यशवंत के सैनिक जंगल में छुपे हुए हैं, इसलिए मुझे कार्तिकेय की सहायता करने के लिए जाना होगा।"

रत्नावली ने गंभीर स्वर में कहा, "ठीक है। (तब तक आसमान में बिजली कड़कने लगी) जाओ, पर थोड़ा संभल कर जाना, मौसम बिगड़ता ही चला जा रहा है।"

रुद्र ने उन्हें आश्वासन देते हुए कहा, "हां, आप मेरी चिंता मत करिए। मैं सुबह तक लौट आऊंगा।"

रत्नावली ने एक गहरी सांस ली और कहा, "ठीक है बेटा, पर ध्यान रखना, यशवंत के सैनिक बहुत चालाक हैं। वे किसी भी तरह का धोखा देने से नहीं चूकेंगे।"

रुद्र ने सिर हिलाकर कहा, "मैं उनकी चालों से वाकिफ हूं, दादी मां। आप बस मेरे लिए प्रार्थना करना।"

इसके बाद, रुद्र ने अपने घोड़े को तैयार किया और आश्रम से निकल पड़ा। आसमान में काले बादल घिरे हुए थे और बिजली की कड़क सुनाई दे रही थी। लेकिन रुद्र के दिल में केवल एक ही बात थी कार्तिकेय की सुरक्षा और यशवंत के सैनिकों से टकराव।

जंगल के रास्ते में हवा तेज हो चली थी। पेड़ की शाखाएं भी मानो किसी अनहोनी का संकेत दे रही थीं। रुद्र ने अपनी तलवार को कसकर पकड़ा और घोड़े को तेज दौड़ाया। जंगल की ओर बढ़ते हुए उसके मन में कई विचार आ रहे थे। क्या यशवंत के सैनिकों के साथ उसकी पहली मुठभेड़ होगी ? क्या कार्तिकेय सुरक्षित होंगे ? इन सभी सवालों का जवाब उसे जल्द ही मिलने वाला था।

9

आधी रात हो चुकी थी। आसमान से बारिश की बूंदे जमीन पर गिरने लगी थी। चारों तरफ अंधेरा अपना वर्चस्व जमा रखा था। दक्षिण की तरफ हवाएं भी तेजी से बह रही थी। उस वक्त कार्तिकेय पूरी सेना को लेकर अहरौरा के जंगल के पास पहुंच गया। एक सैनिक कार्तिकेय के सामने अपने घोड़े को लाकर कहा,'कुमार अब आगे क्या किया जाय ?'

तब तक दूसरा सैनिक कार्तिकेय के सामने अपने घोड़े को लाकर जंगल की तरफ इशारा करते हुए कहा,'इसमें तो पता लगाना बहुत ही मुश्किल समझ में आ रहा है कि कितने सैनिक होंगे ?'

तब तक एक और सैनिक कार्तिकेय के सामने अपने घोड़े को लाकर कहा कि कुमार, बारिश भी तेज होने लगी, अब क्या करें ?'

कार्तिकेय- (जोश भरी आवाज में) बारिश की बूंदे पड़े या बारिश के बूंदे के रूप में आसमान से आग के गोले पड़े। मैं बिना युद्ध किए वापस जाने वाला नहीं हूं, भले ही मेरे प्राण चले जाए।

पहला सैनिक- कहीं ग्वाला हम लोगों से झूठ तो नहीं बोला।

दूसरा सैनिक- (बाएं हाथ से जंगल की तरफ इशारा करके) वह देखिए, झाड़ियां हिल रही हैं। लगता है, कुछ लोग झाड़ियों में छिपे हुए हैं।

पहला- हां, अब तो और तेजी से झाड़ियां हिल रही हैं।

तब कार्तिकेय ऊंचे स्वर में पूरे सैनिकों से कहा,"हे वीर सैनिकों, मेरी बातों को ध्यान से सुनो। आज तुम्हारे पास अपनी बहादुरी दिखाने का अवसर हैं, इसे अपने हाथ से जाने मत दो। अगर किसी सैनिक को इस युद्ध से भय लग रहा हो तो वह वापस जा सकता है। उसकी यहां पर कोई अनिवार्यता नहीं है, अगर भय नहीं है तो आगे बढ़ो और काट दो शत्रुओं का गला, कोई भी यहां से बचकर जाना नहीं चाहिए।"

इसके बाद सैनिकों ने संचित स्वर में बोला,"हे कुमार, हमें किसी प्रकार का भय नहीं है, हम अपने प्राण त्याग देंगे। परंतु शत्रुओ को कभी अपना पीठ नहीं दिखाएंगे।"

कार्तिकेय- आप लोगों से मुझे इसी प्रकार की उम्मीद थी। आक्रमण...

इतना सुनते ही सैनिक जंगल की तरफ टुट पड़े, उसके बाद जंगल में छिपे सैनिक भी बाहर निकलकर लड़ने लगे। कार्तिकेय की सेना, यशवंत की सेना को इस प्रकार काटती चली जा रही थी। जिस प्रकार कोई व्यक्ति गाजर-मूली काटता हो। कार्तिकेय की बात ही कुछ और थी। वह सैनिकों को इस प्रकार मारता जैसे कोई बब्बर शेर, भेड़-बकरियों के झुंड में घुसकर मारता हो।

लड़ाई करते हुए, कार्तिकेय के सैनिक बहुत अंदर चले गए। जंगल के बीच में दारा, अहमद व शेरअली मौजूद थे। उन लोगों में बातें हो रही थी।

अहमद- अब हमें भी कुछ करना चाहिए, नहीं तो जल्द ही वह लोग हमारे पास आ जाएंगे।

दारा- अभी और अंदर आने दो। (शेरअली की तरफ देखकर) कितने सैनिक होंगे ?

शेरअली- पांच सौ से अधिक, उनके साथ केवल कार्तिकेय ही आया है। ऐसा ही गुप्तचरों से जानकारी मिली है।

दारा- इस वक्त हमारे पास कितने सैनिक होंगे ?

शेरअली- दो हजार से अधिक, कुछ ही घंटे में और भी सैनिक आ जाएंगे। बस बारिश बंद हो जाए।

दारा- हां।

अहमद- अगर इसी प्रकार वह लोग बढ़ते चले आए तो जल्द ही दो हजार सैनिकों का काम-तमाम कर डालेंगे। तुम दोनों कुछ करते क्यों नहीं ?

दारा- अभी हमारा वार करने का वक्त नहीं आया है।

अहमद- अगर कुछ पल और शांत रहे तो एक भी सैनिक जीवित नहीं रहेंगे।

दारा- जब शेर का शिकार करना होता है तो उसके लिए भैसा बांधा जाता है, ताकि उसको खाने के लिए शेर आए और सही वक्त देखकर शिकारी उस शेर का शिकार कर सके।

अहमद- हां।

कुछ देर बाद दारा ने शेरअली से कहा कि अब वक्त आ गया है, सैनिकों से कहो कि वह अपना काम शुरू करें।

शेरअली- ठीक है, (तेज आवाज में) ऊपर से जाल फेंकना शुरू कर दो और अब शत्रु सेना को चारों तरफ से घेरकर वार करो।

इतना सुनते ही पेड़ों पर चढ़े हुए सैनिक, कार्तिकेय के सैनिकों पर जाल फेंकना शुरू कर दिए, जिसके कारण कार्तिकेय के सैनिक आसानी से बंदी बनते चले जा रहे थे। इसे देखते ही कार्तिकेय समझ गया कि अब वह बुरी तरह से फस गया है। कार्तिकेय के पूरे सैनिक जंगल के बीचों-बीच आ गए थे। जहां पर पहले से ही दारा, अहमद व शेरअली मौजूद थे। इसके बाद तीनों एक साथ कार्तिकेय पर हमला कर दिए। कार्तिकेय हमले का जवाब देते हुए, तीनों के साथ युद्ध करना शुरू कर दिया। आधे घंटे तक वह अकेले ही तीनों लोगों से लड़ता रहा। इस दौरान कार्तिकेय के बाएं कंधे पर दारा की तलवार से गहरा चोट आ गया। जिसकी वजह से वहां से रक्त बहना शुरू हो गया और धीरे-धीरे

उसको सुस्ती महसूस होने लगी। दारा ने देखा कि कार्तिकेय को इस प्रकार परास्त नहीं किया जा सकता। तब दारा ने कार्तिकेय के ऊपर सैनिकों को जाल फेंकने लिए कहा। जिसके कारण सैनिकों ने कार्तिकेय को कुछ देर में बंदी बना लिया और उसको लेजाकर बरगद के पेड़ में बांध दिया। तब तक कार्तिकेय के पूरे सैनिक मारे जा चुके थे, बस वह अकेला ही बचा था।

दारा- बहुत दिन हो गए, परंतु तुम्हारे जैसा वीर योद्धा मैंने नहीं देखा। वास्तव में तुमको किसी शेरनी ने जन्म दिया है।

अहमद- हमारे पास वक्त बहुत ही कम है, जल्दी से इसका काम-तमाम करो। अभी हमें बहुत से काम करने बाकी है।

दारा- हां।

इतना कहकर दारा जैसे ही तलवार निकालकर कार्तिकेय को मारने जाता है, वैसे ही घोड़े के टापों की आवाज सुनाई दी। घोड़े पर सवार व्यक्ति सैनिकों को उसी प्रकार मारता चला आ रहा था। जिस प्रकार बिजली बादलों को चीरते हुए जमीन पर आती है। खैर यहां पर चौंकने की कोई बात नहीं है। क्योंकि वह और कोई नहीं बल्कि रुद्र था। उसको देखकर कार्तिकेय उतना ही खुश हुआ। जितना चातक पक्षी के लिए स्वाति नक्षत्र में होने वाली बारिस की बूंदे।

दारा- यह कौन आ रहा है ?

कार्तिकेय- (मुस्कुराकर) तेरा बाप !

दारा- लग रहा है, उससे पहले तेरा काम-तमाम करना होगा।

तब तक रुद्र पास आ गया और दारा के छाती पर तेजी से एक लात मारा जिसके कारण दारा अपने आप को संभाल न सका और जाकर जमीन पर गिर पड़ा। इसके बाद रुद्र घोड़े से उतरकर कार्तिकेय के रस्सी को छोड़ना शुरू कर दिया। तभी पीछे से शेरअली व अहमद दोनों रुद्र पर वार किए। रुद्र दोनों के वार से खुद को बचाकर, वह दोनों को एक-एक लात मारा। जिसके कारण शेरअली व अहमद जमीन पर गिर गए। तब तक कार्तिकेय उठकर खड़ा हो गया।

कार्तिकेय- कुछ देर और लगाए होते तो अब तक तो मेरा सिर धड़ से अलग हो गया होता।

रुद्र- हुआ तो नहीं न।

कर्तिकेय- मतलब थोड़ा-सा पहले तुम नहीं आ सकते थे।

रुद्र- नहीं, मेरा आने का यही समय है। अब तो तुमको जीवन भर मेरी पूजा करनी होगी।

कार्तिकेय- क्यों ?

रुद्र- (दिल्लगी के तौर पर) क्योंकि मैं तुम्हारे सिर को धड़ से अलग होने से बचाया है।

कार्तिकेय- अच्छा।

रुद्र- नहीं तो, अब तक तुम यमराज के घर पहुंच गए होते।

कार्तिकेय- तुम ठीक कह रहे हो।

रुद्र- अब तुम खड़े होकर तमाशा देखो, मैं कैसे इन लोगों को मौत के घाट उतारता हूं।

तब तक अहमद, शेरअली व दारा तीनों लोग उठकर खड़े हो गए, परंतु कार्तिकेय भी शांत खड़े होकर तमाशा कहां देखने वाला था, एक तरफ रुद्र से दारा की लड़ाई व दूसरी तरफ कार्तिकेय से शेरअली व अहमद की लड़ाई शुरू हो गई। जिसका परिणाम यह निकला कि रुद्र ने तलवार से दारा का सिर धड़ से अलग कर दिया और कार्तिकेय ने अहमद व शेरअली को मार डाला। परंतु दोनों लोगों के मारने के उपरांत कार्तिकेय जमीन पर गिर गया। यह देखकर रुद्र उसके पास आकर बैठ गया।

रुद्र- तुम सही तो हो ?

कार्तिकेय- हां, मैं सही हूं, तुम मेरी चिंता मत करो।

तब तक दक्षिण की तरफ से और सैनिक उनके तरफ आ रहे थे।

रुद्र- तुम बैठकर थोड़ा आराम करो, मैं इन सबका हिसाब कर के आता हूं।

इतना कहकर जैसे ही रुद्र खड़ा हुआ, वैसे ही कार्तिकेय दाएं हाथ से रुद्र का बाया हाथ पकड़ कर कहा,"अब यहां से निकल जाना ही बेहतर होगा।" इतना कहकर वह बेहोश हो गया। फिर रुद्र, कार्तिकेय के शरीर को झकझोरते हुए कहा,"उठो, परंतु उसके तरफ से कोई जवाब नहीं आया।" इसके बाद रुद्र उसको कंधे पर उठाकर बाहर निकलने का रास्ता खोजने लगा। तब तक चारों तरफ से सैनिकों ने घेर लिया। उन सभी को मारते हुए, रुद्र कार्तिकेय को लेकर बाहर निकल गया। परंतु निकलते वक्त रुद्र को ध्यान नहीं रहा कि वह किस रास्ते से बाहर निकला। कार्तिकेय की स्थिती और भी बिगड़ती चली जा रही थी। उस वक्त बारिश भी बहुत तेजी से हो रही थी। तभी आसमान में बिजली कड़की, जिसके कारण कुछ क्षण के लिए प्रकाश उत्पन्न हो गया। रुद्र देखता है कि कुछ ही दूर पर गांव है। फिर वह उसी ओर चल दिया, सैनिकों से लड़ते वक्त रुद्र को भी चोट आ गई थी। जिससे उसे भी कमजोरी महसूस होने लगी थी। गलियों में घूमते समय रुद्र को अहसास हुआ कि वह पहले शायद यहां आ चुका है, तभी उसका ध्यान एक बड़े से मकान पर गया। उस

मकान के एक कक्ष के झरोखा से प्रकाश आ रहा था। वह तुरंत उसके पास पहुंच कर दरवाजे पर अपने हाथ से जोर-जोर से पीटने लगा। कुछ देर तक पीटने के बाद अंदर से आवाज आई। आवाज से मालूम हुआ कि यह किसी लड़की का है।

लड़की- कौन है ?

रुद्र- मैं एक सैनिक हूं।

लड़की- क्या तुमको राजमहल से पिता जी ने भेजा है ?

रुद्र- (कुछ देर सोचने के बाद) हां।

लड़की- ठीक है, अब दरवाजा पीटना बंद करो। मैं आ रही हूं, तूने पूरी नींद बेकार कर दी। मैं कई बार पिता जी से बोल चुकी हूं कि रात के वक्त किसी को मेरे पास मत भेजा करिए, परंतु मेरी एक बात नहीं सुनते और किसी न किसी को भेज देते हैं।

जब वह दरवाजा खोली तो उसका ध्यान रुद्र पर गया, वह डर गयी। उसकी उम्र अठारह वर्ष के आस-पास थी। वह हर तरह से खूबसूरत व नाजूक थी।

रुद्र- आगे से हटो।

लड़की- तुम कौन हो ? तुम्हारे कंधे पर यह कौन है ?

तब तक रुद्र दरवाजे को खोलकर जबरजस्ती अंदर चला गया।

रुद्र- मैं तुमको पूरी बात बताता हूं, पहले यह बताओ की इसे (कार्तिकेय) मैं कहां लेटाऊ ?

लड़की- ठीक है, (बाएं हाथ से इशारा करके) इसको इस कक्ष में ले चलो।

इसके बाद रुद्र कार्तिकेय को अंदर लेकर चला गया। वहां पर पहले से चिराग जल रहा था, कक्ष तो बहुत बड़ा नहीं था, परंतु उसे छोटा भी नहीं कहा जा सकता। वह कार्तिकेय को पंलग पर लेटा दिया।

लड़की- इन्हें तो बहुत चोट आई है, यह चोट कैसे लगी ? कुछ बताओगे भी।

रुद्र- तुम बहुत प्रश्न करती हो, कुछ शांत भी रहा करो। जब से मैं आया हूं, तब से प्रश्न पर प्रश्न करती जा रही हो।

लड़की- वाह रे ! इसी को कहते हैं, एक तो चोरी ऊपर से सीना जोरी। पहले तो बिना बताए, तुम अंदर चले आए। ऊपर से कुछ पूछने पर कहते हो कि तुम बहुत प्रश्न करती हो।

रुद्र- ठीक है देवी, मुझसे गलती हो गई क्षमा करो, मैं तुमको पूरी बात बताता हूं। (कार्तिकेय की तरफ देखकर) पहले इसे होश में आ जाने दो।

लड़की- ठीक है, परंतु यह कौन है ?

रुद्र- फिर से एक नया प्रश्न।

लड़की- ठीक है बाबा ! मुझसे गलती हो गई। (हंसकर) अब कोई प्रश्न नहीं पूछूंगी।

इसके बाद वह वहां से बाहर चली गई। कुछ देर बाद वह पुनः वापस आई। परंतु वह अपने साथ कपड़े व आग जलाने का सामान लेकर आई थी।

लड़की- लीजिए, अपना और इनका कपड़ा बदल दीजिए। (आग जलाने वाली वस्तु को देकर) इससे आग जला लीजिए, मैं कुछ देर में आती हूं।

रुद्र- अब कहां जा रही हो ?

लड़की- अब आप प्रश्न करना शुरू कर दिए। परंतु मैं आपकी तरह नहीं हूं, जो प्रश्नों का उत्तर न देना सीखे हो।

रुद्र- अच्छा, तब बता दो।

लड़की- मैं जा रही हूं, आप दोनों के लिए औषधी लाने।

रुद्र- ठीक है, परंतु जल्द ही वापस आना।

लड़की- आप चिंता मत करिए, जल्द ही आऊंगी।

इतना कहकर वह फिर से बाहर चली गई। इसके बाद रुद्र अपना व कार्तिकेय का कपड़ा बदला। फिर रुद्र आग जलाया और उसको तपाना शुरू कर दिया। कुछ देर बाद कार्तिकेय होश में आ गया।

कार्तिकेय- (उठने की कोशिश करते हुए) इस समय हम कहां पर है ?

रुद्र- अभी लेटे रहो, हम जहां पर है। यह इलाका लखनिया दरी के पास है।

तब तक वह लड़की आ गई, उसके हाथ में कुछ दवाईयां थी।

लड़की- हां, आप सही कर रहे हैं, आप लोग लखनिया दरी के पास ही है। (वह कार्तिकेय के पास बैठकर, उसके बाएं कंधे पर लगे चोट पर दवा लगाने लगी।) चोट गहरी है, इसको भरने में महीनें लग जाएंगे।

कार्तिकेय- आपको कैसे मालूम कि इसको भरने में महीने लग जाएंगे।

लड़की- अभी तो आपके साथी ही प्रश्न करते थे। अब आप भी इन्हीं की तरह प्रश्न करने लगे।

रुद्र- (बात को काटकर) आपको इतनी औषधियों के बारे में जानकारी कहां से मिली।

लड़की- मेरे पिता जी वैद्य है, जो महाराज दिग्विजय सिंह के यहां रहते हैं।

कार्तिकेय- क्या आपके पिता का नाम धन्वंतरि है ?

लड़की- हां, क्या आप मेरे पिता जी को जानते हैं ?

कार्तिकेय- हां, वह भी मुझे बहुत ही अच्छे से जानते हैं।

लड़की- यह बात आप लोगों ने पहले क्यों नहीं बताई ?

कार्तिकेय- आप ही पहले बता दी होती कि आप वैद्य जी की पुत्री हूं।

लड़की- मैं आपके साथी (रुद्र की तरफ देखकर) से कई बार पूछी हूं, परंतु इन्होंने तो कुछ जवाब ही नहीं दिया और कहते हैं कि तुम बहुत प्रश्न करती हो।

कार्तिकेय- यह इनकी गलती है, इस बात को मैं मानता हूं। इनको सच-सच बता देना चाहिए था। (कुछ देर बाद) आपने तो अपना नाम ही नहीं बताया।

लड़की- मेरा नाम सावित्री है।

इतना सुनते ही कार्तिकेय के मुंह से निकल गया कि यह तो मां का नाम है।

सावित्री- क्या आपके मां का भी नाम सावित्री है ?

कार्तिकेय के बोलने से पहले रुद्र बोल दिया कि इसके कहने का तात्पर्य है कि यह नाम तो महारानी का है।

सावित्री- पिता जी ने महारानी के नाम पर ही मेरा नाम रखा है, पिता जी कहते हैं कि हमारी महारानी साक्षात् देवी की अवतार हैं।

कार्तिकेय- आपके पिता जी और क्या-क्या कहते हैं ?

सावित्री- बहुत कुछ।

कार्तिकेय- क्या आपकी कभी महारानी से भेंट हुई है ?

सावित्री- हां, मैं जब भी राजमहल जाती हूं तो महीनों भर महारानी के साथ रहती हूं। खैर इधर-बीच मैं महीने भर से वहां पर गई ही नहीं। क्योंकि वहां का माहौल इस वक्त बहुत गरम है, आप लोग तो जानते ही होंगे।

कार्तिकेय- हां, तब आप यहां अकेले रहती है।

सावित्री- नहीं, मेरे साथ मेरा एक सेवक व उसकी पत्नी रहते हैं, परंतु आज सुबह ही वह अपनी पत्नी को लेकर, उसके मायके चला गया है। दोनों कल शाम तक शायद लौट आएं।

कार्तिकेय- तब आपको अकेले रहने में डर नहीं लगता।

सावित्री- डर किस बात का, वैसे आप दोनों बहुत ही चतुर हैं।

कार्तिकेय- आप यह कैसे कह सकती है ?

सावित्री- क्योंकि आपने मेरे बारे में सब कुछ जान लिया है, लेकिन आप लोगों ने अपने बारे में एक शब्द भी नहीं बताया।

कार्तिकेय- मेरा नाम क...

रुद्र- (बात काटकर) इनका नाम कुश है।

सावित्री- (मुस्कुराकर) तब तो आपका नाम लव होगा।

रुद्र- नहीं, मेरा नाम रुद्र है। (बातों को बदलकर) मुझे भी चोट लगी है। हाय! बहुत दर्द हो रहा है।

इतना सुनकर कार्तिकेय हंसने लगा।

सावित्री- (कार्तिकेय से) आप इतना हंस क्यों रहे हैं?

कार्तिकेय- बस इसी तरह, जाइए इस बेचारे को भी औषधि लगा दीजिए, नहीं तो कहीं दर्द के मारे तड़पकर मर न जाए।

रुद्र- इसके व्यर्थ की बातों पर ध्यान मत दो। इसको अब आराम करने दो, मैं तुम्हारे सभी प्रश्नों का जवाब देता हूं। अब एक-एक करके पूछो अपने प्रश्न, मैं उनका जवाब देने के लिए तैयार हूं।

सावित्री- ठीक है, आइए नीचे बैठ जाइए।

इसके बाद रुद्र व सावित्री दोनों लोग फर्श पर बिछे चटाई पर बैठ गए और पास ही में अंगीठी जल रही थी।

सावित्री- (रुद्र से) अब आप ऊपर का कपड़ा निकालिए।

रुद्र- क्यों?

कार्तिकेय- (हंसकर) अधिक प्रश्न मत पूछो, बस निकाल दो। शर्माओ मत, तुम्हारे साथ कुछ गलत नहीं होगा।

सावित्री- क्योंकि आपके छाती व कमर में चोट लगी है, जब तक आप अपने कपड़े नहीं निकालेंगे, तब तक मैं उस पर दवा कैसे लगाऊंगी?

कार्तिकेय- यही बात तो मैं भी कह रहा हूं, बिना कपड़े निकाले कोई कैसे दवा लगा सकता है?

सावित्री- (कार्तिकेय से) अब आप आराम करिए, बोलिए मत। मैं जानती हूं कि आप इनसे बुद्धिमान हैं। जो हर बात में, इनकी तरफ प्रश्न नहीं करते।

रुद्र- ठीक है, मैं निकाल रहा हूं।

इसके बाद वह अपना ऊपर का कपड़ा निकाल दिया।

सावित्री- (रुद्र से) अब आप मेरे प्रश्नों का उत्तर दीजिए।

रुद्र- ठीक है, (दिल्लगी के तौर पर) अब महारानी जी पूछिए अपने प्रश्न।

सावित्री- पहले यह बताइए कि आप दोनों लोग कौन हैं, यह चोट कैसे लगी?

रुद्र- यह तो दो प्रश्न हो गया, मैं पहले एक का ही जवाब दूंगा।

सावित्री- ठीक है, पहले एक ही प्रश्न का जवाब दीजिए। आप दोनों लोग कौन हैं ?

रुद्र- हम दोनों महाराज दिग्विजय के सैनिक हैं।

सावित्री- आप झूठ बोल रहे हैं, क्योंकि इससे पहले मैं कभी आप दोनों को राजमहल में नहीं देखी। अब सच-सच बताओ, आप लोग कौन हो ?

रुद्र- मैं सच बोल रहा हूं, हम दोनों महाराज के ही सैनिक हैं। हम दोनों को सेना में शामिल हुए, महीने भर हुआ होगा।

सावित्री- हां, यह हो सकता है क्योंकि मैं कई महीने से राजमहल गई ही नहीं, आगे बताइए।

रुद्र- क्या ?

सावित्री- यहीं कि आप दोनों को चोट कैसे लगी ?

रुद्र- ठीक है, अब मैं पूरी बात बता रहा हूं।

सावित्री- बताइए।

रुद्र- रात घंटे भर जा चुकी थी। उस वक्त महारानी के पास एक ग्वाला आया और कहा कि अहरौरा के जंगल में कुछ सैनिक छिपे हुए हैं। इतना सुनने के बाद महारानी राजकुमार कार्तिकेय व कुछ सैनिकों को उनको पकड़ने के लिए भेज दी। राजकुमार के साथ हम दोनों भी आएं थे।

सावित्री- तब आगे क्या हुआ ?

रुद्र- इसके बाद कार्तिकेय सेना को लेकर अहरौरा के जंगल में पहुंच गए।

सावित्री- तब।

रुद्र- तब हमारे और छिपे हुए सैनिकों के बीच युद्ध शुरू हो गया। जब हमारी सेना, उन लोगों को मारने में सफल हो गई। तब कार्तिकेय ने कहा कि हमारे सैनिक जिनकी अभी सांसे चल रही हैं, उन्हें उठाकर महल ले चलो। परंतु नया होने के कारण मैं रास्ता भूल गया और यहां पर चला आया। इसके बाद तो तुम जानती ही हो क्या हुआ ?

सावित्री- हां, अब मैं जा रही हूं। अब आप भी आराम करिए। (उठकर खड़ी हो गई।)

रुद्र- (उसका बाया हाथ पकड़कर) कुछ देर और बैठो, कहां जा रही हो ?

सावित्री- अब मैं सोने जा रही हूं।

रुद्र- अभी मत जाओ, कुछ देर बाद जाना।

सावित्री- परंतु मेरे प्रश्नों का जवाब देना होगा।

कार्तिकेय- (हंसकर) हां, पूछिये जरूर जवाब मिलेगा।

सावित्री- आप अभी तक जाग रहे हैं, सोये नहीं क्या ?

कार्तिकेय- नहीं।

सावित्री- क्या आप हम दोनों लोगों की बातें सुन रहे थे ?

कार्तिकेय- हां।

रुद्र- (मुस्कुराकर) कैसे नींद आ जाएगी, कहीं दोस्त का घर बस न जाए।

सावित्री- आपके कहने का तात्पर्य।

रुद्र- कुछ नहीं, बस मुंह से इसी तरह निकल गया।

सावित्री- अब आप दोनों आराम करिए, मैं जा रही हूं।

इतना कहकर वह चली गई। तब रुद्र उठकर कार्तिकेय के पास पलंग पर बैठ गया।

रुद्र- अब मैं जा रहा हूं।

कार्तिकेय- कहां जा रहे हो ?

रुद्र- राजमहल, पिता जी को सूचना दे दूं। वैसे भी पिता जी व महारानी अभी भी तुमको लेकर चिंतित होंगे।

कार्तिकेय- मैं भी साथ चलता हूं। (पंलग से उठने की कोशिश करते हुए।)

रुद्र- नहीं, तुम आराम करो।

कार्तिकेय- जाओ, परंतु शीघ्र ही आने की कोशिश करना।

रुद्र- हां, तुम चिंता मत करो। मैं शीघ्र ही आऊंगा।

इतना कहकर वह चल दिया।

कार्तिकेय- रुको, एक बात पूछना था।

रुद्र- क्या ?

कार्तिकेय- तुम उससे (सावित्री) हम लोगों के बारे में झूठ क्यों बोले ?

रुद्र- (मुस्कुराकर) बस इसी तरह।

कार्तिकेय- मुझे तो ऐसा नहीं लगता, कुछ तो दिल में तुम्हारे उसके लिए जरूर है, सच-सच बताओ।

रुद्र- क्या ?

कार्तिकेय- यही कि तुम उसको चाहने लगे हो।

रुद्र- ऐसी कोई बात नहीं है, अब तुम व्यर्थ का दिमाग लगाना बंद करो।

कार्तिकेय- ठीक है, अब तुम जा सकते हो।

रुद्र- पर उसे हम लोगों के बारे में कुछ मत बताना, जब तक मैं ना कहूं।

कार्तिकेय- ठीक है।

इसके बाद रुद्र वहां से निकलकर महल की तरफ रवाना हो गया।

10

सुबह का सुहावना मौसम था। सूर्य पूरी तरह से निकल चुका था और अपनी सुनहरी किरणों से धरती को आलोकित कर रहा था। ठंडी हवा मंद-मंद गति से बह रही थी, मानो प्रकृति स्वयं किसी मधुर गीत की धुन पर नाच रही हो। खूबसूरत चिड़ियों का चहचहाना वातावरण को और भी मनमोहक बना रहा था, जैसे वे खुशी से गा रही हों और सोए हुए व्यक्तियों को जगा रही हों।
कार्तिकेय की आंखें खुलीं तो देखा कि कक्ष के झरोखे से प्रकाश अंदर आ रहा है। वह पलंग से उठकर बैठ गया, उसके शरीर की सेहत तो ठीक हो चुकी थी, लेकिन कमजोरी अभी भी बाकी थी। वह धीरे-धीरे बाहर निकल आया। जब उसने आकाश की ओर देखा तो महसूस हुआ कि सूर्य को निकले प्रहर भर से अधिक समय हो चुका है। रात में हुई बारिश के कारण आकाश बिल्कुल साफ और नीला दिखाई दे रहा था। पास में ही किसी झरने की आवाज़ स्पष्ट सुनाई दे रही थी। वह आवाज़ इतनी मधुर थी कि उसे पास जाकर देखने की इच्छा हुई।

कार्तिकेय झरने की ओर रवाना हो गया। यह स्थान अत्यंत सुंदर और चित्ताकर्षक था, जिसे देखकर किसी का भी मन प्रसन्न हो सकता था। ऊंची पहाड़ी के बीच से एक झरना गिर रहा था, जिसके नीचे एक बड़ा-सा कुंड था। कुंड का जल एक बड़ी नदी में बह जाता था। उस कुंड में कई लड़कियां स्नान कर रही थीं, जिनकी उम्र लगभग सत्रह से बीस वर्ष के बीच थी। स्नान करने वाली लड़कियों में सावित्री और उसकी सखियां थीं, जो आपस में बातें कर रही थीं। उनकी बातें वैसी ही थीं, जैसी आम लड़कियों के बीच होती हैं।

सावित्री ने चमेली की तरफ देखकर कहा, "अपने कपड़े ऊपर कर लो।"
चमेली ने वैसा ही किया। फिर सावित्री ने शकुंतला की ओर मुड़कर पूछा, "मैंने सुना है कि कल कुछ लोग तुम्हें देखने आए थे?"
शकुंतला ने हंसते हुए जवाब दिया, "हां, कुछ लोग आए थे।"
सावित्री मुस्कुराकर बोली, "तो क्या वे लोग मेरी चांदनी को पसंद कर गए?"
चमेली ने हंसते हुए कहा, "क्यों नहीं, तुम्हारी चांदनी जैसी खूबसूरत और कौन होगी?"
तीसरी सहेली, जो अब तक शांत थी, बोली, "देखो, तुम्हारी बातें सुनकर कैसे शर्म से लाल हो गई है!"

चौथी ने ताने भरे स्वर में कहा, "लगता है, अभी से ही पति के सपने देखने लगी है। अरे, बताओ तो सही, उनका नाम क्या है ?"

इतना सुनते ही सभी लड़कियां हंस पड़ीं। सावित्री ने हल्की हंसी के साथ कहा, "कलावती, (चौथी) तुम भी क्या बात पूछ रही हो ? भला कोई होने वाले पति का नाम लेता है ? सुना है, पति का नाम लेने से उनकी उम्र कम हो जाती है।"

तीसरी ने अपनी हंसी को रोकते हुए कहा, "अरे, अभी विवाह कहां हुआ है।"

पांचवीं सहेली ने शरारत भरे स्वर में कहा, "अरे, यह बताओ, क्या सपनों में ही पति को देखती हो या उनकी तस्वीर भी रखी है ?"

शकुंतला ने हंसते हुए जवाब दिया, "नहीं, मेरे पास उनकी कोई तस्वीर नहीं है।"

कलावती ने मजाकिया अंदाज में कहा, "यह तो अभी सपनों में ही पति परमेश्वर को खोज रही है।"

इस पर छठी सहेली ने कहा, "अब रहने दो, इसका मजा लेना बंद करो। सुलोचना (तीसरी)।

सुलोचना- हां, बोलो सुनैना (छठी)

सुनैना- आज चंद्रावती क्यों नहीं आई ?

सुलोचना- यह बात तुम राधिका (पांचवी) से पूछो।

सुनैना ने राधिका की तरफ इशारा करते हुए पूछा, "राधिका, तुम बताओ, वह क्यों नहीं आई ?"

सावित्री ने कहा, "लो, वह आ गई।"

चंद्रावती की उम्र बीस वर्ष थी। उसकी खूबसूरती को देखकर कोई भी मोहित हो सकता था। गोरा रंग, छोटी-छोटी आंखें, लंबा कद और रेशमी बाल, उसे किसी राजकुमारी की तरह प्रतीत होते थे। उसे देखकर कार्तिकेय के मुंह से स्वतः निकल गया, "ओह ! इसके सामने उर्वशी और रंभा जैसी अप्सराएं भी फीकी पड़ जाती हैं।"

सुनैना ने पूछा, "चंद्रावती, आज आने में इतनी देर क्यों हो गई ?"

चंद्रावती ने जवाब दिया, "दादा जी की तबीयत रात में और बिगड़ गई थी, उन्हीं की दवा देने में देर हो गई।"

सावित्री ने पूछा, "अब कैसी है उनकी तबीयत ?"

चंद्रावती ने मुस्कुराते हुए कहा, "अब आराम है।"

सुनैना- कपडे को पत्थर पर रखकर चली आओ, अब देर मत करो।

चंद्रावती- ठीक है।

इसके बाद सभी लड़कियां कुंड में स्नान करती रहीं और आपस में दिल्लगी करती रहीं। इसी बीच, चंद्रावती बाकी सब से दूर चली गई। तभी पहाड़ से जल तेजी से गिरने लगा। सुलोचना ने चिल्लाते हुए कहा, "चंद्रावती, जल्दी वापस आओ! ऊपर से जल तेजी से आ रहा है।"

चंद्रावती ने चिंतित होते हुए कहा, "तुम सब बाहर निकलो, मैं आ रही हूं।"

लेकिन वह वापस आ पाती उससे पहले ही जल का तेज बहाव उसे बहा ले गया। यह देख बाकी लड़कियां जोर-जोर से चिल्लाने लगीं, "बचाओ, बचाओ!"

कार्तिकेय, जो दूर से यह सब देख रहा था, तुरंत कुंड की तरफ दौड़ा और नदी में छलांग लगा दी। चंद्रावती अब डूबने लगी थी, परंतु कार्तिकेय को अपनी ओर आते देख उसके मन में उम्मीद की किरण जागी। कार्तिकेय ने चंद्रावती को अपनी पीठ पर लादकर बाहर निकालने की कोशिश की। इसी बीच, रुद्र भी कार्तिकेय को खोजते हुए वहां पहुंच गया।

उसने सावित्री के घर से एक रस्सी लाकर उसे पेड़ से बांध दिया और दूसरे छोर को लेकर नदी में कूद गया। कुछ ही समय में वह कार्तिकेय और चंद्रावती तक पहुंच गया। तब तक चंद्रावती बेहोश हो चुकी थी। दोनों ने मिलकर उसे सुरक्षित बाहर निकाला।

रुद्र ने हाफते हुए कहा, "लगता है, इसने बहुत पानी पी लिया है।"

सावित्री ने कार्तिकेय से कहा, "इसके पेट को दबाइए, ताकि पानी बाहर निकल जाए।"

कार्तिकेय ने सावित्री के कहे अनुसार किया। कुछ ही देर में चंद्रावती को होश आ गया। उसकी आंखें खुलते ही सबके चेहरे पर मुस्कान आ गई। सावित्री ने उसे गले लगा लिया और खुशी के आंसू बहने लगे।

सावित्री ने कार्तिकेय से कहा, "आपका यह अहसान मैं जीवन भर नहीं भूलूंगी।"

सुलोचना ने कहा, "आप तो हमारे लिए साक्षात् भगवान बनकर आए हैं।"

राधिका ने कहा, "अगर आप सही समय पर नहीं आते, तो शायद चंद्रावती अब तक हमारे बीच नहीं होती।"

रुद्र ने मजाक करते हुए कहा, "अरे, मैं भी तो बचाने गया था। मेरी भी तारीफ करो।"

सावित्री ने मुस्कुराते हुए कहा, "हां, आप भी तारीफ के योग्य काम करते हैं।"

कार्तिकेय ने कहा, "अब रहने भी दो, इतनी तारीफ भी ठीक नहीं।"

इतना सुनते ही सभी लोग हंस दिए। रुद्र ने कार्तिकेय के कान में कुछ कहा, और फिर कार्तिकेय उठ खड़ा हुआ।

सावित्री ने पूछा, "अब आप कहां जा रहे हैं ?"
कार्तिकेय ने जवाब दिया, "महारानी का आदेश है, मुझे शीघ्र ही राजमहल पहुंचना होगा।"
सावित्री ने कहा, "अब कब आएंगे ?"
कार्तिकेय ने कुछ देर सोचकर कहा, "अगर समय मिला तो शाम को हम दोनों आएंगे।"
सावित्री ने कहा, "ठीक है, अब आप लोग जाइए।"

इसके बाद कार्तिकेय और रुद्र वहां से विदा लेकर राजमहल की ओर रवाना हो गए।

11

कार्तिकेय और रुद्र जंगल की तरफ तेजी से रवाना हो गए, जहां दो सैनिक पहले से ही तीन घोड़ों को पेड़ से बांधकर उनका इंतजार कर रहे थे। रुद्र महल से आते वक्त इन्हें अपने साथ लाया था और कहकर गया था कि "तुम दोनों यहीं पर मेरे लौटने तक इंतजार करना।"

जैसे ही वे घोड़ों पर सवार होकर महल की तरफ तेजी से बढ़े, रुद्र ने कार्तिकेय की ओर देखते हुए कहा, "तुम क्या सोच रहे हो ?"
कार्तिकेय ने थोड़ी झिझक के साथ उत्तर दिया, "कुछ नहीं।"
रुद्र ने मुस्कुराते हुए कहा, "अरे, मैं जानता हूं। तुम उस लड़की, चंद्रावती के बारे में सोच रहे हो, हैं न ?"
कार्तिकेय ने थोड़े असमंजस में कहा, "हां, जब से मैंने उसे देखा है, उसका चेहरा दिमाग से निकल ही नहीं रहा। जब भी मैं आंख बंद करता हूं, तो ऐसा लगता है कि वह सामने आकर खड़ी हो गई है।"
रुद्र ने हंसते हुए कहा, "यह तो तुमको बहुत बड़ा रोग हो गया है।"
कार्तिकेय ने हैरान होकर पूछा, "कैसा रोग ?"
रुद्र ने जवाब दिया, "प्रेम रोग। जिसे यह रोग हो जाता है, उसकी हालत तुम्हारी जैसी ही हो जाती है।"
कार्तिकेय ने मजाकिया लहजे में कहा, "वाह ! लगता है तुमको इसका बड़ा अनुभव है। तुमने कभी यह अनुभव किया है ?"
रुद्र ने हल्की सी हंसी के साथ कहा, "नहीं, मैंने नहीं किया।"
कार्तिकेय ने उसकी हंसी को समझते हुए कहा, "चलो, अब मुझसे झूठ मत बोलो। मैं जानता हूं, तुम भी सावित्री (धन्वंतरि) को चाहने लगे हो। इस पर बाद में बात करेंगे। पहले यह बताओ कि यहां से जाने के बाद क्या हुआ ?"

रुद्र ने गंभीर होते हुए कहा, "सुबह होने से पहले ही मैं महल पहुंच गया। सीधे महारानी के कक्ष में गया, जहां महारानी, पिता जी, महामंत्री भैरव और एक लड़का पहले से ही मौजूद थे। बाद में पता चला कि उस लड़के का नाम शंभू है। वे लोग किसी गंभीर चर्चा में लगे थे।"

कार्तिकेय ने कहा, "वह महामंत्री भैरव का साला है। तब आगे क्या हुआ ?"

रुद्र ने जवाब दिया, "मैंने उन्हें सारी बात विस्तार से बताई। महारानी तुरंत तुम्हारे पास आना चाहती थीं, लेकिन पिता जी ने उन्हें रोका और मुझे तुरंत आदेश दिया कि तुम्हें लेकर शीघ्र महल पहुंचूं।"

कार्तिकेय ने पूछा, "क्या वीर वहां मौजूद नहीं था ?"

रुद्र ने कहा, "नहीं, वह कल मदिरा पीकर सो गया था और अब तक नहीं जागा था।"

इसी तरह की बातें करते हुए वे महल की ओर बढ़ते रहे।

12

सुबह का समय बीत चुका था और अब प्रहर भर से अधिक हो चुका था। दो व्यक्ति और उनके पीछे हजारों सैनिक घोड़ों पर सवार होकर चुनारगढ़ की तरफ तेजी से बढ़ रहे थे। जो दो व्यक्ति आगे चल रहे थे, उनमें से एक यशवंत था और दूसरा तेजप्रताप। दोनों के बीच गंभीर बातचीत हो रही थी।

यशवंत- हमारी मुश्किलें और भी बढ़ गई हैं। सूर्यदेव अब शांत बैठने वाला नहीं है।

तेजप्रताप- हां, इसलिए तो मैं तुम्हारे साथ अपनी पूरी सेना लेकर आ रहा हूं। लेकिन दुख इस बात का है कि दारा, अहमद, और शेरअली तीनों मारे गए।

यशवंत- इस बात का दुख मुझे भी है, लेकिन शंभू अभी भी वहीं पर है। कहीं उसे कुछ न हो जाए, नहीं तो अब उसकी मां को क्या जवाब दूंगा ?

तेजप्रताप- तुम उसकी चिंता मत करो। वह बहुत ही चतुर है, जरूर कोई न कोई रास्ता निकाल लेगा।

यशवंत- ठीक है, परंतु अब किस बल पर सूर्यदेव का सामना किया जाए ? उसके पास अभी एक से बढ़कर एक योद्धा हैं और हमारे पास सिर्फ मैं और तुम।

तेजप्रताप- तुम इस बात को लेकर चिंता मत करो, अभी भी हमारे पास उनसे अधिक सैनिक हैं। अगर भगवान ने साथ दिया, तो अवश्य ही हमारा अधिकार काशी पर होगा।

यशवंत- हमारे सैनिकों का मनोबल काफी गिर चुका है।

तेजप्रताप- हां, परंतु जब तीनों जगहों की सेना इकट्ठा होगी, तो उनका मनोबल बढ़ जाएगा।

यशवंत- तुम्हारे पिता की मौत के पीछे जरूर भीम का हाथ है। मुझे लगता है कि रात के वक्त वह सैनिकों के साथ वहीं रहा होगा।

तेजप्रताप- हां, वही था। मेरे सैनिक उसे भली-भांति पहचानते हैं। मुझे सबसे बड़ा अफसोस इस बात का है कि महाराज उदय के कुछ करीबी अभी भी जीवित हैं। उन्हीं लोगों ने भीम से सहायता ली होगी। मुझे हाल ही में यह जानकारी मिली है कि महाराज उदय की पुत्री अभी भी कहीं जीवित है।

यशवंत- यह कैसे हो सकता है? सैनिकों ने तो उस लड़की के खून से लथपथ कपड़े लाए थे, तो वह अब तक कैसे जीवित हो सकती है?

तेजप्रताप- सैनिकों ने धोखा दिया था। जब मुझे यह पता चला कि वे केवल खून से लथपथ कपड़े ही मेरे पास लाए हैं और उसे जीवित छोड़ दिया।

यशवंत- फिर उसका पता बाद में क्यों नहीं लगाया गया?

तेजप्रताप- बहुत से सैनिकों को उसका पता लगाने के लिए भेजा गया, परंतु अब तक उसके बारे में कोई जानकारी नहीं मिली कि वह कहां है।

यशवंत- अच्छा, ऐसा भी तो हो सकता है कि उसी लड़की का इसमें हाथ हो। अगर वह जीवित होगी, तो निश्चित ही तुमसे बदला लेने की कोशिश करेगी।

तेजप्रताप- हां, यह भी हो सकता है। खैर, इस बात को अभी खत्म करो। आगे बताओ, अब क्या करना चाहिए?

इनकी बातचीत के दौरान दोनों के चेहरे पर चिंता की लकीरें साफ झलक रही थीं। उनके सैनिक पीछे-पीछे चल रहे थे, लेकिन उनके मन में भी सवाल थे। सभी जानते थे कि आने वाला समय कठिनाइयों से भरा हुआ है। सूर्यदेव एक शक्तिशाली योद्धा था, और उसका सामना करना आसान नहीं था। फिर भी, तेजप्रताप और यशवंत अपने मनोबल को बनाए रखने की कोशिश कर रहे थे। वे जानते थे कि अगर वे कमजोर पड़े, तो उनकी सेना का मनोबल और भी गिर जाएगा। इसलिए वे आगे की रणनीति पर विचार करने लगे। तेजप्रताप ने निर्णय लिया कि उन्हें सबसे पहले अपनी सेना को एकजुट करना होगा और फिर काशी पर अधिकार करने के लिए सूर्यदेव का सामना करना होगा।

13

दोपहर का वक्त था। मंत्रणा कक्ष में महारानी सावित्री, सूर्यदेव, वीर, भैरव, और शंभू मौजूद थे। सभी के बीच गंभीर चर्चा हो रही थी।

सावित्री- (गुस्से में) तुम तीनों (वीर, भैरव, और शंभू) ने जो अनुचित कार्य किया है, उसकी सजा यही है कि तुम लोगों को कई महीनों के लिए राज्य से निष्कासित कर दिया जाए। (वीर की तरफ देखकर) तुम्हें तो इस बात का भली-भांति ज्ञान होना चाहिए कि इस समय राज्य पर कितनी भारी विपदा आई हुई है और शत्रुओं की नजरें हम पर टिकी हुई हैं। फिर भी तुमने बिना सोचे-समझे मदिरा का सेवन किया। जानते हो, इस मूर्खता के कारण हमें कितनी बड़ी परेशानी झेलनी पड़ी। अगर सही वक्त पर रुद्र ने कार्तिकेय की सहायता न की होती, तो वह अब तक जीवित न होता।"

वीर- (नम्र स्वर में) मां, मैं मानता हूं कि मुझसे गलती हुई है, लेकिन अब ऐसी गलती दोबारा कभी नहीं करूंगा। अब मदिरा पीने की तो बात दूर, उसे देखूंगा तक नहीं। कृपया इस बार मुझे माफ कर दो।

सावित्री- मैं तुम्हें इतनी आसानी से माफ करने वाली नहीं हूं। (सूर्यदेव से) आप कुछ बोलते क्यों नहीं ? इतने शांत क्यों हैं ?

वीर- (सूर्यदेव से) गुरुदेव, कृपया मुझे माफ कर दीजिए। अब ऐसी गलती कभी नहीं होगी।

सूर्यदेव- जितनी गलती तुम्हारी है, उससे कहीं अधिक इन दोनों (भैरव और शंभू) की है। उन्हें मदिरा देने से पहले सोचना चाहिए था।

वीर- (दोनों हाथ जोड़कर) क्षमा गुरुदेव, लेकिन इसमें पूरी गलती मेरी है। इन्होंने तो मुझे कई बार मना किया था, लेकिन मैंने उनकी एक न सुनी।

सूर्यदेव- ठीक है, (सावित्री की तरफ देखकर) इन सभी को इस बार माफ कर दीजिए। गलती तो कभी-कभी स्वयं भगवान से भी हो जाती है, हम तो ठहरे इंसान।

सावित्री- आपके कहने पर इस बार माफ कर रही हूं, लेकिन अगली बार अगर ऐसा कुछ हुआ, तो मैं किसी भी कीमत पर माफ नहीं करूंगी।

तभी कार्तिकेय और रुद्र वहां आ गए। कार्तिकेय को देखकर महारानी तुरंत खड़ी हो गई और उसकी तरफ बढ़कर उसे गले से लगा लिया। महारानी की आंखों से आंसू बहने लगे।

सावित्री- (दोनों हाथों से कार्तिकेय को स्पर्श करते हुए) तुम ठीक तो हो ?

कार्तिकेय- (महारानी के आंसू पोछते हुए) हां, मां, मैं एकदम ठीक हूं। मुझे क्या हो सकता है ? आप रो क्यों रही हैं ? क्षत्रियों का काम ही युद्ध में भाग लेना होता है।

सावित्री- ये खुशी के आंसू हैं। लेकिन तुम्हारे हाथ में ये पट्टी कैसी बंधी है ?

कार्तिकेय- मां, ये सिर्फ एक छोटा-सा चोट है, जल्दी ही भर जाएगा।

सावित्री- ठीक है, मैं अभी वैद्य जी को बुलवाती हूं।

महारानी ने तुरंत एक सैनिक को बुलाया और उससे कहा, "तुम जाकर वैद्य जी को बुला लाओ।"

सैनिक तुरंत वहां से चला गया।

सावित्री- (सूर्यदेव से) आज ही आप चुनारगढ़ पर आक्रमण करें। अब और देर करना उचित नहीं होगा।

सूर्यदेव- हां, कल सुबह तक हम चुनारगढ़ को जीत लेंगे। मुझे गुप्तचरों से पता चला है कि दारा, अहमद, और शेरअली तीनों युद्ध में मारे जा चुके हैं।

सूर्यदेव के इस समाचार से भैरव और शंभू के चेहरों पर चिंता साफ झलक रही थी। लेकिन वे कर ही क्या सकते थे ?

कार्तिकेय- (जोश भरी आवाज में) गुरुदेव, अब चलने की तैयारी करें। यशवंत को मारने के लिए मैं अब और इंतजार नहीं कर सकता।

सूर्यदेव- अब तुम कहीं नहीं जाओगे। तुम्हें यहां आराम करना चाहिए।

रुद्र- पिताजी, मुझे मत रोकिएगा। मैं किसी भी शर्त पर यहां रुकने वाला नहीं हूं।

सूर्यदेव- तुम्हें कौन रोक रहा है ? तुम चलने की तैयारी कर लो। (कार्तिकेय से) तुम्हें इसलिए रोका जा रहा है क्योंकि तुम्हारी चोट अभी ताजा है।

कार्तिकेय- ठीक है।

सूर्यदेव- वीर, भैरव, और शंभू, तुम तीनों भी मेरे साथ चलने के लिए तैयार हो जाओ।

तीनों ने सिर झुकाकर हां में जवाब दिया। महारानी और कार्तिकेय को छोड़कर, सभी वहां से चले गए। कुछ देर बाद वैद्य धन्वंतरि वहां आ गए।

सावित्री- (वैद्य से) आपको आने में इतनी देर क्यों हो गई ?

धन्वंतरि- महारानी, जैसे ही सैनिक ने कहा, वैसे ही चला आया। कहिए, किसलिए बुलाया है ?

सावित्री- वैद्य जी, कार्तिकेय के हाथ में चोट लगी है। जरा देखिए कि भरने में कितना समय लगेगा।

कार्तिकेय- (मुस्कुराकर) वैद्य जी को मुझे देखने की कोई जरूरत नहीं है।

सावित्री- क्यों ?

कार्तिकेय- क्योंकि मैंने आपसे बड़े वैद्य से अपना इलाज करवाया है।

धन्वंतरि- (क्रोध में) महारानी, इस तरह बुलाकर अपमानित करने से अच्छा था कि आपने मुझे बुलाया ही न होता। मुझे जहां तक ज्ञात है, इधर कई राजाओं के पास मेरे जैसा वैद्य नहीं है। फिर किस बड़े वैद्य के पास जाकर इलाज करवाया?

सावित्री- आप क्रोधित मत होइए। मुझे नहीं पता था कि किस वैद्य से इलाज करवाया है।

धन्वंतरि- अब मैं जा रहा हूं। एक बार कुमार से पूछकर बुलाया होता, तो कदाचित अच्छा होता। आपने व्यर्थ ही मेरा समय बर्बाद किया।

कार्तिकेय- अरे, वैद्य जी, रुकिए तो सही, पहले उसके बारे में जान तो लीजिए। आपको लगता है कि आपसे बड़ा वैद्य हमारे राज्य में नहीं है।

सावित्री- (ऊंचे स्वर में) तुम चुप रहो ! ऐसे बात की जाती है ? पहले वैद्य जी से क्षमा मांगो।

कार्तिकेय- (नम्र स्वर में) वैद्य जी, आप क्रोधित न होइए। जिसने मेरा इलाज किया है, उससे आप भली-भांति परिचित हैं।

धन्वंतरि- ऐसा कौन है ?

कार्तिकेय- आपकी पुत्री सावित्री ने मेरा इलाज किया है।

सावित्री- क्या सावित्री (धन्वंतरि) ने ?

कार्तिकेय- हां।

यह सुनते ही धन्वंतरि का गुस्सा शांत हो गया।

धन्वंतरि- क्या तुम सच कह रहे हो ?

कार्तिकेय- हां, मैं सच कह रहा हूं। (हाथ जोड़कर) अगर मेरी किसी बात से आपको दुख पहुंचा हो, तो मुझे क्षमा कर दीजिएगा।

धन्वंतरि- कुमार, हाथ मत जोड़िए। आप सही कह रहे थे कि मैंने आपसे बड़े वैद्य से इलाज कराया है। मुझे पहले ही समझ लेना चाहिए था। सच में, कम उम्र में ही वह मुझसे अधिक औषधियों के बारे में जानती है। अक्सर मैं कई लोगों को उसी के पास भेजता हूं। व्यर्थ ही मैंने अपना आपा खो दिया।

कार्तिकेय- वैद्य जी, एक बात कहना है।

धन्वंतरि- हां, कहिए।

कार्तिकेय- मैंने सावित्री (धन्वंतरि) को यह नहीं बताया है कि मैं कौन हूं। (इसके बाद अपनी पूरी बात समझाई) जब तक मैं न कहूं, आप उसे हमारे बारे में मत बताइएगा।

धन्वंतरि- ठीक है, जब तक आप नहीं कहेंगे, मैं कुछ नहीं बताऊंगा।

सावित्री- मैं उसे बताऊंगी। तुम दोनों को अपने-अपने बारे में बता देना चाहिए था। मैं उसे अपनी पुत्री मानती हूं और उसके साथ किसी प्रकार का अन्याय नहीं होने दूंगी।

कार्तिकेय- नहीं, आपको भी कुछ नहीं बताना है।

सावित्री- ठीक है, परंतु एक न एक दिन उसे पता चल ही जाएगा।

कार्तिकेय- हां, पर आप मत बताइएगा। जब तक मैं ना कहूं।

धन्वंतरि- महारानी, अब मैं चलता हूं।

सावित्री- ठीक है, जाइए।

इसके बाद धन्वंतरि वहां से चले गए।

सावित्री- सुबह से कुछ खाया कि नहीं ?

कार्तिकेय- नहीं।

सावित्री- कब का आये हो, एक बार भी खाने के लिए नहीं कहे।

कार्तिकेय- मां, भूख नहीं है। इसलिए कुछ नहीं कहा।

सावित्री- कैसी बात कर रहे हो, भूख क्यों नहीं है ?

कार्तिकेय- मैं एक ही शर्त पर भोजन करूंगा।

सावित्री- क्या ?

कार्तिकेय- आपको अपने हाथ से खिलाना होगा।

सावित्री- हां, मंजूर है।

कार्तिकेय- तब तो निश्चित ही सबका भोजन अकेला ही खा जाऊंगा।

सावित्री- (हंसकर) ठीक है, खा लेना। मैं फिर से भोजन बनवा दूंगी।

इसके बाद दोनों भोजन कक्ष के तरफ रवाना हो गए।

14

सूर्य अस्त हो चुका था। लेकिन आसमान में पश्चिम की ओर अभी भी कुछ लालिमा थी। ठंडी हवा पश्चिम की दिशा से मंद-मंद गति से बह रही थी, जो वातावरण को सुकूनदायक बना रही थी। अब हम आपका ध्यान एक ऊंची चट्टान की ओर ले चलते हैं, जहां एक बहुत ही खूबसूरत लड़की , चंद्रावती, गालों पर हाथ रखे चिंतित मुद्रा में बैठी थी। उसकी आंखें पहाड़ों के बीच से गिरते झरने की ओर स्थिर थीं, जैसे वह उस जलप्रपात के साथ अपने विचारों को बहने दे रही हो। पता नहीं वह यहां कब से बैठी थी, पर ऐसा लगता था जैसे समय थम गया हो और उसके विचार गहराते जा रहे थे।

तभी, उसने अपने बाएं कंधे पर किसी का हल्का स्पर्श महसूस किया। उसने तुरंत पीछे मुड़कर देखा, तो पाया कि वह उसकी सखी, सावित्री (धन्वंतरि) थी। सावित्री की आंखों में चिंता और अधीरता झलक रही थी।

सावित्री ने कहा, "मैं तुम्हें बहुत देर से ढूंढ रही थी, कहीं तुम्हारा पता नहीं चला। बहुत समय बाद सुलोचना से मुलाकात हुई, उसने बताया कि उसने तुम्हें कुछ देर पहले झरने की तरफ जाते हुए देखा था। उसके बाद, मैं यहां आई हूं।"

चंद्रावती ने हल्के से मुस्कुराते हुए कहा, "अच्छा, आओ, तुम भी बैठ जाओ।"

सावित्री भी उसके पास बैठ गई। उसने धीरे से पूछा, "यहां पर बैठकर क्या सोच रही हो ?"

चंद्रावती ने नजरें चुराते हुए कहा, "कुछ नहीं, बस इस झरने को देख रही हूं।"

सावित्री ने मुस्कुराते हुए कहा, "मुझे पता है, तुम मुझसे झूठ बोल रही हो।"

चंद्रावती ने एक लंबी सांस ली और कहा, "हां, मैं सुबह की घटना के बारे में सोच रही थी। अगर वह सही वक्त पर नहीं आता तो शायद मैं अब तक जीवित नहीं होती।" उसकी आवाज में हल्की थरथराहट थी। फिर उसने पूछा, "उसका नाम क्या था ?"

सावित्री ने बताया, "कुश, पर मुझे उनकी बातों से ऐसा लगा कि वह कुछ छुपा रहे थे। खैर, इन सब बातों को सोचना बंद करो।" कुछ देर की चुप्पी के बाद उसने फिर कहा, "मुझे तो लगता है कि तुम्हें कुश से प्यार हो गया है, इसलिए तुम बैठकर उसी के बारे में सोच रही हो।"

चंद्रावती ने थोड़ी नाराजगी से कहा, "तुम भी कैसी फालतू बातें सोच रही हो ! भले ही उसने मेरी जान बचाई हो, इसका मतलब यह नहीं कि मैं उससे प्यार करने लगी हूं। क्या पता, उसकी कोई प्रेमिका हो या वह पहले से ही विवाह कर चुका हो।"

सावित्री ने हंसते हुए पूछा, "अगर उसकी कोई प्रेमिका या विवाह नहीं हुआ होगा, तो क्या तुम उससे प्यार करोगी ?"

चंद्रावती ने बात को टालते हुए कहा, "वह जाते समय कहकर गया था कि वह शाम को मिलने आएगा, परंतु वह कहां आया ?"

सावित्री- हो सकता है उसे कोई काम हो। कहो तो मैं अभी तुम्हें राजमहल ले चलूं और तुम उससे मिल लेना।

चंद्रावती ने हल्की उदासी से कहा, "नहीं, रहने दो। जब उसे मिलने की कोई फिक्र नहीं है, तो मैं क्यों जाऊं ? वैसे भी आजकल दादाजी की तबीयत और खराब होती जा रही है।"

सावित्री- अरे, मैं तुम्हें बताना भूल ही गई।

चंद्रावती ने चौंकते हुए पूछा, "क्या ?"

सावित्री ने उसे आश्वस्त करते हुए कहा, "मैं दादाजी से मिलने गई थी। उन्हें देखकर आई हूं और कुछ दवाइयां भी दे आई हूं। चिंता मत करो, वह जल्द ही स्वस्थ हो जाएंगे।"

चंद्रावती ने थोड़ी राहत की सांस ली और कहा, "अच्छा।"

सावित्री ने धीरे से कहा, "किसी ने दादाजी को सुबह की पूरी घटना के बारे में बता दिया है। यह सुनकर वह बहुत परेशान हो गए थे। वह तो तुम्हें ढूंढने के लिए आ रहे थे, लेकिन मैंने उन्हें मना कर दिया कि आपकी तबीयत ठीक नहीं है। मैंने कहा कि मैं तुम्हें ले आऊंगी।"

चंद्रावती ने सिर हिलाते हुए कहा, "ठीक है, अब चलो।"

इसके बाद, दोनों वहां से बातें करते हुए चली गई, जैसे उनके बीच की सारी चिंताएं उन्हीं पलों में बह गई हों।

15

जब चंद्रावती अपने घर लौटी, तब रात का एक घंटा बीत चुका था। उसके दादा जी अभी भी उसका इंतजार कर रहे थे। जैसे ही वह घर के अंदर आई, उन्होंने तुरंत उससे सवाल किया।

दाद जी- कहां गई थी ? मैं कब से तुम्हारा इंतजार कर रहा हूं ! मैं तो तुम्हें ढूंढने जाने ही वाला था, लेकिन तभी सावित्री (धन्वंतरि) आ गई। उसने मुझे जाने से रोक लिया और कहा कि आप आराम करें, अभी आपकी तबीयत ठीक नहीं है। उसने मुझे कुछ दवाइयां भी दीं और कहा कि वह तुम्हें लेकर आएगी। क्या वह तुमसे मिली थी ?

चंद्रावती- हां, वह मुझसे मिली थी। उसने मुझे सारी बातें बताई हैं।

दादा जी- क्या मैंने जो सुना है, वह सही है ?

चंद्रावती- हां।

दादा जी- "हे मां अंबे, तेरा लाख-लाख शुक्र है जो इसको दूसरी बार जीवनदान दिया।

चंद्रावती- आप चिंता मत करें, दादा जी। जब तक मैं तेजप्रताप की गर्दन अपनी तलवार से न काट लूं, तब तक मौत भी मुझे छूने वाली नहीं है।

दादा जी- (बातों को बदलते हुए) अच्छा, यह बताओ।

चंद्रावती- क्या ?

दादा जी- तुम्हें बचाने वाले दोनों कौन थे ? क्या उनके बारे में कुछ जानती हो ?

चंद्रावती- हां, पर मैं उनके बारे में ज्यादा नहीं जानती। बस इतना जानती हूं कि वे दोनों महाराज दिग्विजय के सैनिक हैं।

दादा जी- मेरी तबीयत ठीक हो जाने दो, मैं उन दोनों के बारे में पता लगा लूंगा।

चंद्रावती- अब आप आराम करें, दादा जी। मैं आपके लिए भोजन बनाकर लाती हूं।

दादा जी- अच्छा, जाओ।

इसके बाद, चंद्रावती रसोई की तरफ चली गई। उसके दिल में एक अजीब सा तूफान उमड़ रहा था। वह सोच रही थी कि तेजप्रताप से बदला कैसे लिया जाए। उसकी आंखों में आग थी, पर साथ ही उसे दादा जी की भी चिंता हो रही थी। वह जानती थी कि दादा जी की सेहत ठीक नहीं है, जब वह भोजन लेकर दादा जी के पास लौटी, तो उसने देखा कि वे आंखें बंद किए बिस्तर पर लेटे हुए थे। वह उनके पास बैठी और धीरे से बोली, "दादा जी, भोजन तैयार है।" दादा जी ने आंखें खोलीं और उसे प्यार से देखा, "चिंता मत करो, बेटा। सब ठीक हो जाएगा।"

चंद्रावती ने हल्की सी मुस्कान दी और उन्हें खाना खिलाने लगी। दोनों के मन में अलग-अलग सवाल और चिंताएं थीं, लेकिन दोनों एक-दूसरे को दिलासा देने की कोशिश कर रहे थे।

16

रात का प्रहर बीत चुका था। कार्तिकेय अपने कक्ष में पलंग पर लेटा हुआ था, लेकिन उसे नींद नहीं आ रही थी। जैसे ही वह आंखें बंद करता, चंद्रावती की तस्वीर उसकी आंखों के सामने उभर आती, और जैसे ही वह आंखें खोलता, वह तस्वीर गायब हो जाती। इस वजह से उसके दिल की बेचैनी और भी बढ़ जाती। फिर वह पलंग से उठकर कक्ष में एक तरफ से दूसरी तरफ टहलने लगता। बड़े-बुजुर्ग और बुद्धिमान लोगों ने सही ही कहा है कि जब मोहब्बत का भूत सिर पर सवार हो जाता है, तो सारी बुद्धि पर ताला लग जाता है।

कार्तिकेय- (मन में) तुमसे मिलने से पहले, मैंने कभी सपने में भी नहीं सोचा था कि कोई ऐसा मिल जाएगा, जो मेरे दिल में इस तरह अपनी जगह बना लेगा। जब से मैंने तुम्हें देखा है, सोते-जागते हर वक्त तुम्हारे बारे में ही सोचता रहता हूं। ऐसा कौन-सा जादू तुमने किया है ?

तभी महारानी सावित्री वहां आ गई।

सावित्री- अभी तक तुम जाग रहे हो ? मुझे लगा था कि अब तक तुम सो चुके होगे।

कार्तिकेय- मां, सोने की तो कोशिश कर रहा हूं, लेकिन नींद ही नहीं आ रही है।

सावित्री- मुझे पता है कि तुम्हें नींद क्यों नहीं आ रही है। तुम यही सोच रहे हो कि उन्हें गए दो प्रहर से अधिक हो गया है और अभी तक कोई सूचना नहीं आई।

कार्तिकेय- (थोड़ी देर सोचने के बाद) हां, मैं यही सोच रहा हूं।

सावित्री- अब सोचना बंद करो। अभी एक सैनिक पत्र लेकर आया था, लो इसे पढ़ लो।

कार्तिकेय- (पत्र पढ़ने के बाद) यह तो बहुत ही खुशी की बात है।

सावित्री- हां, इसलिए मैं सबसे पहले तुम्हें ही बताने के लिए आई हूं।

कार्तिकेय- आपने बहुत अच्छा किया।

सावित्री- ठीक है, अब मैं जा रही हूं। मुझे अभी बहुत काम करने हैं। अब तुम आराम करो, सुबह मुलाकात होगी।

कार्तिकेय- ठीक है, मां। आप जाइए।

सावित्री- हां।

इतना कहकर महारानी वहां से चली गई। इसके बाद, कार्तिकेय ने चुपके से अस्तबल से घोड़ा निकाला और दक्षिण की तरफ रवाना हो गया। उसे चंद्रावती की चिंता सता रही थी। उसके दिल में सवाल उठ रहे थे। क्या वह भी उसे याद कर रही होगी ? क्या वह भी इसी बेचैनी में है ? जैसे-जैसे कार्तिकेय घोड़े पर सवार होकर जंगल के घने पेड़ों के बीच से गुजरता, उसकी दिल की धड़कनें तेज होती जातीं। रात की ठंडी हवा और अंधेरे में छुपी हुई रहस्यमयी आवाजें उसे और भी बेचैन कर रही थीं। उसे यह सफर अनंत लग रहा था, जैसे कि समय थम गया हो। हर कदम के साथ, वह चंद्रावती के करीब जाने की आशा में और भी उत्सुक हो रहा था।

17

आज चंद्रमा पूरे आकाश में खुशी-खुशी भ्रमण कर रहा था। उसकी चांदनी से धरती भी उजागर हो रही थी। उसी चांदनी में दो सितारे धरती पर प्रत्यक्ष रूप से चमक रहे थे। एक तारा था राजकुमार कार्तिकेय और दूसरा उसकी प्रेमिका चंद्रावती। राजकुमार कार्तिकेय, चंद्रावती की गोद में सिर रखकर आसमान की ओर देख रहा था और दोनों के बीच प्यार भरी बातें हो रही थीं।

कार्तिकेय- चंद्रावती...

चंद्रावती- हां, क्या हुआ ?

कार्तिकेय- कहां खो गई हो ?

चंद्रावती- कहीं नहीं...

कार्तिकेय- आज तो लगता है, जैसे चंद्रमा आसमान छोड़कर धरती पर आ गया हो, और मैं उसकी गोद में सोया हूं।

चंद्रावती- (मुस्कुराते हुए) अच्छा ?

कार्तिकेय- तुम भी कुछ बोलो, इतनी चुप क्यों हो ? क्या सोच रही हो ? मुझे भी बताओ।

चंद्रावती- बस यही सोच रही हूं कि इस तरह आधी रात को मिलना क्या सही है?

कार्तिकेय- ये सब बेकार की बातें हैं। इस वक्त हमें कौन इस सुनसान जगह पर देख सकता है ? क्या तुम्हें मुझ पर विश्वास नहीं है ?

चंद्रावती- खुद से ज्यादा विश्वास मैं आप पर करती हूं। लेकिन यहां विश्वास करने या न करने की बात नहीं है।

कार्तिकेय- अच्छा, चंद्रावती, एक बात कहूं ?

चंद्रावती- हां, कहिए। (मुस्कराते हुए) इसी को सुनने के लिए तो मैं इतनी रात को आई हूं।

कार्तिकेय- मैं तुमसे उतना ही प्यार करता हूं, जितना चांद-सितारों से, राम-सीता से, कृष्ण-राधा से, और शिव-पार्वती से।

चंद्रावती- (हंसते हुए) आप बहुत मीठी-मीठी बातें कर लेते हैं। कहां से सीखा है, ऐसी बातें करना ? आपके इस तरह की बातों से मैं पिघलने वाली नहीं हूं।

कार्तिकेय- नहीं, मैं सच कह रहा हूं। तुम्हारे मिलने के बाद मेरे दिल और दिमाग में हर जगह तुम्हारी ही तस्वीर बस गई है। सोते, जागते, हर वक्त मैं तुम्हारे बारे में ही सोचता रहता हूं।

चंद्रावती- और क्या-क्या सोचते हो मेरे बारे में ?

कार्तिकेय- यही कि किसी को इस तरह चाहने लगूंगा, मैंने कभी सोचा नहीं था। लेकिन इन बातों को छोड़ो, ये बताओ कि तुम मेरे बारे में क्या सोचती हो ?

चंद्रावती- कुछ नहीं... मैं क्या सोच सकती हूं ?

कार्तिकेय- ऐसा हो ही नहीं सकता। जो लड़की आधी रात को ऐसे सुनसान जगह पर मिलने आ सकती है, वो कुछ सोचती ही नहीं हो ?

चंद्रावती- सच कह रही हूं, मैं कुछ नहीं सोचती।

कार्तिकेय- तो फिर इतनी रात को क्यों मिलने आई हो ?

चंद्रावती- बस... आपको देखकर रहा नहीं गया। सुबह जब आप तुरंत चले गए थे, तब मैं आपको धन्यवाद भी नहीं कह पाई। इसलिए मैं सोची कि इस वक्त आपको धन्यवाद कह दूं, और मेरे दिल में कुछ नहीं है।

कार्तिकेय- (गुस्से से) ठीक है, धन्यवाद कह दी ना, अब जाओ !

चंद्रावती- आप इतने क्रोधित क्यों हो रहे हैं ?

कार्तिकेय- तुम ऐसी बातें कर रही हो, जो दिल जलाने वाली हैं। सच-सच बताओ, क्या मेरे लिए तुम्हारे दिल में कुछ नहीं है ? अगर ऐसा है, तो आज के बाद मैं कभी तुमसे मिलने नहीं आऊंगा। ठीक है, अब मैं जा रहा हूं।

चंद्रावती- रुकिए ! मैं आपको सच-सच बता रही हूं । मैं भी आपसे उतना ही प्यार करती हूं, जितना सितारे चांद से, सीता राम से, राधा कृष्ण से, और पार्वती शिव से।

www.ingramcontent.com/pod-product-compliance
Lightning Source LLC
LaVergne TN
LVHW021220061026
849535LV00008B/2840
* 9 7 8 1 9 9 8 0 2 7 2 3 1 *